高橋和島

黒田官兵衛

人物文庫

学陽書房

黒田官兵衛　目次

黒田官兵衛

目ぐすり長者

頭上の木の葉をざわめかせていた風が——、播磨《はりま》の海と野を渡ってきた風どもが、急におとなしくなった。

楠の根元に横たわった麻帷子《あさかたびら》に小袴姿の若者は、途絶えた風声《ふうせい》の行方を尋ねようとして薄目をあける。

まだ深い眠りから醒めきっていない。乾いた落ち葉の上に投げ出された両の腕は、むず痒《がゆ》い首筋を掻《か》くのさえ億劫《おっくう》がっている。

左脇の地面に腰刀が、そして右脇に『水無瀬三吟百韻《みなせさんぎんひゃくいん》』と記された書物が見える。いくさの絶えぬ血腥《ちなまぐさ》い世だというに、おそらく、放埒《ほうらつ》な姿で蝉の声を聞きながら緑陰の書見を楽しみ、果てはまどろんで、たわいない夢でも見ていたのだろう。

目を閉じたまま鼻柱に皺《しわ》を寄せる。あくびをするため木の根の脇で伸びをしようとした腕の動きが、途中で止まった。

——柔らかな草履の音が近づいてくる。

黒田万吉が大の字になっている場所は、姫路城の北方一里半の山上にある広峰《ひろみね》神社の境内である。

昼寝に使う楠の在《あ》り処《か》を知っているのは、御師《おし》・井口四郎太夫の娘茅《ちがや》だけだ。されば、なお眠気の残る渋い瞼《まぶた》を無理にこじ開けずとも、足音の主はわかるし、相手が何のためやってきたかも見当がつく。神社の守主《もりぬし》・大別当《おおべっとう》への機嫌伺いを済ませた祖父宗卜《そうぼく》が、姿の見えぬ孫を探しているからに違いない。

〈日の翳《かげ》りようとこの腹の空《す》きようからすれば、随分眠ったに違いないわ〉

枯葉を鳴らす足音を聴きながら若者は、面長な顔をしかめ、乾いた上唇を舌先で濡らそうとする。

近づいてきた草履の主はいったん立ち止まり、やがて忍び足を使い始めた。

彼と同じ十五になったというに、相変わらず子供じみた悪戯《いたずら》を好む茅は、また、いつものように寝顔にいたずらをするつもりなのだろう。

いくらもせぬうちに、予想どおり、寝たふりの頬を草の茎らしいものが撫でる。素知らぬ顔をするつもりでいた若者は二度、三度と頬をなぶられて我慢ができなくなり、右手で払いのけようとした。

その手が茅の腕をつかんだのはたまたまであり、不意をつかれた彼女がのめって万吉の上に履いかぶさってきたのも、はずみでそうなっただけのことである。

小さな悲鳴をあげた御師の娘は、とっさにはね起きようとして上半身をそらせたものの、なぜか、すぐにもがくのをやめ、万吉の胸に頰を預けてきた。

祖父に連れられて広峰神社を訪れた彼が、茅と初めて顔を合わせたのは五年前である。当時から斎女《いつきめ》だった彼女は今と同じ白小袖に紅の打袴《うちばかま》をつけ、大人びた口をきいたものの、中身は年相応の子供で、すぐにこちらの肩を小突くなど、遠慮のない態度をとるようになった。

普通の娘なら、こうした間柄もいっときで終わり、成長にともなってよそよそしくなるものだが、茅の場合は違った。近頃は、むしろいっそう親しげな態度を見せるようになっている。

「重いわい」

離れようとしない斎女に対し、若者は愛想のない声を出し、胸の上のからだを押しのけようとした。

「邪険になさりまするな。ほんの少し、こうしているだけじゃ」

茅はこちらの肩をつかみ、いっそう頰を押しつけてくる。

「熱苦しうてならぬ……」

嘘ではなかった。御師の娘の手足はなんとも熱っぽい。

「聞こえぬのか。熱苦しいと言うておろうが……」

万吉は口を尖《とが》らせて責めたものの、相手を撥《は》ねのけることまではしなかった。

「宗卜様が、そなたを探しておいでじゃ」

胸の上に顔を載せたまま、茅は気だるそうな声を出した。

「おれを呼びにきたのなら、まずはこの頭をどけよ」

万吉は豊かな黒髪を揺する。

「急ぐにはおよびませぬ。大別当様が引き止めておられましたゆえ、お山を下りるのは明朝になりましょう」

御師の娘はまだ頭を預けたままである。

若者は首をもたげ、薄目をあけて茅の様子を窺った。こちらの胸に右頬を押しつけた彼女は心地よさそうに目を閉じている。つるりとした額と産毛の光る耳たぶ……。祖父の宗卜によると、広峰神社の斎女のなかで一番の器量よしということになるが、万吉からすれば、身のこなしも口のききようも娘らしさに欠けており、とてもそうとは思えぬ。

若者は幼さの残る顔をしかめた。

鼻先に男のものとは違う甘酸っぱい汗の匂いが漂ってくる。

咳払いをした。

喉が妙にいがらっぽい。それに息苦しい。

「いい加減にどかぬか」

指先で白い額を弾いた。力を入れたつもりはなかったのに、爪の当たりどころが悪かったのだろう。悲鳴をあげた茅が、こちらの手首をがぶりと一噛みして起き上がった。加減を知らぬ歯の立てように、今度は万吉の口から悲鳴が漏れた。

「臆病者」

叫んだ娘は足元の落ち葉をつかんで投げつけ、歯を剝《む》き出す真似をしたあと、くるりと背を向け、走り出した。

「まるで山犬じゃ」

噛まれた手首を撫でながら舌打ちをし、上半身を起こした若者は、袴に付いた落ち葉を払い落とす。視線は木立の間に消えてゆく白小袖を追っていた。

大きな耳と、まなじりの跳ね上がった眼勢のある目――。

普段なら人を魅《ひ》きつける容貌であろうに、いまはひどく間が抜けて見える。

黒田家と広峰神社との縁が生じるのは、三十余年前の大永《たいえい》年間（一五二一～二八）のことである。

二十六年の長きにわたって在位した後柏原《ごかしわばら》天皇が逝去する前年秋、宇多源氏佐々木氏の裔《すえ》黒田重隆――を名乗る男が播州姫路に姿を現す。若き日の宗卜だった。

父の代から住んでいた備前邑久《びぜんおく》の地を浦上某なる者に侵され、ここへやってきた――と語った彼は、土地の豪農・井口与次右衛門の持ち家を借り受けて暮らすことになる。

わずかな郎党を抱えるだけの二十歳前の若者は、米銭にも窮する身だった。与次右衛門に対し、「家伝の目ぐすりを売って歩きたいゆえ、どこかの山門を紹介してくれぬか」と申し出る。

比叡山の日吉神人《ひえじにん》に代表されるように、しかるべき社寺に仕える体裁をとらねば商いのできぬ時代である。頭を下げられた与次右衛門は、広峰神社で御師を務める弟に引き合わせた。

スサノオノミコトほか十数柱の神々を祀《まつ》る広峰山は、天平《てんぴょう》五年（七三三）に、ときの廷臣・吉備真備《きびのまきび》によってひらかれたと言い伝えられる由緒ある神社で、古くから農耕の神として、播磨はもちろん、備前、備中《びっちゅう》、美作《みまさか》、因幡《いなば》など諸国の民の信仰を集めていた。黒田重隆はこの広峰神社の神人衆に加えられ、目ぐすりを作り、商うことになったのである。

さて、彼の言う家伝の秘薬なるもの――。京極《きょうごく》の一族として黒田家の祖先が琵琶湖のほとりの伊香《いか》郡を治めていたころ、領民が手軽に利用していた洗眼薬で、製法は至極簡単だった。初夏に淡黄白色の小花を咲かせる楓《かえで》に似たメグスリの木（宮城県以南の本州から九州に分布、別名チョウジャの木）と呼ぶ落葉樹の樹皮を煎じるだけ。

重隆はこの樹皮を刻んで小さな麻袋に詰め、広峰神社の祈禱札《きとうふだ》を付けて、誰もが購《あがな》えそうな手頃な値段で売り出したのである。

安直な目ぐすりだったが、たまたま瀬戸内の潮風がもたらす眼病に効きめがあったのだろう。売り出すとすぐに評判になった。それも、死にかけていた農耕馬に樹皮の煎じ汁を飲ませたら元気になったという評判まで聞かれるようになり、一種の万能薬として売れに売れた。

重隆は運に恵まれたのだが、それだけではなく、広峰神社の神威を巧みに喧伝《けんでん》し、評判の輪をさらに広げる才覚も持ち合わせていた。いずれにしても、苦しまぎれに始めた商売は当たったのである。

元手いらずの品物を商って繁盛すれば、懐の金銀はおのずと増える。備前から流れてきた若者は十年ほどで十数町の土地と、濠《ほり》と垣をめぐらす屋敷を手に入れ、姫路の地に根を下ろした。

財をなし、数多くの郎党を抱えるようになった黒田は、播磨の在来勢力から当然、目ざわりな存在として警戒されるようになる。

頭の回る重隆はいち早くこれを察知し、西播磨一円に勢力をはる御着《ごちゃく》城主の小寺政職《こでらまさもと》に接近する道を選んだ。すなわち、天文《てんぶん》十二年（一五四三）十二月、政職に敵対する土豪・香山某を討ち、その首を手土産に、長子満隆《みつたか》の小寺家への臣従を願い出たのだ。

政職の喜びようは予想を超えるものであった。黒田を小寺一門に迎え入れたいとし（小寺への改姓を許認)、満隆に対しては旧香山支配地ほか四十町の所領と支城・姫路砦の城将の地位を約束し、さらには、おのれの諱《いみな》から一字取った職隆《もとたか》を名乗ることも許した。

小寺は、かつて播磨、美作、備前を治めた赤松の一族である。政職に気に入られたことは黒田の家運にとり、当然、大いに利するところとなった。

天文十四年、二十三歳となった職隆は、これも赤松の流れを汲《く》む明石城主・明石宗和(別名・正風)の次女岩を娶《めと》り、翌年十一月、長子をもうける。すなわち万吉である。

悴《せがれ》職隆に黒田家の行く末を預けた重隆は宗卜を名乗り、半ば世捨人を装うようになったものの、まだ五十三歳。いぜん郎党を使って精力的に目ぐすりを商い、財を殖やし続けている。

孫の万吉を伴って年に数度、馬の背に酒樽ほかの進物を積み、広峰山に登るのも、上は大別当から下は神人衆までの機嫌をとりむすび、商いをいっそう繁盛させるためであった。

広峰山(標高三一一メートル)の山腹を伝う神社の参道は細く、急勾配のつくりになっており、慎重に手綱をさばかねば、馬もろとも谷底へ転がり落ちる恐れがある。なのに、鞍上の宗卜は、後に従う孫に話し掛けるのをやめようとしない。

前夜、山上で泊まった二人は、宿坊で朝食をふるまわれたあと、帰途についた。

大別当から甲子丸《かっしまる》という男を貰い受けたため、後にしたがう従者の頭数が来たときより一人増えていた。宗卜はいま、後続の馬に跨《また》がる孫に対し、その甲子丸の話を始めたところである。

遠方から参詣にやってくる老若を泊める宿坊を含め、百五十近くの建物を境内に連ねる広峰神社には、男なら内人《うちびと》、預《あずかり》、社司《しやし》、行事《ぎようじ》、検校《けんぎよう》、神殿守《しんでんもり》、棚守《たなもり》、神人……、女なら斎女《いつきめ》、神子《みこ》……といった呼び名をもつ神職が、数にして千人ほど暮らしている。

つまり、広峰の山上は一つの町で、相応の金銀、衣食が蓄えられており、軍兵、雑人《ぞうにん》、流賊などにしばしば襲われることになる。

これに備え養われているのが、兜巾《ときん》を戴き結袈裟《ゆいげさ》をまとった修験者姿の神人たちだ。異常に長い顎と手足を持つ甲子丸はその一人で、広峰随一の錫杖《しやくじよう》使いとして知られており、以前から宗卜が目をつけてきた男である。

「かほどの者じゃ。誰とて手放したがらぬ。大別当とて同じよ。譲ってくれるよう口説き落とすには随分と苦労したぞ」

窪みに前足をとられた馬が鞍上の宗卜のからだを大きく揺らすが、話は途切れない。

「いくさの絶えぬこの世を生き抜いてゆくには、智恵を使わねばならぬ。しかし、いかに智恵を持とうと、それだけでは役に立たぬ。手足となって働いてくれる、よき郎党が必要じゃ。わしが腕のたつ男どもを集めるのに、こうして汗を流すのはそのためぞ」

気のない相槌に、宗卜は背後を振り返った。万吉の視線は、山道の右手下方に広がる深い緑に注がれている。おそらくまた、らちもない古歌を思い浮かべるのに忙しく、こちらの話なぞ聞いていなかったに違いない。

〈困った奴じゃ〉

白いものの混じる眉をひそめ、大きな舌打ちをした。

彼の孫は、武門の跡継ぎに生まれながら弓馬刀槍に興味を示さず、ひまさえあれば書物にとりついている。それも兵学書の類《たぐい》ではなく、草双紙や歌道の書である。

前年病死した万吉の母親は歌をよく詠《よ》み、女ながら書見を好んだ。この影響を受けたものと思われたが、いずれにしても、宗卜の初孫は軟弱者であった。

父親の職隆はこうした不肖の長子に見切りをつけ、近頃では、僧籍に入れることも考えているようだが、祖父のほうはまだ望みをつないでいる。なぜなら、万吉は、軟弱であっても、おびただしい数の古歌を諳《そら》んじているし、諸国の武将の名など一度教えたことはきちんと憶《おぼ》えている。決して頭の悪いほうではないと思っていたからだ。

とはいえ、大事な話にまるで関心を示そうとしない当人を目にすると、こやつはやはり、ものにならぬやも……と思わざるをえない。

「宇多天皇の流れを汲む、わが一族からは、鎌倉殿の世、かの宇治川の合戦において名馬いけずきにうち跨がり手柄をたてし佐々木四郎高綱をはじめ、あまたの高名な武者が出ておる」

いらだちが、すでに幾度となく聞かせてきた話を繰り返させることになった。

「われらの祖先は十四代目にして近江国伊香郡黒田邑《むら》に住し、近江源氏の旗頭を務めて黒田判官と称した。その後、十九代目に故《ゆえ》あって備前国邑久郡福岡邑に移り住み、二十代目のわしが同地を離れ、ここ姫路の地にやってきて今日に至った。わが黒田はかように古《いにしえ》より続く、誉れ高き名族ぞ。そして、そなたは黒田の二十二代を継ぐ身じゃ。されば、武門の棟梁となるにふさわしい……」

不意に万吉の明るい声がさえぎった。

「うつりゆく　雲にあらしの声すなり」

「…………」

馬を止めた祖父は、こわい顔を後方に向けた。

「散るか　まさきのかづらきの山」

半ば大人になりかけた甲高い声が下の句を続ける。

「なんだ、それは……」

怒鳴り声に近かった。

「藤原雅経《まさつね》でござります」

「そんなことを訊《き》いてはおらぬ」

さらに声高《こわだか》になった。

「あれをご覧なされ」

万吉が上空を指差した。いつの間に湧《わ》き出たのか、黒雲が南の空を埋め始めている。

「じじ様、一雨こぬうちに山を下りましょうぞ」

「…………」

孫を睨《にら》みつける宗卜の顔はやがて、苦笑でゆがむことになった。

〈こやつは、いつもこうだ。わしが黒田の跡継ぎとしての心得を説こうとすると、実にうまく逃げおる〉

この日、すなわち永禄三年（一五六〇）八月某日、広峰山上に落雷があった。それは人災に至らず、杉の古木一本と雑木数本の被害にとどまった。そして、宗卜と彼の孫もずぶ濡れになっただけである。

御着城

万吉の父職隆《もとたか》が城将を務める姫路城は、正平《しょうへい》元年（一三四六）に赤松貞範《さだのり》によって築かれたものである。慶長年間に至って、播磨《はりま》五十二万石を得た池田輝政《てるまさ》が八年がかりで、五層六階の大天守閣を備えた、気張った城に造り変え、後世に残すことになるが、職隆の入る城はこれと比べようもない小城にすぎず、彼のあるじ小寺政職《まさもと》は姫路城の東南一里半の地に建つ御着《ごちゃく》城を居城としていた。

永禄四年一月の小正月明け、万吉は小寺政職に仕えるべく、扶持《ふち》八十石を得て御着城に入った。実は、父親が祖父と相談のうえ望んで送り出したものであり、政職に対し、「軟弱者でござりますゆえ、厳しく仕込んでくだされ」と注文をつけていた。

政職は、このことばをそのまま近習頭・熊見彦市に伝える。

三十を超えながら、奉公一途でまだ独り身の彦市は律儀な男で、あるじの指示をおろそかにするようなことはしない。文字どおり容赦なく鍛えようとした。

姫路城では、周囲の小言、助言を聞き流し、気儘《きまま》な日々を送ってきた若者の暮らしは一変した。種々の取り次ぎ、使い走り、武具甲冑《かっちゅう》の手入れ……と、新米近習として、のべつ雑用に追いまくられる。加えて、朝夕の弓馬刀槍の稽古も厳しい。むろん、書見など自由に使える時間はほとんどなかった。

御着城へやってきて四、五日もすると、ふっくらしていた万吉の頬はこけ、顔色も病人のように青白くなった。明らかに体力不足であり、周囲の者は、熱でも出して倒れるのではないか、と案じなければならなかった。

政職も同じ危惧を抱いたが、近習頭に手加減を命じるようなことはしなかった。ひよわな若者を見るのは初めてではない。

〈あれではいくらも勤まるまい。いずれ音《ね》をあげおるに違いないわ〉

と突き放した目で眺めていたのである。

ところが、二月《ふた》、三月《み》と経《た》っても、黒田の倅《せがれ》は音をあげなかったし、倒れもしなかった。

どうにか辛抱しているというのではない。万吉は与えられた役目を余裕をもってこなし、いつの間にか弓馬刀槍の稽古においても、他の近習に見劣りせぬ技を見せるようになっていた。

〈こやつ、決して役立たずではないぞ〉

政職は密かに目を見張った。万吉が変わったのは、一つには仕事の要領をおぼえたためであり、もう一つには仲間の協力を得られるようになったからである。

政職はとくに後者に注目した。

おそらく人をひきつける何かをもっているのだろう。わずかな期間に、万吉は十五人の近習の中心的存在となり、うまく彼らの助力を得て命じられた役目を処理するようになっていたのだ。

もう一つ驚いたのは、刀槍術の上達の速さであった。

御着城にやってきた当初は誰を相手にしても歯が立たず、周囲の失笑を買ったものである。ところが、いまでは、近習仲間の半数とは互角、残りの半数には完勝するまでになった。

刀槍を教える彦市に言わせると、万吉は実にのみこみが早く、しかも相手の癖を見抜くのがうまいのだそうだ。


日々、御着城主に面談を求める男どもは少なからぬ数にのぼる。家老、支城を預かる属将、諸奉行・代官、神官、僧侶、百姓番頭……。このほか、雑貨を扱う商人や琵琶弾き座頭の類まで、政職は雑多な連中を相手にすることになる。

黒田の倅の城勤めが始まって四カ月目の五月末の午後、政職が面談を許したのは牛尾久兵衛という武具商人であった。宗卜《そうぼく》同様、広峰神社の神人《じにん》として商いをする男で、万吉は山上で一、二度顔を合わせている。

居館の簀子縁《すのこえん》に座った政職の背後に刀番として控えた万吉は、鉄炮《てっぽう》を売り込もうとする商人とあるじとのやりとりを間近で見聞することになった。

「高すぎる」

庭に跪《ひざまず》いた男の、一梃三十貫という要求に対し、政職はさっきから同じことばを繰り返している。

「たしかに安うはござりませぬ。が、これでも相場より随分値引きさせていただいておりますので……」

小太りの四十男は商い用の笑みを絶やさず続ける。

「われらとて、もう少しどうにかならぬものかと、あちこち走り回っておりまする。なれど、鉄炮は引く手あまた……。堺《さかい》、近江《おうみ》、紀州の鉄炮鍛冶どもが口を揃えて、寝ずに造っても注文をこなせませぬわい、と愚痴るほどの売れよう。要するに買い手が多すぎるので……。これでは、高うなっても安くなるはずがござりませぬ」

「かほどの値段で、誰が買うと言うのじゃ」

政職は、信用しかねる、と言わんばかりに薄い唇を歪《ゆが》めた。

「いくさの絶えぬ世、鉄炮は、誰もが欲しがっておりまする。大和《やまと》の松永様、和泉《いずみ》の三好様、近江の六角様、甲斐《かい》の武田様……。誰もが、でござりまする。とりわけ尾張の織田様は近江の国友鍛冶に対し、造ったものはみな引き取る、と仰せになっているそうな」

　万吉は耳をそばだてた。

　前年五月、桶狭間と呼ばれる山中で、今川義元の首をあげ、駿河《するが》、遠江《とおとうみ》、三河三国の大軍を打ち破った織田信長の名は、祖父の宗卜からしつこく聞かされている。

「その話が本当なら、尾張の青二才は、馬鹿な銭の使いようをしておるわ。鉄炮は、脅しに効き目はあっても、いくさ場では何かと扱いが面倒で役に立たぬ。わしなら、役に立たぬ道具に高い銭を払う代わりに、それで腕のたつ男どもを雇うぞ」

「いや、脅しにしか使えぬというのは、ちと、きつ過ぎるおことばでございましょう」

　久兵衛は苦笑を浮かべ、鉄炮を用いた合戦例をあげて、商品の能書きをしゃべり始めた。

　その口元を眺めていた万吉はやがて、鉄炮商人の背後に控える供の者へ視線を移した。胸紐つきの麻の直垂《ひたたれ》に泥色の括袴《くくりばかま》。頭に萎烏帽子《なえぼし》を載せた妙に白い顔に見覚えがあった。

〈や――〉

　万吉は喉元まで出た声を呑み込む。

〈まさか〉

　政職たちに気づかれぬよう目を凝《こ》らしてみる。見覚えがあるはずだ。男の姿をしているせいで今まで気づかなかったが、萎烏帽子の下の顔は、広峰神社の御師・井口四郎太夫の娘ではないか。

〈こやつ、なぜ、ここに……〉

むろん、鉄炮商人が広峰の神人だからといって、斎女が供をするわけはない。

首を捻る万吉の視界のなかの茅《ちがや》は一瞬、こちらに顔を向け、悪戯《いたずら》っぽい笑みを浮かべたあと、再び取り澄ました表情に戻った。

〈なにか魂胆がなければ、久兵衛の供に化けはすまいが……〉

その魂胆の見当がつかぬ。若者は落ち着こうとして膝の上の拳を握り直した。

御着城の西側を流れる天川《あまかわ》は播磨灘に至る水路になっており、人や諸物資を積んだ舟が絶えず行き交っている。

手綱を引く万吉は、早朝から塩俵を荷揚げする人足どもをかきわけ、城の船着場を通り抜けて、天川堤に出た。

あるじの馬に一鞭当てるのは、近習の朝の務めの一つである。騎乗を促すようにいななく鹿毛《かげ》の首筋を叩いた彼は鐙《あぶみ》に足をかけた。

左手に葦《あし》の茂る天川を見下ろしながら駒を進める。顔に当たる五月末の朝風は新緑の匂いを含んでおり、おのずと鼻孔が膨らんでくる。

奔《はし》りたがる鹿毛をなだめて半町ほど足ならしをさせ、軽く鞭を入れる。いつもなら馬にまかせて一気に加速するところなのに、いくらも駆けぬうちに慌《あわ》てて手綱を絞ることになった。

土手の前方で紅梅色の小袖をまとった娘が、立ちふさがって手を振っている。蹄《ひづめ》にかけられても仕方のない距離だ。

「たわけ、死にたいのか」

二間ほど前でかろうじて馬を止めた万吉は、地面に飛び下りるなり相手を睨みつけ、大声をあげたが、その顔はすぐに妙な具合に歪んだ。

白い歯を見せて立っているのは、前日、城にやってきたばかりの茅である。三梃の鉄炮を売り込んで帰っていった牛尾久兵衛と共に広峰山へ向かったものと思っていたに、まだ御着に留まっていたらしい。

「こんなところで何をしておる」

驚いた分だけ声が荒くなった。

「万吉殿を……待っていたに決まっておりましょう」

茅は小さな顎と膨らみの目立つ胸を突き出すようにして応じた。乱暴な口のききようは変わっていないが、いつもの斎女の打袴《うちばかま》姿ではなく、明るい色の小袖をまとっているせいで大人びて見える。

「待っていた、だと」

「毎朝、馬に汗をかかせておいでになると、城の衆から昨日うかがい、見物にきましたのじゃ」

付け加えたところによると、御着には造り酒屋に嫁いでいる彼女の叔母がいるとか。前夜はその叔母の家に泊まって、空が白むのを待ったらしい。

「ただ馬をひと駆けさせるだけなのに、わざわざ泊まりがけで見物にきたというのか」

若者はあきれ顔で言った。

「いいえ、見物するのは万吉殿のご奉公ぶりです。昨日お城へ行ったのも、そのためじゃ」

宗卜から、万吉が城勤めを始めたことを聞かされた彼女は、一度、その奉公ぶりを見てみたいと思っていたとか。だから、牛尾久兵衛が政職のもとへ行くことを知ったとき、御師の兄も口説き、供をさせてくれるよう拝み倒したのだそうだ。

「おれの奉公ぶりを見物するのが、おもしろいのか」

万吉は苦い顔をした。

「はい、おもしろうござります」

「勝手にしろ」

と吐き捨てた若者は、無遠慮な視線を相手に向けた。

「いつもの衣装と違うな」

彼は斎女の衣装をまとった茅しか知らない。

「似合いませぬか」

娘は袖を持ち上げて見せた。

「おれには、女の衣装なぞわからぬ」

まぶしそうな目をした若者は居心地が悪そうに周囲を見回し、馬上に戻ろうとする。引き止めるように茅が言った。

「大別当様が、宗卜殿の孫は良き顔相をしておいでじゃと申しておられました」

「…………」

鐙にかかった足が止まった。

「出世する相じゃと」

茅は半歩前へ踏み出して続けた。

「…………」

興味がないという顔で万吉は馬に跨がる。

「いっとき、随分痩せられたと聞きましたが、お勤めはこたえますのか」

娘はさらに半歩踏み出した。

「こたえてなぞいるものか」

「広峰山には、もうおいでになられませぬのか」

目まぐるしく話題が変わる。

「そんなひまはないわ」

愛想のない返事をした若者は手綱をあやつって馬の向きを変え、ひょいと片手をあげた。別れの挨拶のつもりなのだろう。

土手の草と朝露を蹴散らして奔り出した鹿毛を、しばらく見送った娘は、唇を尖《とが》らせ呟いた。

「たくましゅうはなられたが、邪険なのは以前と同じじゃ」

弁阿闍梨玄丈

当分足を運ぶことはあるまいと思っていた広峰山へ万吉が登るのは、予期せぬ茅《ちがや》との再会を果たしてから四カ月後の、その年の九月である。

宗卜《そうぼく》の供をしたわけではない。神社を襲った賊の討伐軍に加わったのだ。

姫路城から繰り出した八百の兵の長は職隆《もとたか》である。彼は、まだ合戦を知らぬ若者に命のやりとりの場を体験させようと、小寺政職《こでらまさもと》に倅の同行を願い出た当人だった。

出陣前夜、初めていくさ場に臨もうとするわが子に、父親は様々な心得とともに、戦う相手について聞かせようとした。

「山から逃げてきた神人《じにん》および物見の話からすると、賊の頭は弁阿闍梨玄丈《べんのあじゃりげんじょう》なる男で、数はおよそ三百。毛利の手の者を名乗っておるようじゃ」

「毛利を騙《かた》る賊でござりまするな」

広峰山が襲われたのは二日前の深夜であり、政職のもとへも当然、その報せは届いている。近習を務める身は、賊について、すでにあれこれ聞き及んでいた。

「騙る賊？　ほう、なにゆえ騙りとわかる」

眉間《みけん》のしわをひくりとさせた職隆は、扇子《せんす》を使っていた手を止めた。

「…………」

問われて、万吉は戸惑い顔になった。

七年前の弘治元年（一五五五）十月、厳島《いつくしま》で陶晴賢《すえはるかた》の軍勢を破り、名族大内を倒した毛利は、いまや安芸《あき》、備後《びんご》、周防《すおう》、長門《ながと》、石見《いわみ》の五カ国を支配下におさめる中国最大の勢力であり、いずれ播磨も呑み込もうとすることだろう。

しかし、かつて大内と共に中国を西と東に分け合って治めた尼子《あまご》が、衰えたりといえど、まだ残っている。

毛利が当面戦わねばならぬのは、この尼子だ。播磨に手を伸ばす余裕なぞあるはずがない。たとえあったとしても、わずか三百という兵を差し向けるような真似はしないだろう。数が一桁、いや二桁違っている。

つまり、広峰山を襲った者どもが毛利勢である可能性は皆無であり、いま最も脅しのきく名を騙ろうとする流賊と見て間違いない。

これは、父やあるじの政職もわかっているはずだ。わかっていながら、あえて試しているのだ。

「どうした」

職隆は、黙り込んでしまった万吉を促した。

「なんとなく、そう思っただけでござります」

試されているのを知りながら答えるのは気乗りしない。あえて濁した返事であった。

職隆には当然、頼りなく映った。声を荒らげ、毛利の動きを説き始める。

〈賊はわずか三百か。それも烏合《うごう》の衆だ。負けるおそれはあるまい。しかし、下手に攻めると……〉

父の話に耳を傾けるふりをして、万吉はおのれの考えごとに没頭した。

幼い頃からいつもこうだった。祖父、父母、傅役《もりやく》……、誰であれ、相手の話はたいていうわの空である。政職に仕えるようになってからは、疎漏なく役目を果たすため、努めて直すようにしているが、頭が勝手にほかのことを考え始めると止めようがないのである。

〈これよ、ああ、こうするのが一番じゃ〉

「父上、聞いてくだされますするか」

万吉は不意に職隆の話をさえぎった。

勾配の急な参道を、頭に檜笠《ひがさ》、麻帷子《あさかたびら》に脛巾《はばき》、杖を手にした男たちがゆるゆると登って行く。行列の先頭は三頭の牛。前から順に酒樽、干魚を詰めた俵、瓜を盛った竹籠を背に載せていた。

どこから見ても、寄進の品を携えて広峰神社に参拝にきた一団だ。

先頭の牛の手綱をひくのは万吉である。ときどき檜笠を持ち上げ、額の汗を拭う。すぐあとの牛をひくのは、広峰山の大別当から宗卜が譲り受けた、あの錫杖《しやくじよう》使いの甲子丸《かつしまる》だ。

万吉は父に、三十人の兵を貸してほしいと頼み込んだ。

討伐軍に攻められれば、山上の賊はおそらく、ろくに戦うことなく逃げるだろう。しかし、人や財を攫《さら》うのを生業《なりわい》としている者どもが手ぶらで逃げるはずはない。殺し、奪い、火を放ったうえで姿を消すに違いない。彼らは最初からそのつもりで広峰を襲ったのだ。これを防ぐには、神社詣でを装わせた兵を攻撃に先立って境内に送り込み、彼らの狼藉を食い止めるしかない。されば、三十人貸してほしい、と願い出たのである。

――兵を預けるは易きことなれど……。

と、職隆は応じたものの、それっきり口を閉ざし、長い沈黙のあと、馬鹿なことを考えたものじゃ、と嗤《わら》い飛ばした。

万吉にとって、こうした父の態度はある程度予期したものだったし、傍に居合わせた宗卜の、

――万吉がいかほどの運を持ち合わせているか、この際、試してみるのもおもしろかろうよ。職隆殿、好きなようにやらせてみなされ。

という助け舟も計算どおりであった。かねてから、おやじ殿よりじじ殿のほうが話はわかる、と思っていたからだ。

その宗卜は甲子丸を貸してくれた。広峰山に詳しく、かつ杖術に長《た》けた彼は、大いに頼りになりそうである。

先頭の牛をひく万吉はときどき背後を振り返り、あとに続く男たちの様子を眺めた。固くならず、できるだけしゃべりながら歩けと命じてあるので、にぎやかなものである。初めは話し声も哄笑も、どこか芝居がかっていて不自然だったが、いまは全員が広峰詣での善男になりきっている。

「あと二町ほどで大鳥居でござる」

後方で甲子丸の声がした。

頷《うなず》いた万吉は、さりげなく左右の木立に目をやる。

山上に籠もった賊は当然、各所に見張りを置いており、参道を登るにぎやかな一団を見つけることだろう。

問題はそのあとだ。

賊の頭・弁阿闍梨玄丈が多少でも智恵の回る男なら、直ちに襲うようなことはせず、いったん様子を見るに違いない。そして、神社詣での一団と判断すれば、殺戮《さつりく》、略奪を急ごうとはせず、足場のいい大鳥居前あたりで待ち受け、麓《ふもと》の様子などを訊いたところで始末にとりかかろうとするだろう。

これが万吉の読みであり、いまのところは、どうやら読みどおり、ことは進んでいる。

「ひと休みしますぞい」

甲子丸が長い顎を突き出し、だみ声を張り上げた。

三十人の兵を与えられた万吉は、広峰の地理に明るい甲子丸を案内役に選び、打ち合わせを済ませていた。大鳥居到着を前にして息を整えるのは、予定の行動だった。

〈ざっと五十というところか〉

素早く目勘定した甲子丸は、鼻の穴を膨らませ、大きな息を一つ吐いた。

大鳥居前に立ちふさがった賊は、腹巻に侍《さむらい》烏帽子《えぼし》を載せた者から、帷子《かたびら》に帯代わりの荒縄を巻いた男まで、実に雑多な恰好をしている。

〈どいつもこいつも雨ざらしの腐れ筵《むしろ》のような姿をしおって……。たしかに毛利の手の者であろうはずがないわ〉

甲子丸は顎をそらせ、足元に唾を吐いた。

彼は若い万吉を信用していない。だから、相手はただの流賊だと教えられても、おのれの目で確かめるまでは信じられずにいたのだが、前に居並んだ連中は節巻弓《ふしまきのゆみ》、直槍《すぐやり》、熊手、刀など、武具こそ手にしているものの、すさんだ暮らしを窺わせる顔をしており、身なりもひどい。食い詰めて、盗み、殺しの類をするしかなくなった男どもと見て間違いないだろう。

「うぬら、どこから来た」

中央に立った男が怒鳴った。まともな姿の見られぬ連中のなかでも、ひときわ奇妙な恰好をしている。墨染の衣の上に破れ胴丸、首に太く長い数珠、そして頭成《ずなり》の兜《かぶと》を載せている。太い鼻柱と角張った顎。精気を感じさせる顔だ。胸の張りようからしても、賊の頭領・弁阿闍梨玄丈と見てよさそうだ。

姫路城からやってきた一団は、三間ほどの距離を置いて賊と向き合った万吉の背後で、ひとかたまりになっていた。したがって、頭成兜が睨みつけたのは先頭の万吉である。

〈さて、どう応ずるかな〉

甲子丸は太い指で顎をかきながら若者の背中を眺めた。

「われらは御着城主・小寺政職様の手の者よ。おれは姫路城を預かる黒田職隆の悴万吉だ」

〈ばかな――〉

甲子丸は舌打ちをしそうになった。神社詣での一行を装ったのは、小寺の手の者とわかれば襲われると判断したためのはずだ。なのに、いきなり名乗るとは――。背後の兵がざわめいたのも、予想外の返答に自分同様驚いたからだろう。

〈これでは、首をくれてやると言ってるようなものだ〉

捨て子だった甲子丸は、備前の漁師のあばらやで働き手として育てられるも、十八で養父母のもとを飛び出し、五年ほど各地を流れ歩いたのち、広峰神社に仕えるようになった。こうした生まれ育ちのせいで、人を頼ることも敬うことも知らぬ。かつて神社の大別当に対してそうだったように、彼はいまの雇い主の宗卜やその孫にも忠誠心なぞは抱いていない。

それでも、途中で賊に襲われることはないと言い切った万吉の自信あふれる態度と大鳥居に来るまでの落ち着きように、若造ながら武門の血筋はやはり違うわ、といくらかでも敬う気持ちをもち始めたところであった。なのに、いまの返答だ。

参詣客として境内に入ったあと賊の隙をみて襲うとすればどうにかなろうが、こちらの正体を教えたのでは万に一つも勝ち目はない。

〈はて、どうしたものか〉

甲子丸は左右を見回した。むろん、愚かな雇い主のため命を落とすつもりはない。逃げるか、賊の側に寝返るか――。

「黒田か……。目ぐすりでひと儲けしたとかいう、あの黒田だな」

頭成兜は口元に薄笑いを浮かべて言った。

「で、目ぐすり長者の小倅が何をしにきた」

「この姿で見当がつかぬか」

万吉の声はどこか間延びしており、頼りなく聞こえる。

「広峰詣でにきた、と言いたいのだな」

薄笑いが顔全体に広がった。

「いかにもそのとおりだ。ただし、参詣だけでなく、ついでにやらねばならぬこともある」

万吉の左手は、おのれが引いてきた牛の頸《くび》を撫《な》でている。

「ついでに、やる？　何だそれは」

「おぬしらに、即刻、広峰から退散するよう命じることだ」

「ほう、それはおもしろい」

頭成兜の高笑いにつられて、周りの連中も一斉に嗤った。

「おもしろいが、見たところ、うぬらは三十人ほどしかおらぬではないか。われらが負けるはずのない相手の言うことを聞き入れると思うておるのか」

〈そのとおりよ。勝ち目のない者の脅しを聞く馬鹿はおらぬ〉

胸のうちで賊の言い分に頷く甲子丸の視線は、逃げ道として見当をつけた左手の木立に向けられていた。一気に走って茂みのなかへ飛び込めば、勝手知ったる山だ。あとはどうにでもなる。

「いや、弁阿闍梨玄丈は利口者だ。断らぬと思うな」

宗卜の孫は、なお牛の頸を撫で続けている。

「会ったこともないのに、なにゆえ利口者だと言える」

「利口者でなければ、おれが黒田の倅だと名乗ったところで、すぐさま殺そうとしたであろうよ」

「これから首をもらうことになるやも知れぬぞ」

頭成兜の顔から笑みが消え、急に声が低くなった。

「いや、そうはいくまい。あれを……見るがよい」

振り返った万吉が甲子丸の横手を指差す。兵の一人が抱えているのは、牛の背に忍ばせ運んできた鉄炮である。

「おぬしらと戦うことになったら、あれを撃つ。麓には、おれのおやじの率いる千人ほどの軍勢が待ち構えており、鉄炮の音が聞こえ次第、駆け登ってくることになっておる。必要があれば御着城からも千人ほど繰り出すことになっておるゆえ、おぬしたちに勝ち目はない」

甲子丸はもう灌木の彼方に逃げ道を探すのをやめていた。万吉の口調は相変わらず間延びしており頼りないが、賊を脅すに十分な中身を語っている。

「勝ち目があるかないかは、やってみねばわかるまい」

「どう考えようと勝手だが……」

万吉は一歩前へ踏み出した。

「弁阿闍梨玄丈にこう伝えるがよい。おとなしく山を下り、ほかの土地へ去るなら、われらはこれまでの狼藉は見逃し、手を出さぬ。しかし、抗《あらが》えば一人残らず誅殺する——と。念のため申しておくが、毛利の手の者だと名乗ってみても容赦せぬことに変わりはないぞ」

〈得体の知れぬ若造だな〉

甲子丸は首をひねり、万吉の背中を見つめた。

尋常な口上を述べているわけではない。相手が激怒し、襲ってくるのを覚悟せねばならぬ命懸けの口上だ。ところが、ごくありふれた頼みごとでもするような調子で語っている。それでいて、かえって口上に奇妙な迫力をもたらしている。

いぜん薄笑いを浮かべたままの頭成兜は、しばらく無言で万吉を見返したあと言った。

「幾つになった」

「おれの歳《とし》か」

万吉は自分の顔を指差した。

「ああ、うぬに訊いたのだ」

「十六よ」

「若いな。命が惜しくはないのか」

「惜しいに決まっておろう」

「そうは見えぬな」

「らちもないことを言うておらず、返答を聞かせよ」

「山を下りることか」

腕組みをし、首をかしげた。

「そうさな……、おとなしく退散することにしよう」

おのれが弁阿闍梨玄丈であることを認めた男は、反応を窺うように上目づかいに万吉を見た。

「ただし、勝ち目がないと踏んだからではないぞ。うぬが気に入ったからよ」

玄丈は周りの男どもに、仲間を呼び集め、山を下りる準備をするよう、怒鳴った。どうやら本当に退散するつもりらしい。

手下が慌ただしく動き始めたところで、玄丈は再び万吉に話し掛けてきた。

「その酒樽、土産にもらうことにするぞ。かまわぬな」

指差しているのは、牛の背に括《くく》りつけられた二つの樽である。万吉はためらいなく応じた。

「くれてやらぬでもないが、その前に訊くことがある。おぬしたちはこの広峰山に来て、幾人殺した」

「誰も殺しておらぬ。抗う者が一人もおらなんだからな」

〈一人もおらなんだ——だと。あやつらは何もせなんだというのか〉

甲子丸は、かつての仲間である錫杖使いたちの顔を思い浮かべた。

「女は幾人犯した」

「女？　ここには女なぞ一人もおらぬぞ」

〈上出来だ〉

甲子丸は声をあげそうになった。広峰山では、賊に襲われるようなことがあったら、斎女や神子といった女どもは直ちに姿を消すことになっている。隠れ場所は、口を割らされることを考え、大別当でさえ知らされていないが、玄丈たちにも見つからずに済んだのだろう。

「殺してもおらぬし、犯してもおらぬのか。ならば、これはくれてやるが」

と言った万吉は、ひと息ついて続けた。

「中身は、呑まぬほうがいい。毒が入っておる」

「いま何と言った」

玄丈の声が高くなった。

「毒が入っておると申したのよ。おぬしらが山を下りるのを承知せず、おれたちを襲い、この酒樽を奪ったとしよう。攻め登ってくる麓の軍勢と戦う前にどうする。おそらく酒樽を開けて気勢をあげるに違いない」

「それを見越して毒を入れたというのか。うぬのおやじは汚い手を使いおるな」

「考えたのも、入れたのも、このおれだ」

「………」

絶句した玄丈は、やがて言った。

「うぬは……、おれが、殺しもしたし、犯しもした――と答えていたら、毒の入っていることを教えなんだな」

「いかにも、教えておらぬ」

万吉の口調は相変わらず穏やかで、間延びしており、頼りなく聞こえる。

再び絶句した玄丈は万吉を睨みつけた。目はつり上がり、分厚い唇の奥は歯ぎしりしている。ひどく腹を立てている顔だ。

しかし、怒りの表情は長く続かず、やがて苦笑に変わった。

「あきれた小僧だな」

横を向いて言った。

「いずれ、何かやらかすやも……」

この呟《つぶや》きは聞きとりにくかったが、顎の長い錫杖使いの耳には届いた。

〈おれと同じことを考えてやがる。たしかに変わった若造だ。本気で仕えるべき相手がいるとすれば、案外こやつかも知れぬな〉

万吉の背中を眺める甲子丸は、珍しく殊勝な気持ちになっていた。

篝火《かがりび》の支度が始まった薄暮の境内は、あちこちに、武装し、槍、薙刀《なぎなた》などを手にした男どもの姿が見える。

弁阿闍梨玄丈が間道を使って退散するのを確かめたところで、万吉は麓の職隆へ使番《つかいばん》を走らせ、戦果を報《しら》せた。折り返し伝えられた父の指示は、兵二百を与えるゆえ追い払った賊に備えよ、というもの。境内にいるのはその二百である。

万吉はいま、一夜の帷幕《いばく》として借り受けた拝殿の床に座り、賊を間道へ導く役目を終えてきたばかりの甲子丸の話を聞いている。

別れ際に、玄丈は次のように言ったらしい。われらが何もせずに退くは、所期の目的を果たせしゆえなり。されば、この度《たび》のことを手柄として、うぬらが驕《おご》ることあらば笑止なり――と。

「見苦しい負け惜しみと聞きましたが、お考えはいかが」

「うん……」

万吉は生返事をした。

玄丈が負け惜しみを言うような男なら、あっさり山を下りることなく、悪あがきをしていたはずだ。彼は甲子丸に、われらをただの流賊と思うな、とも言ったとか。毛利の手の者と名乗った連中が、ただの賊に非《あら》ず、所期の目的は果たした――とうそぶいたのだ。毛利に報奨を約束させて小寺の力を探りにきた、と考えたらどうだろう。

玄丈は姫路と御着を一望に見渡せる広峰山を占拠した。攻めるに易く、陣を置くに絶好の場所があることを知ったに違いない。さらには、何かことが起こった場合、小寺がどう動くかについても、手掛かりをつかんだことだろう。以上を報せたなら、毛利は十分満足するはずだ。

世の乱れに乗じて跋扈《ばっこ》する流賊どもとて、頭を使わねば生き延びられぬ。目端《めはし》のきく者は、脅し、殺して奪うだけの商いの先行きに見切りをつけ、国の盗み合いに血道をあげる大名たち相手の商売に切り換えようとしている。おそらく玄丈もその一人なのだろう。

〈まずは、こんなところか〉

一つの憶測をまとめた万吉は、首筋をかきながら、手短に語る。

聞き終えた甲子丸は幾度も頷き、ばか丁寧に低頭して出て行った。

麓で会った初めは、口のききようも態度もひどく横柄だったのに、なぜか先ほどから、彼は急に変わってしまった。

〈得体の知れぬ男だが、ひとりで賊を間道にいざなった度胸は錫杖の腕同様に買える。姫路に戻ったら、祖父から貰い受けてもいい――〉

甲子丸の姿が消えてほどなく、万吉は茅の父親・井口四郎太夫を迎え入れることになった。

すでに顔を見せている大別当がそうであったように、彼も、大仰な賛辞を並べたて、広峰山が救われたことへの礼を述べる。話の中身に幾らか違うところがあるとすれば、幼い頃から、そなた様は変わったところがあった、とわけ知り顔をしたことくらいだろう。

辟易《へきえき》した万吉は話題を変えようとして訊《たず》ねた。

「娘御は無事だったであろうな」

賊が退散したあと、隠れ場所から姿を現した女どもの中に、茅の姿はなかった。誰かに確かめねばならぬと思っていたところである。

「なんと申されました」

耳が遠いのか、御師はすっかり髪の毛の失《う》せた頭をかしげ、聞き返す。

「茅は無事かと訊いておるのだ」

「あやつなら、いま京におりまする。ご承知のことと思っておりましたが」

「いや知らぬ。なんのため京へ行ったのだ」

「祇園《ぎおん》の社で神殿守《しんでんもり》を務める蜂谷《はちや》右京なる男のもとへ嫁ぎました」

万吉は息をのんだ。

〈茅が、よめに行った……〉

驚かぬわけにいかぬ。急に渇きをおぼえ、二度、三度と生唾で喉を濡らし、しばらく天井を仰いだ。

「それは、いつのことだ」

「そなた様にお別れを申し上げに行ってから半月後でござります」

「…………」

万吉は相手の顔を無言で見返した。

鉄炮商人の供の者に化けた茅が御着城にやってきたのは、五月末だったはずだ。奉公ぶりを知りたくて訪れた、と言った彼女は、嫁に行くことなぞ素振りにも見せなかったが、あれが別れを告げるための訪問だったというのか。

「京へ行ったのか」

無意味なことばを呟いた。

「はい、京でござります」

貞観《じようがん》年間（八五九〜八七七）、畿内で疫病が流行《はや》り、多数の死者が出た。このとき、清和天皇の夢枕にお告げがあったとして、広峰山から分霊が京の祇園観慶寺感神院（八坂神社）に迎えられ、懸命の祈禱《きとう》が行なわれた。ほどなく疫病は鎮まったため、都人《みやこびと》は大いに喜び、播磨から迎え入れた神を讃えて謡《うた》い踊った。すなわち、祇園祭の始まりである。

こうしたいきさつから、八坂神社と広峰神社の結びつきは深く、神官同士の行き来も続いている。したがって、広峰の御師の娘が八坂の神殿守のもとへ嫁いでも不思議はないものの、京とはいかにも遠すぎる。

四郎太夫は何かしゃべり続けているが、万吉はもう聞いていない。彼の脳中は、まだ見ぬ都の景色とそこで暮らす茅の姿でいっぱいになっていた。

「おう、そうじゃった」

突然、茅の父親は膝を叩き、懐《ふところ》に手を入れた。

「歳のせいでござりますな。これをお渡しするつもりで参上いたしましたに、すっかり忘れておりましたわい」

袱紗《ふくさ》に包まれた三寸ほどの細長いものを差し出す。

「そなた様に会う折があったら渡してほしいと、茅から預かっていたものでござります」

無言で受け取った若者は袱紗包みを広げた。中身はただの小枝である。切り口に白い髄がのぞいていた。山吹の枝のようだが、何を意味するのかわからない。当惑顔をする万吉を残して、「あやつ、いかなる魂胆であんなものを」と首をひねりながら、御師は部屋を出て行った。

てのひらに載せた小枝を眺める若者の脳裏に、やがて、五、六年前の夏の光景が蘇った。山吹の枝を腰刀で縦に切り割いて白い髄を取り出す自分と、その手元を覗き込む茅の姿であった。何かをしようとしていたわけではない。少年と少女が神社の境内で、暇つぶしのいたずらをしていたにすぎないが、指先につまんだ柔らかな白い髄の感触が、少女をひどく喜ばせたようだ。

「ひょっとすると」

呟いた万吉は小枝を鼻先に近づけ、目を凝らした。漫然と眺めていたときは気付かなかったが、縦にごく細い線が入っているではないか。想像どおり、山吹の枝はいったん二つに割かれたあと糊付けされているようだ。

腰刀を抜き、切っ先で糊付けした箇所をこじ開ける。二つに割れた枝の中空部は取り除かれており、細く丸めた紙片が入っていた。

指先でそれをつまみ出し、広げた。稚拙な文字が並んでいる。

夕暮は雲のはたてに物ぞ思ふ

記されているのは、これだけである。

じっと紙片に見入っていた万吉は声を発した。

「天つ空なる人を恋ふとて」

茅が書いた歌の下の句を続けてみたのである。『古今集』におさめられた読み人知らずの歌で、手の届かない人を慕い、夕暮れには雲の果てに向かって、もの思いにふけることよ、という意味である。

「なんのつもりだ」

若者は顔をしかめ、呟いた。

万吉の知る茅は、子供の域を脱していない粗暴な小娘である。茜《あかね》色の夕焼け雲を眺めてもの思いにふける姿や、筆をとって恋歌を記す姿とは、結びつかない。

「つまらぬいたずらをしおって……」

若者はいったん笑ってみた。が、長くは続かず、すぐに真顔に戻って腕を組み、考え込んだ。

――翌年の春、十七歳になった万吉は、小寺政職を烏帽子親として元服した。前髪を落とした若者は幼名を捨て、官兵衛孝高《よしたか》と呼ばれることになった。

偕行者

永禄八年（一五六五）七月――。

夕暮れの風が吹き渡る青田のなかの街道を、供の者三人を従えた騎馬がゆく。

二十歳になった官兵衛が、この年二月に病没した宗卜《そうぼく》の新盆を済ませ、姫路から御着《ごちゃく》へ戻る途中だった。

ありがた迷惑と思えるほどの過剰な愛情を注いでくれた祖父を偲《しの》び、改めて頬を濡らしてきたばかりである。馬上の官兵衛はいくらか沈んだ顔をしていた。

あるじが口をきかぬため、背後を歩く郎党たちもただ黙々と従っている。槍を担ぐのは八代六之助、弓持ちは益田与介という。そして、ひげ面が目をひく甲子丸の姿もあった。

甲高《かんだか》いわめき声と怒鳴り声を耳にしたのは、御着城までの道のりのほぼ半ばまでやってきたあたりだった。

官兵衛は馬を止め、左手の地蔵堂を眺めた。尋常ならぬ声が聞こえたのは、建物の裏手のようである。

「いかがいたしましょうや」

走り寄ってきた甲子丸が若いあるじを仰ぎ見た。

つい十日ほど前、この里では百姓同士の水争いで血が流されている。また、争いが始まったのかも知れぬ。

「一休みしていくか」

応じた官兵衛は馬を下り、甲子丸たちを従えて、竹藪になっている地蔵堂の裏手に向かった。

木切れを手にした野良着姿の男が三人、太い竹の根元に後ろ手に縛りつけられた少年を見下ろしている。丸い目と獅子鼻が目立つ少年の顔は鼻血で汚れており、唇が腫《は》れあがっていた。

「なんのための折檻《せっかん》だ」

足音を聞いて向き直った百姓たちに、官兵衛は声を掛けた。

このあたりの里人で、父職隆《もとたか》を継いで姫路城将になる日が近いと噂される官兵衛を知らぬ者はいない。深々と腰と膝を折って挨拶をした野良着の三人は、先を争うようにわめき出した。要領を得ない彼らの話を整理すると、こうだった。

折檻している少年の名は栗山の善助。他国からやってきて住みついた夫婦者の子供だが、三年前、相次いで両親が病死したため、いまは天涯孤独。里人の野良仕事を手伝うなどして飢えをしのいでいる。つまりは、人の情けにすがって生かしてもらっている身。なのに乱暴者で、喧嘩をするわ、物を壊すわ、畑を踏みにじるわ……と、ろくなことをしない。この日にいたっては、石地蔵を叩き割り、あろうことか、その首を稲田の中に放り込むという悪さをした。だから、腹を据えかねて懲《こ》らしめているのだ——と。

「小僧、いまの話に間違いはないか」

官兵衛は本人に確かめてみた。

「間違いはねえ」

少年はあっさり頷《うなず》いた。相手が泣き言を並べたり、おのれの言い分をわめき散らしていたなら、官兵衛は百姓たちを多少注意する程度で、立ち去っていたに違いない。ところが、善助の態度は実にいさぎよい。こうなると弁疏《べんそ》を聞いてみたくなる。なぜ地蔵を壊した、と訊《たず》ねてみた。

「くその役にも立たねえからよ」

少年は吐き出すように答える。

「罰当たりめ、まだほざくのか」

百姓たちが木切れを振り上げるが、善助はひるまず続けた。

母親が病んだときも、父親が病んだときも、幾度となく地蔵に手を合わせたのに、結局、二人とも癒《い》えることなく死んでしまった。そのあとも、折あるごとに地蔵に頼みごとをしてきたが、一つとして聞き届けてもらったことがない。

「だから、ぶち割ってやったのじゃ」

一気にしゃべった少年は薄い胸を張ってみせた。

十代半ばで母を、そして昨年、祖父を亡くしている官兵衛には、善助がどんな気持ちで地蔵を叩き割ったか見当がつかぬでもない。本来なら叱らねばならぬ立場なのに、それを忘れて相手の汚れた顔を眺めた。

「幾つになる」

いつまでも黙っているわけにもいかず、口をひらいた。

「十五じゃ」

「それにしては小さいな」

善助は痩せており、十一、二にしか見えない。おそらく、父母を亡くしたあとは、ろくに食えぬ日々を過ごしてきたに違いない。

「小さくとも、足の速さは誰にも負けぬし、力もあるわ」

少年はむきになって怒鳴る。

苦笑した官兵衛は再び相手を眺めた。

破れ汚れた着物、長いあいだ湯を使っていないと思われる垢《あか》まみれの首筋と手足……。

父母を亡くした少年がこれまで、どれほどみじめな歳月を送ってきたか容易に想像できた。

〈はて、どうしたものか……〉

官兵衛は視線を善助に向けたまま思案した。ぼろきれのような少年を連れてゆくべきかどうか――。役に立ちそうもないが、拾ってやらねば、里人になぶり殺しにされかねない。

「小僧、おれに仕える気はあるか」

腰をかがめ、覗き込むようにして訊いた。

問われた善助は目を輝かせ、大きく頷いた。新たな主従関係はあっさりまとまった。益田与介に荒縄を解いてもらった少年は地面にひれ伏し、存外そつのない文句を並べて、あるじへの忠誠を誓う。

これを聞く官兵衛は心中で呟いていた。

〈また、ろくでもないのを拾ってしまったわ〉

二十三歳になる益田与介と十九歳の八代六之助は二年前から使っているが、ともに出来のいい郎党ではない。

井口四郎太夫に頼まれて傭った百姓の悴《せがれ》与介は気がきかぬうえ、動きが鈍重で、いくさ場ではまず役に立ちそうもない。

父親がかつて御着城主に仕えていたということで傭った六之助は、からだが細く、これも合戦の際、あまり期待できない。

そして、今度は善助だ。

結局、甲子丸以外は頼りにならぬ者ばかり集めたことになり、われながら感心できぬ。

〈まあ、よいわ〉

何かの使い道はある、と自ら言いきかせた官兵衛は、もう余計なことを考えていない。痛めつけられた百姓どもに悪態を浴びせる少年を促して歩き出した。


仕え始めて五年になる官兵衛には、政職《まさもと》がいかなる場合、なにを考え、どのような行動をとりたがるか、おおよそ見当がつくようになった。政職にとって、こうした近習は使いやすいのだろう。なにかにつけて側に置きたがるため、城内の侍長屋で腰を落ち着ける時間はいくらもない。

永禄九年（一五六六）三月のこの日も、非番だというのに午後から城に詰めた官兵衛は、暗くなって長屋に戻った。

いつものように郎党が出迎える。袴の裾を払う与介、足盥《あしだらい》を運んでくる善助、刀を受け取る六之助、脱いだ羽織を畳む甲子丸……。

ここまではいつもの手順だったが、官兵衛が夕食の膳についたところで様子が変わった。四人の郎党が膝を揃えて前に座り、改まった口調でわめいたのである。

「この度《たび》は、まことにおめでとうござります」

「なんのことだ」

官兵衛は手にしたばかりの箸を下に置いた。

「櫛橋《くしはし》様の姫君の件に決まっておりまする」

甲子丸が珍しくおどけた口調で応じた。

「………」

官兵衛は無言で四人の顔を見渡した。

政職から縁談を聞かされたのは今日の午後のことだ。まだいくらもたっていない。なぜ、郎党どもが知っているのだ。めったに目を剝《む》かぬほうだが、これには驚かずにいられない。

「誰から聞いたなどという野暮な詮索はなされますな」

先手を打った甲子丸は続けた。

「それより、祝いの酒を用意させていただきましたゆえ、まずは召し上がってくだされ」

善助と六之助に目くばせしたのは、酒を運ばせるためのようだ。

「祝いの酒？　待て、待たぬか」

官兵衛は両手で何かを押さえつけるような仕種《しぐさ》をした。

「殿から嫁とりの話があったのは確かだが、おれはただ聞いただけで返事をしておらぬ。

祝い酒はまだ早いぞ」

「なにが早いものでござるか。返事をするもしないも、話はもう決まったも同然でござりましょうが……」

甲子丸は、あるじを無視して、酒を運ばせ、めでたいめでたいを連発する。

〈話はもう決まったも同然だと……。案外、そんなところかも知れぬな〉

無理に持たされた酒杯を眺める官兵衛は、政職の顔を思い浮かべた。

彼はこんなふうに縁談を持ち出した。

——昨日、伊定《これさだ》が来たのは知っておろうな。

御着城の東二里弱の地に支城・志方《しかた》城がある。城主は、政職の妹を妻とする小寺の属将・櫛橋伊定だ。

布袋《ほてい》のような福々しい容貌の伊定はもともと誰にも愛想のいい男だが、とくに官兵衛に対しては、顔を合わせると必ず声を掛けてくる。昨日も同様で、二人は挨拶を交わしていた。

——あやつが、な。改まった顔で頼みごとがあると頭を下げおった。なんだと訊くと、姫の縁談をとりもってほしいと……。目当ての相手がいるのかと問うたら、われの名をあげおった。

かしこまって聞く官兵衛に口を挟む余地を与えず、政職は続けた。

――めでたい話ゆえ、わしはむろん引き受けた。どうじゃ、異存はあるまいな。いや、そちのおやじ殿のことはまかせよ。わしから筋を通しておく。

話はこれだけで、政職は縁談の当人の意向をいっさい確かめようとしなかった。したがって、官兵衛とすれば、まだ返事をしておらぬと言えるわけだが、あるじが自分の姪《めい》にあたる娘の縁談を持ち出したのだ。考えてみれば、断れるはずがない。

「櫛橋様の姫君は、な」

官兵衛が黙り込んでいるので、郎党の最年長者である甲子丸は座持ちをせねばならぬと思ったのだろう。仲間に向かってしゃべり始めた。

「御《おん》とし十四で、名は次月《しづき》様と申される」

〈ほう、次月という名なのか〉

官兵衛は聞き耳をたてた。教えようとしなかった政職も、確かめようとしなかった自分も共にうかつだが、縁談相手の名と歳をいま初めて知ったとは馬鹿な話だ。

「美しいお方じゃろうな」

善助が膝をのり出した。いまだに育ちが遅れているものの、飢えぬようになった彼の血色は近頃めっきりよくなった。もっとも、今夜の彼は祝い酒で頬を染めている。

「おお、それはもう美しい姫君じゃ。肌は羽二重《はぶたえ》より白く、瞳は童女のように澄んでおり、お声は鈴の音色のようにあえかじゃ」

〈姿を見ているはずもないのに、いい加減なことをぬかしおって〉

　官兵衛は苦い顔になったが、話は聞いてみたい。甲子丸のしゃべるにまかせた。

「櫛橋様の雑人《ぞうにん》に、かつて広峰の神人《じにん》だった者がおる。そやつに教えてもろうたが、次月様は望月《もちづき》姫というあだ名をお持ちじゃそうな。なぜ、そう呼ばれるか、わかるか」

　問いかけられた善助はしばらく考えこんだあと、首を横に振った。

「わからぬ」

「見目《みめ》もお人柄も欠けたるところのない姫君ゆえとも、あるいは望月のように東西南北、前後左右、どちらから見ても美しいお方ゆえとも……」

「なるほど、それで望月姫か……」

　六之助が感心したように声を張り上げた。

「もう一つ、おもしろい話がある。聞きたくないとは言うまいな」

　仲間をじらすつもりか、甲子丸は手酌でおのれの酒杯を満たし、ゆっくり飲み干した。

「それはな、櫛橋様がいつから、望月姫を嫁がせる相手として、われらのあるじに目を付けたかじゃ。五年前に御大将が広峰山で手柄をたてられたことは、いつぞや聞かせてやったな。あの折からよ」

〈どこまで本当かわからぬが、ようも、あれこれ仕入れてきおったわ。こやつ、錫杖の腕だけではなく、探索の才があるやも知れぬな。東西南北、どちらから見ても美しいゆえ望

月姫……か。気のきいたあだ名を付けたものよ。望月を歌《うと》うたものといえば……、まずは、道長公の……あの無粋な歌と……〉

空き腹の酒は酔いの回るのが速い。ものを考えるのが億劫《おっくう》になってきた。

「やっ、あれを見よ。われらが御大将は舟を漕いでおられるわ。美しい姫君を迎えることが決まった、めでたい夜だというに、いっこうに嬉しそうな顔もせず、わずかな酒を食ろうただけで寝てしまうとは……。情けないことじゃ。若武者はこうしたとき、女性《にょしょう》の火《ほ》照《て》ったからだを想うて、槍をしごき、突き上げ、鬨《とき》の声をあげるものでござるぞ」

甲子丸の声が遠くなってきた。

〈やかましいやつだな。初めて顔を合わせたときは人を睨むだけの無愛想者だったに、近頃は、口達者になりおって〉

半ば夢のなかの官兵衛のからだがゆらりと前にのめり、左手から空の酒杯が床に転げ落ちた。

伊定が娘に茶菓を運ばせるのは、とくに身分の高い客か、幼い頃の次月を知っている親しい間柄の客だけだが、いずれの場合も、父親の簡単な紹介に従って頭を下げれば役目は終わり、解放される。

唐菓子を載せた高坏《たかつき》を客の円座《わろうだ》の前に置いた次月は、この席に呼び出されるまで乳母相手に菖蒲《しょうぶ》を使った根合わせをしていたところであり、一刻も早く遊びの続きをしたいと思っている。落ち着かぬ気持ちで紹介のことばを待った。

「こやつが、次月でござる」

父親が甲高い声を出した。部屋に入ったときから目を伏せ続けている次月は、客をまともに見ていない。視線の端で、相手の膝の上の手がぴくりと動くのを捉えただけである。

「黒田孝高《よしたか》殿じゃ、ご挨拶をなされ」

続けてこちらを促す。

〈黒田、孝高？　あの孝高様がここに？〉

驚いた次月は行儀も作法も忘れて顔をあげ、客のほうを見た。

小寺姓を許されるまでに出世した黒田職隆の長子との間で縁談がまとまり、来春、祝言が行なわれることになった――と父から聞かされたとき、お顔も知らぬ方のもとへ嫁がねばなりませぬのかと、涙を浮かべたのは確かである。しかし、だからと言って、いきなり引き合わせられるとは――。

性急なうえ、しばしば突拍子もない行為に出て家人を戸惑わせる伊定ではあるが、度が過ぎる。こんな場合はせめて、客の名くらい、誰かを使ってあらかじめ耳打ちしてくれてもよいではないか。

「どうした、そなたの婿殿になるおひとじゃぞ。ご挨拶をせぬか。たまたま殿の急ぎのご用命を持って御着城よりこられたゆえ、よい折じゃと思うてな……」

促された次月はようやく頭を下げ、短い挨拶のことばを述べた。

「孝高でござる」

返ってきたことばは、これだけであった。

固くなっている娘の気持ちをほぐそうとしたのだろう。伊定は哄笑をまじえて何かしゃべるが、耳を傾ける余裕はなかった。退室の際の自分の所作も挨拶のことばもおぼえていない。ともかく無我夢中で次月は部屋を出た。

簀子縁《すのこえん》を数歩あるいたところで立ち止まり、大きな溜め息をついた。頰が上気しているのがわかる。官兵衛の顔を見たとたん速くなった胸の鼓動もおさまっていない。

「父上は、いつだってこうなんですもの」

振り返って言った。声を掛けた相手は背後の侍女だが、次月に従って茶菓を運んだ彼女も部屋に入るまで、客がいま家中の話題をさらっている若者であることを知らなかった口である。こちら同様に頰を上気させている。

伊定の強引なやり方は初めてではなかった。

二年ほど前、なにがしという僧侶のため琴を弾かされたことがある。つい最近は、京からやってきた公家《くげ》の前で舞わねばならなかった。いずれも次月が進んでしたことではなく、娘の琴や舞いの披露を勝手に客に約束した父親が、否応なく強《し》いたものであった。

周囲の者がしばしばからかいたがるほど、伊定の娘をいつくしむ気持ちは強い。これは次月も承知している。ただ、彼は何事においても、ひとりで走りすぎる。

今度の縁談もそうだ。陰陽道《おんみようどう》を大事にする父だけに、姫路城の方角や官兵衛の生年月などを宿曜師《すくようし》に占ってもらうことだけは忘れなかったものの、すべて勝手に話をすすめ、祝言の日取りまで決めたあと、藪から棒に、そなたの婿になる男が決まったぞ、と嬉しそうな顔で名を告げたのである。

「何をするにしても心構えが要《い》ることを、父上はご存知ないと思いませぬか」

歩き出した次月は不服の続きを口にした割に腹を立ててはおらず、むしろ、会ったばかりの若者のことを考えるのに忙しかった。

嫁ぐ相手については、広峰山で弁《べんの》阿闍梨《あじやり》玄丈《げんじよう》なる賊と戦ったことも含め、父から何かと聞かされている。そのせいで荒々しい武者を想像していたのだが、いま目にしたのは、両手を膝に置き、背筋を伸ばして端然と座る、もの静かな雰囲気を漂わせた若者だった。

〈少しもこわい感じはせなんだ。やさしい方に違いない。あれなら、きっと赤具足《あかぐそく》がお似合いになる〉

伊定は結納返しとして、兜《かぶと》も緘《おどし》もすべて鮮やかな緋色の具足を贈った。品物を見たときは、随分派手な色を選んだものだと、父の選択に首をひねったが、官兵衛は面長で色が白い。赤い合子形《ごうしなり》の兜がよく映りそうである。

〈でも……〉

初めて会った若者に高い点数をつけたがっている自分に気付いた次月は、あえてあらを探そうとした。

〈ぼんやりしたおひとじゃった。それに、からだが細うて、どこかひよわそうな感じも……〉

「どちらへ行かれるおつもりですか」

侍女に袖をつかまれた次月は、方向違いの簀子縁に踏み出そうとしている自分に気付き、きまり悪そうに笑い声をあげた。

永禄十年

桜の蕾《つぼみ》がほころぶのを待って官兵衛と次月《しづき》が祝言をあげた永禄十年（一五六七）は、天災地変も大きな合戦もない安穏な年だった。ただし、これは播磨国に限っての話だ。

天下の乱れようは相変わらずであった。

なにより、この国を束ねる者がいない。足利の血筋は途絶えておらぬというに、将軍の座が空になっていた。

三好長慶《ながよし》の部将から大和《やまと》・丹波《たんば》の支配者に成り上がり、永禄八年五月に室町十三代将軍義輝《よしてる》を自刃に追い込んだ松永久秀が、義輝のいとこ義栄《よしひで》を十四代に担ごうとしていたものの、朝廷工作がはかどらず、いまだ宣下《せんげ》を得ていない。

また、義輝の弟義秋（永禄十一年、義昭に改名）が流浪先の越前敦賀《つるが》の地から、越後の上杉、甲斐の武田、尾張の織田、安芸の毛利、薩摩の島津など、頼りになりそうな諸大名に書状を送り、その力を借りて十四代の座につこうとしていたが、これもまだ成功していない。

束ねる者のいない国、法秩序を失った国で生き残るには、力ある者の足元にひれ伏すか、自らがその力を手にするか、二つにひとつである。おのれの意のままになる者を将軍に据えようとする松永と、将軍の座を窺う者から与力《よりき》を求められている上杉以下の諸将は、むろん後者であり、がゆえに、いくさの絶えぬ世が続いていた。

官兵衛のあるじ小寺政職《まさもと》は念を押すまでもなく、前者だった。新たな領国や城を手に入れようとする野心も力も持ち合わせておらず、いまの安穏を失わぬのなら、誰に対してであれ、ひれ伏すのは厭《いと》わぬと考えている。

野心を持たぬ小商人は、自ら汗を流そうとしない。商いはもっぱら番頭まかせで、おのれの趣味道楽に打ち込む。政職も同じで、領国経営は姫路の黒田（小寺）職隆や志方の櫛橋伊定に任せ、自らは絵筆や茶の湯に熱中している。

あるじに頼られた職隆と伊定はそれなりに務めを果たしているものの、彼らもまた野心に縁のない男たちであり、職隆にいたってはまだ四十四歳だというに、早々に老け込み、悴が嫁を娶ったのを幸いとして、隠居を申し出、あっさり官兵衛に家督を譲ってしまった。

次月が姫路城将の私室に入ってきたとき、官兵衛は一幅の古筆を眺めていた。正確に言えば、書に視線を向けたまま考えごとをしていた。

「おもしろい墨跡ですこと」

こちらの肩ごしに覗きこんだ次月は、すぐさま感じたところを口にした。

「ほう、どこがおもしろい」

妻と呼ぶには若すぎる相手の顔を見上げた。

「癖のある筆の跳ね方と、それでいて温かな感じ……、気取っているようで童《わらべ》の文字のように素直なところ……、みな、おもしろうございまする。誰が書いたものでしょう」

しゃべりながら次月は夫の横に座った。

「虚堂《きどう》だ」

「虚堂？　名のあるおひとですか」

「この書は、そなたの父御から戴《いただ》いたものだぞ」

「でも、知りませぬ」

「虚堂というのは唐の坊さんよ。僧としての名はたしか智愚《ちぐ》だったと思うな」

官兵衛は、南宋の高僧について知るかぎりのことを語り始める。

普段はそうでもないのに、次月を相手にすると多弁になる。

彼女は聞き上手だった。さりげなく話題を探し出し、なんやかやと訊ねてくる。訊ねられたら答えねばならぬ。官兵衛はおのずと多弁になるのである。

次月は知ったかぶりをしない。あえて無知を装っているのではないかと思えるほど、やつぎばやに質問をぶつけてくる。しかし、わずらわしくはない。

〈かわいいおなごだ〉

と、官兵衛は思っている。申し分のない女を娶ったとさえ思っている。ただし、問題がなかったわけではない。

祝言をあげて半年近くなるというに、ふたりはまだ夫婦の交わりを済ませていなかったのである。初めての夜、次月は官兵衛の腕に抱かれたものの女になることを拒んだ。嫌われたのではないか、と思ったが、次の日以降の彼女はいまのように進んで話し掛けてくるし、笑顔も見せる。それ以来、まだ十五ゆえ、おとなになっておらぬのか——と、無理に求めぬことにしたが、落ち着かぬ気持ちでいるのは否定できない。

日に一度は顔を見せるものの、次月は決して長居をしない。虚堂の話が終わるとほどなく、萌葱《もえぎ》色の小袖は梅花を想わせる香りを残して立ち去った。

入れ違いにやってきた栗山善助が、残り香を吸い込むような仕種《しぐさ》をしたあと、用件を述べた。藪のなかで百姓どもに竹の棒をくらって泣き叫んでいた少年も、いまは小姓にふさわしい袴姿だが、行儀の悪さはあまり変わっていない。

「弁阿闍梨玄丈《べんのあじやりげんじよう》?」

城将との面談を乞うているという行脚《あんぎや》僧の名を聞いたとたん、官兵衛はからだを斜《はす》にしてのり出した。もともと人の名を忘れるほうではない。ましてや弁阿闍梨玄丈といえば、名だけでなく、いかつい顔も野太い声もはっきり憶《おぼ》えている。

「で、きゃつはどこだ」

「まだ、ご城門の前でうろうろしているかと……」

「連れてこい」

顎をしゃくった官兵衛は、自分同様に玄丈を憶えているはずの甲子丸を呼び寄せることも忘れなかった。

善助の案内で部屋に入ってきた弁阿闍梨玄丈は、六年前と変わっていなかった。破れ胴丸や頭成兜《ずなりかぶと》こそつけていなかったものの、僧衣姿であり、見覚えのある首に巻いた長い数珠、精気を感じさせる太い鼻柱と角張った顎、なにもかも以前のままであった。

「おう、これはこれは……、まことに見事な若武者になられましたな」

と、感嘆の声をあげた玄丈は、ひれ伏して言った。

「この度は櫛橋様の美しき姫君を娶られた由、またご家督を継がれ、当城のあるじになられた由、重ねがさねおめでたきこと、謹んでお祝い申し上げまする」

流賊の頭領として、広峰山の大鳥居の前で仁王立ちした彼の姿が脳裏にこびりついている官兵衛からすれば、大真面目に殊勝な口上を述べるのはどうにも滑稽に映る。甲子丸も同じ思いなのだろう。薄嗤《うすわら》いを浮かべて僧衣を眺めている。

「まさか、わざわざそれを言いにきたのではあるまいな」

からかってみたくなった。

「へっ?」

顔をあげた玄丈はこちらを見返す。すぐに、にたりとして言った。

「いかさま、図星でござる。実は、傭うてもらうため参上いたしました。この弁阿闍梨玄丈と一党三百の命を、そなた様にお預けいたしまする」

「………」

「妙な顔をなさりますな。まずは聞いてくだされ。われら一党は、いくさで妻子や土地、家、あるいは仕えていたあるじなどを失った者の集まりで、いずれも語るほどの氏素性を持ち合わせておりませぬが、役に立ちまするぞ」

「なにゆえ、おれを奉公先に選んだ」

官兵衛はようやく口をひらいた。

「それがし、いささか観相に明るうござる。広峰山でお会いしたとき、すぐに気付きましたが、そなた様は大出世のかなう相をしておいでじゃ。あるじが出世をすれば、仕える者も果報を得られるというもの。されば、そなた様を選んだのでござる」

「なるほど、おれの人相で決めたと言うのだな」

「ありていに申し上げると、わけはもう一つござる。黒田様のお家は目ぐすりで大いに財をなしたと聞き及んでおりまする。あるじの台所が豊かであれば、仕える者は衣食に不自由せずとも済むというものでござろう」

「…………」

正直な言い分を聞いた官兵衛は苦笑しながらも、初めて本気で耳を貸す気になり、相手の顔を見据えた。

「手下は三百と申したな」

「いや、それは弾みで申しあげたこと。たしかにむかしは三百引き連れておりましたが、いまは三十あまりでござる」

気まずそうな顔もせず、一桁違う数をけろりと口にした玄丈は、手下の減ったわけを語り始めた。

広峰山を下りたあとの彼は一党を引き連れて安芸に向かい、毛利元就《もとなり》に傭われ、数度にわたって出雲の尼子《あまご》勢と戦った。いずれも楽のできぬ合戦ばかりだったが、とくに激戦となったのは、一昨年の永禄八年（一五六五）九月から始まった尼子の本城富田月山《とだがっさん》城攻め。三万の大軍を動員した毛利は昨九年十一月に落城に追い込み、尼子を滅ぼしたものの、一年余の戦いで数千の兵を失った。

「そのなかに、おぬしの配下の者も含まれていたというのだな」

甲子丸が合いの手を入れた。

「さよう、われらは運悪く、最も矢玉の飛んでくる場所で戦わねばならなんだ。いずれにしても、わしは手下の大部分を死なせてしもうたわ」

「なのに、元就は恩賞を惜しみおった。で、毛利を見限って、播磨に来たというのじゃな」

甲子丸は勝手に結論を引き出した。

「いや、最初からこの地へ来ようと決めたわけではござらぬ。まず織田を訪ねてみようと——。ところが、途中で、黒田の若が美しい姫君を娶られたうえ、父御を継いで姫路城のあるじになられたという噂を耳にいたした。すぐに広峰山でお会いした若君のことだとわかり、遠い尾張へ行かずとも、仕える楽しみのあるお方が近くにおるわと考え、参上つかまつった次第でござる」

「織田、と申したな」

何か言おうとする甲子丸を、官兵衛がさえぎった。

「おぬしが仕えてみようと思うたほど、信長の評判は高いのか」

「さよう、毛利勢の間でも信長の名はしばしば噂にのぼっておりました」

「さもあろうな」

頷いた官兵衛は遠くに視線を漂わせた。

信長はこの年、すなわち永禄十年八月、斎藤竜興《たつおき》を倒し、居城を小牧山から稲葉山に移している。つい二カ月ほど前のことで、尾張の織田、美濃を併呑《へいどん》す——の噂は播磨にも伝わっており、官兵衛も注目していたところだ。

「今川と斎藤を倒した織田には、なにか途方もないことをやらかしそうな勢いが窺える。いまからでも遅くはあるまい。かの人に仕えたらどうだ。出世が望めようぞ」

「人は縁あって結ばれるものでござる」

弁阿闍梨玄丈は妙に改まった口調になった。

「そなた様との縁が生まれたのは広峰山、あのときのわしは一いくさしようと思えばできぬでもなかったに、まるで抗《あらが》う気になれませなんだ。おそらく、知らぬうちに、いずれあるじとして仰がねばならぬおひとだと考えていたのでござりましょう。それに、花は蕾《つぼみ》のうちから眺めたきもの。まだ世に出ておらぬお方に目をつけてこそ、仕える楽しみがあるというものでござりましょうが」

「便巧《べんこう》を並べおるわ」

甲子丸が聞こえよがしの独りごとを言ったが、玄丈は素知らぬふりで続けた。

「ご奉公、かないましょうな」

官兵衛は相手の強引な態度に辟易《へきえき》しながらも、首を横に振るようなことはしなかった。

祖父の宗卜《そうぼく》は、いくさの絶えぬ世を生き抜くにはよき郎党を持たねばならぬ、と口癖のように言っていた。これを常に頭の隅に置いている官兵衛は、父のあとを継いでから、人を増やすように心掛けてきた。流賊だった男が果たして役に立つかどうかは問題だが、相手が言うように縁あって自分を頼ってきたのだ。受け入れてやるのが当然だと考えている。

奉公を許したあと、官兵衛は言った。

「ところで、経は読めるであろうな」

怪訝《けげん》な顔をした玄丈には通じなかったようだが、官兵衛は彼の素性《すじょう》を訊ねたつもりである。衣をつけ、弁阿闍梨などと名乗っている以上、かつてはどこかの寺にいたのだろう。その寺の名を訊《き》こうと思ったのだ。

「読めと申されるなら読みまするが……、ここで経をあげるのでござるか」

「いや、いまでのうてもよい」

官兵衛は鼻先で手を振った。

玄丈に対する詮索はこれで終わりである。

甲子丸の場合も似たような扱いだった。官兵衛という男は人の氏素性《うじ》に無頓着であった。この年までに、神吉《かんき》小助、母里雅楽之助《もりうたのすけ》、井上九郎右衛門、桐山孫兵衛……といった、後年、名をあげる新しい顔ぶれが郎党に加わっていたが、いずれも名乗るべき家門を持たぬ者ばかりだったのである。

〈かほどに酔うたのは、生まれて初めてではあるまいか〉

寝間に入った官兵衛は、よろけながら夜具のわきに腰をおろした。

もう五つ（午後八時）は過ぎているだろう。主従の固めの杯が長い酒になったのは、玄丈の話が興味をそそるものだったからだ。彼は毛利の内情を聞かせてくれた。いや、毛利だけではない。酔いが回るにつれて、上杉、武田、織田、朝倉などの諸将についても、こちらの知らぬ最近の動きを、次々にとりあげた。こうした話は、官兵衛にとって、いかなる珍味よりも美肴《びこう》であり、つい杯を重ねてしまったのである。

「来おったか」

もつれ気味の舌で呟いた。部屋に入る際、酔いざましの水を持ってくるよう命じてあった。近づいてくる足音はおそらく、水差《みずさし》を運んできた侍女のものであろう。

襖《ふすま》があき、衣擦《きぬず》れが聞こえた。両膝に手をつき、前のめりになって玄丈の話を反芻《はんすう》している官兵衛は、視線をあげようとしない。

「酔うておられまするのか」

柔らかな声である。前に座ったのは侍女でなく次月だった。

「ああ、少しばかりな」

初めて顔をあげた夫は、差し出された湯呑の水を喉を鳴らして流し込む。

「きょうは、おもしろき男を拾ったぞ」

濡れた唇を手の甲で拭いながら言った。

「おもしろき男、でござりまするか。どのように、おもしろいのでござりましょう」

次月は膝を乗り出すようにした。

「野盗だった男よ」

相手が耳を傾けてくれるので話しがいがある。官兵衛は、広峰山で弁阿闍梨玄丈と出会ったときのことから語り始めた。

じっと聞き入る白い顔が目の前にあった。半間と離れてない先に座っているので、薄化粧の甘い香りを嗅《か》がぬわけにはいかない。

ふっくらとした頬、気品を感じさせる整った鼻梁《びりょう》、柔らかな顎の曲線をひきたたせる小ぶりの愛らしい唇、そして見る者をたじろがせる深みのある目の色……。世間の評判どおり、もともと美しい女ではあったものの、これまでの彼女は幼さを感じさせた。ところが、目の前の次月はおとなの女の美しさを匂いたたせているように見えた。

官兵衛はいつの間にか話をやめ、妻の顔を眺めていた。

〈なるほど、望月姫と呼ばれるだけのことはあるわ。かほどに美しく見えるのは、酒と玄丈の話に酔うたせいかも知れぬな〉

「どうかなされましたか」

黙り込んでしまった夫に、次月は小首をかしげて声をかけてくる。その仕種が官兵衛にはまた愛らしく映った。

「次月」

名を呼んだ彼は、自分でも知らぬうちに右手を差し出していた。

はにかむような表情を見せた妻は一瞬ためらったものの、伸ばした腕にすがりついてきた。引き寄せたからだを両腕のなかに包み込む。

「そなたは、いつもよい匂いをさせておる」

頰擦りしながら囁《ささや》いた。

頰を押しつけ合うところから始めた二人は、やがて夜具の上に倒れ込み、唇を吸い合った。ここまではすでに済ませていたことである。

素面《しらふ》だったなら、官兵衛はいつものようにおのれの欲望を抑え、先へ進もうとしなかったに違いない。

ところが、いまの彼は酔いすぎており、相手を気づかう気持ちも、粗暴な行為を慎ませる羞恥心もなくしていた。

小袖の裾を割って右手を滑り込ませる。身を縮めた相手は首を横に振っていやがったが、ためらうことなく目的の場所に向けて指先を這わせた。

初めての夜、次月は太腿の上の手を押し退《の》け、からだを捩《よじ》って、官兵衛を拒んだ。以来、触れようとしなかった箇所である。

恥毛をなぞって下へ向かった指先がそこに触れた。官兵衛の肩をつかむ小さな手に力が入りはしたけれど、次月はもう抗《あらが》おうとせず、じっとしている。

「いたすぞ」

官兵衛は無粋なことばを口にし、次月の上におおいかぶさった。

祝言をあげた間柄である。帯も解かずに慌ただしく契ろうとせずとも、相応の手順を踏んでことを進めればよかったのだが、官兵衛はひたすら交わることばかり考えていたし、次月も受け入れようとしていた。

小袖の裾から覗く白い脚を乱暴に割り拡げ、おのれの男を亀裂にあてがった官兵衛は、一気にぬめりの中へ押し込もうとした。

次月が苦痛の呻《うめ》き声をあげる。

「痛いのか」

「いいえ」

妻を苦しめるつもりのない官兵衛は、耳元に囁いた。

首を横に振るが、苦痛をこらえているのはわかる。

「やめてもかまわぬぞ」

「いいえ、続けてくださいまし。二人は夫婦でござりまする」

「本当にかまわぬのだな」

「はい、本当に続けてくださいまし」

妙な会話だったが、どちらも真剣であった。

「もっと早《は》よう、こうなりとうござりました」

次月は喘《あえ》ぎながら大胆なことばを口にする。

「そなたはいやがったではないか」

官兵衛は初めての夜のことを持ち出す。

「いいえ、あれはいやがったのでなく、恥ずかしかっただけでござります」

「ならば、あの夜は、こうされるのを待っていたと申すのか」

「はい、次の夜も、その次の夜も、ずっとお待ちしておりました」

「こうされるのが好きだと申すのだな」

「はい」

「もう痛まぬのか」

「少しは……、でも……、もう大丈夫でござります」

喘ぎながら交わす会話は、これまたおかしなものとなったが、官兵衛も次月もことばを飾ることを知らなかっただけである。

赤松合戦

播磨は赤松の土地である。祖とされる村上天皇の血筋が播磨国佐用庄《さよう》に土着したところから、赤松と播磨国との縁は生じ、下って、足利尊氏《たかうじ》のもとで戦功をたてた赤松則村《のりむら》（法名・円心《えんしん》）が播磨、備前、美作《みまさか》三国の守護職《しゅごしき》につき、この結びつきはいっそう強固なものとなる。以来、一時的に他の勢力の手に渡ったことはあるものの、赤松の播磨支配は続いてきた。

播磨国は十六郡（美嚢《みのう》、多可《たか》、神東、加西《かさい》、加東《かとう》、明石、加古、印南《いんなみ》、神西、飾東《しかとう》、飾西《しかせい》、宍《し》粟《そう》、揖東《いっとう》、揖西《いっせい》、佐用、赤穂《あこう》）に分けられる。

うち東部八郡を別所長治《べっしょながはる》、残る西半分を赤松政秀《まさひで》、小寺政職《こでらまさもと》、浦上宗景《うらがみむねかげ》が分け合っている。

龍野《たつの》城主の赤松政秀は、いったん没落した赤松を応仁の乱に際し再興した政則《まさのり》を、祖父にもつ男である。

美嚢の三木《みき》城を本拠とする別所は治承元年（一一七七）、赤松則村の弟を当主として受け入れ、以来、連綿と赤松の血を推戴《すいたい》してきた。

備前三石《みついし》城を本拠として佐用・赤穂二郡を支配する浦上は、早くから播磨との係わりを持ち、五十年ほど前までは赤松の年寄を務めていた。

揖東・揖西二郡を勢力圏とする小寺の家も浦上同様、かつては赤松に仕えていたことがあり、かつ、遠く遡《さかのぼ》れば姻戚関係にもあった。

つまり、この国は明らかに、世間が赤松の一族一派とみなす連中によって支配されていたのである。

しかし、血の繋《つな》がりや古い主従関係がいかほどの意味も持たぬ世である。彼らは結束ということを知らず、互いにいがみ合っていた。

とくに、備前三石城の浦上と旧主筋の龍野城の赤松との関係は険悪で、五十年近くにわたって幾度も合戦を繰り返している。

御着城の小寺も同様に龍野赤松といがみ合ってきたが、浦上と違って領国拡大を諦め、姫路一帯の支配だけで満足しているため、時折小さな衝突をみる程度に終わっており、合戦をするまでには至っていない。

小布で自慢の道具を磨くのに忙しい政職は、視線をほとんど上げようとしない。

釉薬《うわぐすり》の垂れ具合がおもしろい枯草色の茶壺、舟の梶《かじ》に似た形の鐶《かん》が目をひく丸釜、黒飴色の茶入……。政職の前に並べられた道具はどれも逸品ぞろいらしいが、官兵衛は目をくれようとせず、用件を切り出した。

「龍野城の政秀殿が兵を募っているようでござります」

「………」

香合《こうごう》を磨いていた手が止まり、政職は顔をあげた。

「銭を撒《ま》いて、すでに領内の男どもを七、八百集めておる様子」

「また、飽きもせず浦上を攻めようというのか」

眉を顰《ひそ》めた政職は痰壺《たんつぼ》を引き寄せ、唾を吐き捨てた。

「今度の相手は宗景殿ではのうて、御着城やも知れませぬ」

「………」

政職は香合を床に置き、わけを聞こうではないかと言いたげに薄い唇を舐めた。

「かように申し上げまするのは……」

と、官兵衛は続ける。

ここ二、三カ月、領内で油・薬・紅粉《べにこ》などの行商人や、行者・験者《げんじゃ》の姿が数多く見られるようになった。不審に思い、弁阿闍梨玄丈《べんのあじゃりげんじょう》を使って調べさせてみると、彼らの大部分が龍野からやってきた物見の者であることがつかめただけでなく、同地で兵が募られていることもわかった。

近年の龍野赤松は、いくさ上手の部将・宇喜多直家《うきたなおいえ》が采配を振る浦上を攻めあぐんでいる。将兵の士気の鼓舞を狙って、矛先《ほこさき》を浦上から攻めやすい相手、すなわち小寺に変えたとしても不思議はない。

「ありうることだな」

頷いた政職は、額に皺《しわ》を寄せ、上目づかいに官兵衛を見据えた。

「となれば、すぐにみなを集めて軍評定《いくさひょうじょう》を開かねばなるまいが、どう備えるか、そちなりに考えておろうな」

「一通りは考えておりまする」

官兵衛はおのれの思案を述べる。

政職は時折、意見や指示らしい文句を挟むのを忘れなかったが、最後は、

「その思案、使えるな。それでいくか」

と膝を叩いた。

〈またか――〉

官兵衛は苦笑を隠すため、俯《うつむ》かねばならなかった。

何事についても、政職は小寺の当主としての考えを述べ、指示を出す。しかし、いちおう口出しするだけで、最後は家臣の意見を採り入れる。形の上では、ものわかりのいいあるじということになるが、結局、政職はおのれの考えを持っていないのだ。あるいは、な

にがしかの考えはあるにしても、自信が持てぬため、家臣に任せようとするのだ。日夜、脳漿《のうしょう》を絞り尽くし、身を削る思いをしても、生き残れぬ者がいるというに、こんな政職が城も領国も失わずに済んでいる。人の世は妙な仕組みになっておるわ、と官兵衛は首をひねっているところなのである。

龍野城は姫路の西方、約五里に位置する。

赤松政秀が小寺の土地を侵すとすれば、西播磨を南北に流れる揖保《いぼ》川を下り海側から兵を送り込むか、出雲街道を経て山陽道に入り東進して攻め込むかの、二つに一つである。ところが、政秀は軍船らしいものを持たぬうえ、水軍を傭うほど懐《ふところ》が豊かでもない。したがって、小寺は陸路からの侵攻のみに備えれば、ことは足りた。

永禄十二年（一五六九）五月、政秀が動く。

龍野城を出た軍勢三千は、一気に山陽道を東進する。

政秀の兵が姫路に入るには、青山と呼ばれる山間部の狭間《はざま》を通り抜け、夢前《ゆめさき》川という流れを越えねばならぬ。

小寺政職はここを最前線とし、官兵衛に布陣を命じた。といっても、この場所を献策したのは官兵衛自身である。

迎撃兵力は、姫路城兵八百と政職から借り受けた四百の合計千二百。寡兵を分けるのは愚策とされているにもかかわらず、官兵衛はおのれの率いる八百の兵を夢前川の東岸に、そして御着城兵四百を青山に置く布陣をとった。

五月半ばの昼過ぎ、小寺軍は東進してきた赤松軍を迎え撃つ。

青山の四百は、敵が狭間に侵入してきたところを、高い所から弓矢で攻めた。赤松軍は、この側面攻撃に耐えながら狭間を強行突破しようとした。つまり、八百の官兵衛隊が対岸に展開する夢前川に向かって奔《はし》ったのである。

夢前はとるに足らぬ小さな川だった。しかし、土手を下り、足場の悪い川原を急ぎ渡り、水の中を走らねばならぬ。赤松軍の突進速度は当然鈍り、隊列も乱れる。そこを、官兵衛の八百が迎え撃ち、御着城兵四百が後尾に襲いかかった。

不利な地形で挟撃された赤松軍が戦意を失うのに、いくらもかからない。半刻もたたぬうちに、彼らはやってきた道を算を乱して逃げ去ることになった。

いくさを終えたあとの男たちは、無事に生き延びたおのれの命を確かめるかの如く、しばらくはみな押し黙ってしまうものである。弁阿闍梨玄丈がその沈黙を破り、敗走した相手を声高《こわだか》に褒《ほ》めた。

「政秀殿はなかなかのいくさ上手よ」

聞く者にとっては不可解なことばである。そばにいた甲子丸が早速嚙みついた。

「ろくに戦いもせず、背中を見せたに、いくさ上手だと？」

「ああ、上手と見ねばなるまいな」

「解《げ》せぬことを言いおるわ。どこが上手か、合点のゆくよう話してみよ」

食い下がる甲子丸の周りには、八代六之助、益田与介、栗山善助などの顔が並び、みな聞き耳を立てる。

「われらは確かに勝ちいくさをおさめた。したが、幾人の敵を倒した。せいぜい二百というところであろうが……。政秀殿が無理をせず、うまく兵を退《ひ》いたせいよ」

少し離れたところにいた官兵衛は素知らぬふりをしていたものの、残らず聞いていた。

あえて声高に話す弁阿闍梨玄丈は、誰よりも官兵衛に聞かせようとしているようである。彼は、若いあるじが勝ちいくさに有頂天になっておりはせぬか、緒戦で赤松政秀を見くびってしまうのではあるまいか——と心配し、油断を戒めようとしているのだ。

やがて、青山側の岸に固まる一団から勝鬨《かちどき》があがった。政職から借りた御着城兵たちだった。指揮をとるのは、かつて近習時代の官兵衛の上役・熊見彦市である。

甲子丸が錫杖代わりの短槍を突き上げて仲間を促し、御着城兵の鬨の声に続こうとする。それを眺める官兵衛は玄丈のことばを吟味していた。

〈やつはいくさの場数を踏んでおる。おろそかにできぬ話かも知れぬな。ぶざまな負けようをして逃げても、いくさ上手か……。いや、当たっているやも知れぬぞ〉

わずかな兵力を失っただけの龍野赤松が、再度攻め込んでこぬはずはない。それも、日数を置かず反撃してくるはずである。――と踏んだ小寺側は、青山・夢前川の布陣を解くことなく、次の合戦に備えた。ところが、五日たっても十日たっても龍野は襲ってこない。

なんの動きもないまま一カ月近くたち、六月も半ばになろうとした頃には、龍野は留守を浦上に襲われるのを怖れ、小寺攻めを諦めたそうな――と、雑兵たちが囁き合うようになった。

これを耳にした弁阿闍梨玄丈は、

「早《は》よういくさを終わらせて女を抱くことしか考えておらぬ不届き者が、勝手に流した噂でござろう」

と片付けたが、兵の多くは単純に信じたがった。

「気を緩ませまいぞ」

官兵衛は油断を戒めたが、説く本人自身が次第に、政秀は本当に動けずにいるのやも知れぬと思うようになった。

六月半ばのその夜、夢前川の東岸から五町ほどの丘陵上に構えた本陣で、官兵衛はいつもより半刻ほど遅く眠りについた。

玄丈に揺り起こされたのは、おそらく四つ半（午後十一時）頃だったに違いない。

「龍野から客がやってきたようでござる」

玄丈はとくに慌てた様子もなく、政秀軍の夜襲を告げた。軍鼓と板木がやかましく鳴り始めたのは、彼の指示によるものだろう。

「ほう、来おったか」

跳ね起きはしたものの、官兵衛も相手以上に落ち着いた声を出した。

栗山善助と八代六之助が走り寄り、甲冑《かっちゅう》をつける手伝いをする。二人とも手の震えがわかるほど気が動転している。これを嗤《わら》う甲子丸も慌てて駆けつけたのだろう。半首《はっぷり》も草摺《くさずり》もゆがんでいる。

身支度を整えた官兵衛は、怒鳴り声と走り回る足音で騒然とする幕舎の外へ出る。あるじが姿を見せるのを待っていたように、次々に物見が駆け込んでくる。敵は青山を守る御着城兵を急襲している最中だという。

打つべき手は二つであった。救援を送り込むか、本陣を固めて敵の渡河《とか》を阻むかのいずれかだ。

後者が上策であった。闇のなか兵を走らせ、救援に向かわせたのでは、かえって被害を大きくし、決定的な痛手を受けるおそれがある。総くずれを防ぐには青山を見捨て、本陣死守に徹すべきであった。

が――、

「馬を……」

と、命じた官兵衛はいずれが上策かも、一軍の将は常に冷徹であらねばならぬということも、ともに承知しながら、援兵を出すつもりになっていた。兵法の理屈はどうであれ、みすみす味方を見捨てるわけにいかぬと考えたのだ。

自ら兵を率いて駆け出そうとするあるじを、玄丈は両手を広げ、止めようとした。

「そなた様はわれらの御大将であり、雑兵ではござらぬ。本陣を空にして誰がいくさの采配をふるうのじゃ。愚かなことをなさりまするな」

官兵衛は聞こえぬふりをして、指示を待つ兵に青山へ向かうことを告げた。

善助と六之助を含む先駆けの一団が松明《たいまつ》を掲げて走り出し、馬上の官兵衛以下の軍勢が続く。

「ひと暴れして、うまい朝飯を食おうぞ」

どこかで甲子丸の怒鳴り声がした。

「飯だけではのうて、腰が抜けるほどおなごも抱きたいものじゃ」

誰かが応じる。

笑う者はいなかった。悠長な会話をしている者自身、形相を変えて走っていた。

官兵衛は叫んだ。

「吠《ほ》えよ、わめけ、大音声《だいおんじよう》をあげよ」

敵を脅えさせ狼狽させねばならぬ。そして自らをふるい立たせねばならぬ。だから、いくさ場に向かう者は吠え続けねばならない。

夢前川を越えた官兵衛の軍勢は、いくらも進まぬうちに、龍野勢と衝突する。

わずかな月明かりのもとでの合戦になった。

次月の父親から贈られた赤具足をつけた官兵衛は、暗いなかでも目立つ。兜首を狙う龍野勢が息つくひまもなく襲いかかってくる。

栗山善助、八代六之助、益田与介、そして小姓として仕え始めたばかりの十三歳の母里万助を含む近習組が、殺到する敵を迎え撃った。

彼らのとりえは命を惜しまぬことだけで、腕も立たぬし、場数も踏んでいない。頼りになるのは、弁阿闍梨玄丈と甲子丸だけだった。玄丈は来《らい》孫太郎作と自称する薙刀《なぎなた》を、いかにも合戦慣れしたさばきようで振り回す。甲子丸は、異常に長い千段巻を施した重い直槍を巧みにあやつり、縦横に駆ける。ともに十人近い敵を倒す、めざましい働きようであった。

とはいえ、夜襲を成功させて勢いづく赤松軍の圧力は凄まじい。大雨の最中の荒れ狂う川のように押し寄せてくる。

〈これはたまらぬ〉

官兵衛は顔をしかめた。戦い続ければ、小寺軍は一人残らず濁流にさらわれることになる。逃げるのもいくさ上手のうちであることは、ほかならぬ赤松政秀が教えてくれた。

官兵衛はあっさり退却を命じた。

合戦の最中、寡兵側が敵に背を見せて逃げることは死を意味する。にもかかわらず、躊躇《ちゅうちょ》なく敗走を選んだのは、真昼の戦闘ではなかったからだ。政秀のいくさ上手が事実なら、足元のおぼつかない暗闇を深追いする危険はおかすまいと読んだのだ。

読みは当たった。赤松軍の追撃は夢前川の手前で止まり、彼らの得意げな鯨波《げいは》が追い掛けてきただけである。

失った援兵の数は百人足らずで済んだものの、完全な負けいくさであり、青山の御着城兵を助けることもできなかった。本陣に戻った男どもの顔は当然、暗く沈痛であった。

ところが、官兵衛ひとりは普段と変わらぬ調子で、郎党たちに声を掛けた。

「ひと休みしたら始めるぞ」

「何を、でござる」

玄丈が問い返した。

「合戦に決まっておろうが……」

「合戦？」

玄丈以外の者も一斉に声をあげた。

「驚かねばならぬことなのか」

官兵衛は首をかしげてみせた。

「夜が明けたら、再び龍野勢と戦わねばならぬのは、覚悟しておるのであろう。ならば、少し早く始めるとしても、驚かずともよいではないか」

「………」

顔を見合わせるだけで、声をあげる者はいない。

「玄丈、物見を出せ。そやつが戻り次第、われらも動くゆえ、みなの者に、ぬかりなく備えさせよ」

政秀の軍勢は、小寺軍の反攻を待ち受けているだろうが、深夜の二度目の攻撃までは予想していないはずだ。まずは一息つき、明日のいくさのため仮眠をとるだろう。官兵衛はそこを襲おうというのだ。

指示を受けた玄丈は、あるじの顔をまじまじと眺めながら言った。

「龍野勢以上にわれらは疲れ果てております。ろくに動けぬ軍勢で、勝ちいくさをおさめることができましょうや」

「勝てる——。なぜ勝てるかわかるか。玄丈、おぬしはいつぞや、おれが大出世のかなう相をしていると申したな。あれが嘘でなければ、おれは武運に恵まれているのであろう。ならば、このいくさもむざむざ負けることはあるまい」

「理屈でござりまするな」

固かった玄丈の表情が緩んだ。腕組みを解き、やおら腰を上げる。得心がいったという顔ではないが、あるじの指示に従う気になったのだろう。

「ここはひとつ、御大将の武運を信じて命を預けることにするか」

元流賊の頭領は自分に言い聞かせるように呟き、歩き出した。

彼のことばは、どこか不安げだった甲子丸ほかの郎党たちの表情も緩ませることになった。弓矢をとる者は雄々しく荒々しく振る舞っているものの、胸のうちは向き合う死の影に脅えており、人知を超えた何かにすがりたがっている。玄丈のひとことは甲子丸たちに、その何かを与えたのだ。

神仏であれ人の運であれ、すがる先を見つけた者たちは、余計なことを考えない。ひたすら戦いに勝つことのみを念じ、八つ半（午前三時）過ぎ、青山を占拠する赤松軍に襲いかかった。

官兵衛の予想どおり仮眠をとっていた赤松軍は、見張りを置くことを忘れず、それなりの備えをしていたが、いざ寝込みを襲われてみると、狼狽せずにはいられなかったようだ。

数刻前に小寺軍を圧倒した男どもが、滑稽なほど、うろたえ逃げまどう。

今度は、玄丈と甲子丸だけが目立ついくさにならなかった。獣のように吠え続ける善助が、物の怪《け》に憑《つ》かれたかのような形相の六之助と与介が、そして歯を食いしばる前髪の母里万助が、いずれも合戦慣れしたのか、よく働き、次々に敵を突き伏せた。

官兵衛自身も槍をふるおうとしたが、彼ら郎党どもがあるじに近づく赤松兵をみな始末してしまう。

総くずれとなって龍野へ敗走する敵を、小寺軍は容赦なく襲い続けた。政秀をして二度と姫路の地を踏ませぬつもりの官兵衛は、勝敗の決したあとも手を弛《ゆる》めない。追撃の中止を命じたのは夜が明け始めてからである。

申し分のない勝ちいくさだった。おびただしい赤松兵のむくろを横目に、朝日を浴びて帰路につく男たちは当然、肩を怒らせ、胸を張り、陽気であったが、馬上の官兵衛だけは浮かぬ表情をしていた。

これに気付いた玄丈が轡《くつわ》をつかんで言った。

「なにゆえ、もっと晴れがましいお顔をなさらぬのじゃ」

「うん」

頷いたものの、官兵衛の眉間《みけん》の皺は消えない。再度、玄丈に促されたところで、ぼそりと応じた。

「赤松同士のいくさに勝ったところで、晴れがましい顔なぞできるはずはあるまい」

「ようわかりませぬな」

「われらのいくさは、世間から見れば、播磨という小さな国のなかで、同じ一族がいがみ合っているだけのこと。舞台も小さければ、大義名分もない。むろん生き残るには負けるわけにもいかぬ。が、勝ってみても胸を張れると思うか」

官兵衛を見上げる玄丈の目に驚きの色が走り、意味不明の唸《うな》り声が漏れる。しばらく黙り込んだあと、彼は独り言らしいものを並べ始めた。

「舞台も小さければ、大義名分もない――か。なるほど、いや、そのとおりかも知れぬ。黒田官兵衛はこれしきの勝ちいくさで喜ぶわけにいかぬということか。うむ、そうであろう。おれにはようわからぬが、黒田官兵衛なら、そうであらねばならぬ。……おもしろいのう。おれが目をつけたおひとはやはり、随分とおもしろいのう」

轡《くつわ》から手を離した玄丈は、さらに何か呟きながら歩く。その顔を横から覗き込んだ甲子丸が、唾を飛ばして怒鳴った。

「玄丈、われはいくさに勝ったというに、もっと嬉しそうな顔をせぬか」

頬から首筋を伝って下りたしなやかな指が、胸のあたりで遊び始めた。次月はまだ眠らぬつもりらしい。

「何を考えておいでじゃ」

いくさを終えて戻ってきたばかりの若い夫と、激しい交わりを済ませた直後である。声はいつも以上に甘えていた。

官兵衛は目を閉じたまま生返事をした。

「その沈んだお顔からすると、戻ってこれなんだおひとたちのことを想っておいでか」

「うん」

再び生返事をした。井手勘右衛門、熊見彦市、瀬島源之助……、勝ちいくさといえど、討ち死にした者は五百余名にのぼる。彼らのことはむろん忘れておらぬが、いま考えているのは生きている者のことだ。

「それとも、小寺の行く末でござりまするか」

「…………」

胸のうちを見事に見透かされた官兵衛は目をあけて、次月のほうに首を曲げた。

「ようわかったな」

「妻ですもの」

語尾が得意げに上がった。

「そなたは、小寺の行く末をどう見ておる」

「そのような難しいこと、わかりませぬ」

当面の合戦に勝ちはしたものの、小寺家はむろん安泰ではない。敗れた龍野城の赤松は再攻の機会を窺うことであろうし、一方では、三木城の別所や三石城の浦上が、明日攻めてきたとしても不思議はない。さらに、巨大勢力となった安芸の毛利や、もはや目を離すわけにいかなくなった織田の動きもひどく不気味である。

聞き上手の次月は夫を含めた周囲の者から、こうした情勢を知らされており、小寺家の行く末についても、それなりの意見を持っているはずなのに、決してひけらかそうとしない。

彼女のこの賢さが、官兵衛をかえって多弁にする。

「おれがいま案じているのは、いずれこの国に吹きつけてくるであろう東西の風を、小寺がどうあしらうかだ」

「どちらの風にもなびいて済ませるわけにいかぬのでしょうか」

次月は無知を装いながら、そつなく相槌を打つ。いまも、「風」が毛利と織田を指すこと、小寺が彼らに従うほかないことを承知のうえで、話のつぎ穂を差し出しているのだ。

「二つの風がいっときに吹いてきたらどうする。いずれにもなびくというわけにいくまい」

「それは困りまするなあ」

溜め息を漏らした次月の指は、いぜん、夫の胸の上で遊んでいる。

毛利と織田がぶつかる気配はいまのところ見られないが、官兵衛はさほど遠くない先にその日がやってくると考えている。近頃の織田信長の動きがそれを予感させる。

に映る。

信長という男は、官兵衛からすると、寝る間もないほど、頭とからだを使っているよう

すなわち、浅井長政《あさいながまさ》に妹お市を嫁がせ、さらには武田信玄の六女お松を嫡子信忠の室に迎え入れて近江と甲斐との関係を固めた彼は、永禄十年（一五六七）八月、斎藤竜興《たつおき》を倒して宿願の美濃をもぎ取り、居城も小牧山から岐阜の稲葉山に移した。そして十一年二月には工藤、関を下して北伊勢八郡を支配下におさめた。息つく間もなく、同年八月には足利義昭を担ぎ、大軍を引き連れて京へ。途中、この上洛阻止に動いた近江の六角《ろっかく》、蒲生《がもう》、さらに摂津の三好を押し潰している。

その後、義昭は第十五代将軍の座についたが、室町幕府が往時の力を取り戻したわけではなく、信長の忙しさは変わらない。畿内の反義昭、反織田勢力の掃討、泉州堺、摂津尼ヶ崎などからの矢銭《やぜに》の徴収……と、天下の耳目《じもく》を集める派手な動きを見せている。

「尾張のつむじ風は美濃、伊勢、近江、畿内……と、吹き抜けてきた。おそらく、さらに西へ進もうとするに違いない」

天井を眺めながら語る官兵衛は、おのれの男が再び頭をもたげ始めているのに気付いた。自分の胸の上で、文字らしいものをなぞっている次月の柔らかな指の感触と、彼女の発する芳《かぐわ》しい匂いのせいだ。

左手を伸ばした。いったん乱れた寝間着の裾は行儀よく整えられているが、なかへ潜り

込むのは大して難儀ではない。柔らかな太腿にたどり着いた官兵衛の手は、さらに奥へ進む。前年十一月に長子松壽《しょうじゅ》を産んでから、次月のからだはめっきり丸みを帯び、どこに触れてもふくよかな感じがする。

「織田信長というお方は、強欲なおひとでござりまするな」

次月は女陰に向かおうとしている夫の手を押し戻そうとするが、ほとんど力が入っていない。

「強欲?」

こわいとか、むごいお方と評するのは聞いたことがあるが、次月はおもしろい言い回しをする。

〈信長はおそらく天下を狙っておる……。強欲でなければ天下なぞ欲しがりはすまいな。したが、強欲は彼ひとりではないぞ。欲にかけては元就も劣るまい〉

「強欲なればこそ……」

ことばを継いだ次月の息づかいが急に荒くなってきた。女陰で遊ぶ指先のせいである。

やがて、官兵衛はこの夜二度目の交わりに移った。

可憐《かれん》な喘《あえ》ぎ声を聞きながら考えた。

〈信長と、元就か……。どちらも一度逢ってみたき男どもであるわ〉

東風西風

弁阿闍梨玄丈という男は一種の放浪癖の持ち主なのだろう。年に一、二度、突然姿を消し、短いときで半月、長いときは二カ月ほどで、ひょっこりと姫路に戻ってくる。無断で出て行き、特別恐縮した様子もなく帰ってくるのだから、性悪な奉公人ということになるが、官兵衛は叱ったことがない。彼の持ち帰る土産話が役に立つということもあったし、元流賊の頭領に律儀な奉公を期待してもいなかったからだ。

元亀《げんき》二年（一五七一）九月初めに、例の如く行方をくらました玄丈は、この年の大晦日の夕刻、ひどくやつれた顔で官兵衛のもとへやってきた。

「正月だけは姫路で迎えたきものと思い、昨夜は飲まず食わずで一睡もせずに歩きましたわい。気付けに般若湯《はんにゃとう》を一杯いただいてもよろしゅうござりましょうな」

あるじが応と言う前に、傍に控えていた栗山善助に酒を所望する。目は窪み、頰はこけているものの、手足が汗や埃《ほこり》でまみれている様子もないし、小ざっぱりとした衣を身につけている。官兵衛の前へ出るに際し、むさい姿を見せまいと彼なりに気を使い、急いで旅の垢《あか》を落としてきたのだろう。

善助が差し出した茶碗酒を一気に呑み干した玄丈は、大きな息を一つ吐いたあと、口をひらいた。

「元就《もとなり》はやはり存命しておりませなんだ」

「……………」

頷《うなず》いた官兵衛は火桶《ひおけ》にかざしていた手を軽く握りしめた。毛利元就病没の噂が聞かれるようになったのは八月のことだ。玄丈が姿を消したのは、この真偽を確かめるためと見当をつけていたが、期待は裏切られなかったようだ。

「死んだのは今年六月十四日、息を引き取った場所は安芸国吉田《あきよしだ》郡山城《こおりやま》の御里《おさと》屋敷、享年七十五歳、老衰でござりましょうな」

甲子丸と八代六之助が入ってきた。部屋は十畳の官兵衛の居室である。いつものように、玄丈の土産話を聞こうとする者どもが次の間まで埋めて、いずれ主従が肩を押しつけ合う状態になるはずだ。

「毛利の家中は、さぞかし、うち沈んでおることじゃろうな」

玄丈の横に座るなり、甲子丸が早速、話に割り込んだ。官兵衛が黙って聞くことが多いため、こうした話の場ではたいてい誰かが合いの手役に回る。

「おれもそう思うておった。大黒柱を失い、毛利の家中はみな、肩をすぼめ青い顔をしてうろたえておるに違いないと……。ところが、さにあらずじゃ。安芸国では、大往生なされた元就様は城の麓《ふもと》の清神社《すがじんじゃ》に神となって入られ、毛利を護《まも》ってくださる——と、童《わらべ》までもがわめいておる始末よ。八月の出雲の勝ちいくさもあって、青い顔どころか、毛利は前にも増して勢いづいておるわ」

八月のいくさとは、出雲新山《にいやま》の尼子勝久《あまごかつひさ》をくだした合戦のことである。

永禄八年（一五六五）九月、本城富田月山《とだがっさん》城を攻め落とされ、当主義久《よしひさ》が幽閉の身となって滅んだ尼子は、その後、旧臣山中鹿介幸盛《やまなかしかのすけゆきもり》が残党をまとめ、主家の血筋、勝久を擁して蜂起した。が、二百年近く続いてきた出雲の名族の復権を願う者の後押しはあっても、軍勢は三千に満たない。戦う度に毛利軍に叩きのめされている。

「勝ちいくさと言うても、相手がむくろ同然の尼子では喜べまい。本当に毛利はうろたえておらぬのか」

甲子丸は、玄丈の前に置かれた茶碗と徳利を勝手に引き寄せ、手酌で一杯あおった。隠居の父職隆《もとたか》が、どうにかならぬのか、と慨嘆するほど郎党たちの行儀は悪い。けれども、官兵衛は素知らぬふりをしている。玄丈や甲子丸のような男どもに行儀作法を説くのは野暮なことであり、かつ、彼らの持ち味を殺してしまうと思っていたからだ。

「おぬしはいくさというものを知らぬな」

「なにっ」

甲子丸の大仰《おおぎょう》な目の剝《む》きように、善助が笑いを噛みこらえる。

「唐の国の春秋時代の話じゃが、越《えつ》と呉《ご》が長年にわたって争った末、呉王が勝ち、越王は死人同様になった。が、越王は二十二年も敗者としての惨《みじ》めな日々に耐えたのち、呉王を見事倒した。尼子が月山城の合戦で敗けて何年になる。まだ六年しか経っておらぬではないか。しかも、尼子は因幡《いなば》の山名豊国《やまなとよくに》や尾張の織田信長に助けを求めているということじゃ。もし、織田がうしろに付くようなことになれば、毛利を倒すことも夢ではなくなるわ。いくさとはそういうものよ。いっときの勝ち負けで……」

「その話、どこで仕入れた」

　あらぬほうを眺めていた官兵衛の視線が、初めて玄丈に向けられた。

「尼子に仕えていた男からでござる。出雲のさる山の中で会い、一夜にごり酒を酌《く》み交わした折、聞き出しました。名は……」

「いや、名は聞かずともよい」

　官兵衛は腕組みをし、再び視線を虚空に据えた。

〈尼子が織田に助けを求める……。あり得る話だ。が、信長は力を貸すであろうか。少なくとも、いまのところ、その余裕はあるまい〉

　凄まじい勢いで頭をもたげ、いまや天下に号令をかけかねないところまできた信長に、妬み、恐れ、憎しみをつのらせて抗する勢力はあまた見られる。越前の朝倉義景、近江の浅井長政《ながまさ》、六角承禎《ろっかくじょうてい》、河内・阿波の三好衆、そして越前・加賀・能登・三河・伊勢・畿内などに広がる膨大な数の一向宗門徒を、巨大な軍事力として動かす大坂石山本願寺法主《ほっす》の顕如《けんにょ》……。

彼らは反信長の立場で利害が一致するため、手を結び合うことになり、朝倉・浅井と石山本願寺、あるいは三好衆と石山本願寺という形で連合戦線を敷いている。

こうした勢力を力でねじ伏せようとする信長は当然、間断なく合戦を強いられる。前年の元亀元年（一五七〇）春に始まった朝倉・浅井との交戦は一進一退で続いているし、他方、伊勢長島では一向一揆と、大坂では三好衆・本願寺連合軍と、それぞれ戦闘を繰り返している。

さらには、この年八月、朝倉・浅井に与《くみ》したかどで、叡山延暦寺を攻め、堂塔のすべてを焼き払うという、凄まじいこともやってのけている。

要するに、信長は非常に忙しい。目の前に立ちふさがる反織田勢力の対処に追われている状態なのである。

「力ずくでことを進めているように見えるが、信長という男は、おそろしく頭が回る」

玄丈の舌が少しもつれ始めた。長旅で疲れたからだに、いきなり流し込んだ酒は効き目が速いようだ。

「されば、すぐに尼子の頼みを聞いて、毛利を敵に回すようなことはすまい。おそらく、逆に毛利と手を結ぶふりをするであろうな。しかしながら、天下をとるにはいずれ毛利を跪《ひざまず》かせねばならぬ。そのときよ。尼子の後押しを……」

「玄丈」

別なことを考えている官兵衛は話をさえぎった。

「毛利に内訌《ないこう》の起こる兆《きざ》しはありやなしや」

「内訌、でござるか」

玄丈にしては珍しく即答できない。天井を仰ぎ、あぐらをかき直して考えこんだ。

元就は側室の子を合わせると六人の男子に恵まれた。天文《てんぶん》十五年（一五四六）に、家督を譲ったのは長男隆元《たかもと》だが、八年前に病没しており、隆元の子、つまり元就の孫にあたる輝元《てるもと》が跡を継いでいる。この輝元は今年でようやく十八歳になったところ。万事疎漏《そろう》のない元就は当然、若い当主の補佐役を置くことを忘れなかった。一人は吉川元春《きつかわもとはる》、もう一人は小早川隆景《こばやかわたかかげ》である。

元春は元就の次男。天文十四年、十六歳のとき、石見《いわみ》と接する西安芸の大朝新庄《おおあさしんじょう》を拠点とする吉川興経《おきつね》（元春にとって従兄《いとこ》にあたる）の養子となって同家を継いだ。当年、四十一歳。

隆景は元就の三男。天文十三年（一五四四）、十二歳にして、南安芸沿岸部を本拠とする竹原小早川興景《おきかげ》（妻が元就の姪）の養子となり、さらに天文十九年には同じく南安芸の沼《ぬ》田《た》小早川家も継いでいる。当年、三十八歳。

ちなみに、死んだ長男隆元と同様、この二人も元就の正室を母とする子どもである。おのれの血を引く者を養子に送り込む体裁をとって、他家を乗っ取る——。珍しくもない調略ではあったが、元就はこれを見事に成功させ、安芸の有力豪族、吉川・小早川両家を毛利に併呑《へいどん》してしまったわけだ。

元春、隆景にとって、養家の利害は最初からまったく存在しなかった。二人は毛利家中そのものだったのである。

しかし、元就の亡きあとも同じように考えていいのかどうかは別問題だった。

世間では腐るほど類例の見られることだが、大きな重しがなくなったところで、元春、隆景の兄弟のいずれかが、本家をおのれ独りのものにしようと、争いを起こす可能性はあった。官兵衛は、これを訊《き》こうとしたのである。

「それがしの知るかぎり」

応じるのに手間取っていた玄丈が、再び口をひらいた。

「元春は気性荒く、しゃにむに突っ走りたがる。これに対し隆景は、よく言えば思慮分別があり、悪く言えば優柔不断なところの見られる男でござる。されば意見の合わぬことが多く、兄弟仲のよいほうではござらぬ」

「ならば、いがみ合いになるやも知れぬな」

「さよう、いがみ合うことはありましょう。したが、内訌にまではいきますまい」

「ほう、それはなぜだ」

「気性は違っても、二人は決して愚か者ではござらぬ。それに、元就は、悴《せがれ》も孫もみな行儀のよい、律儀な枝ぶりに刈り込みましたからな。おのれ独り勝手に繁り、伸びようとする枝は出ますまい」

「行儀よく、律儀……とな。手足を伸ばし放題の織田と正反対ということか。おもしろいな。与力《よりき》を求められたら、毛利と織田のどちらに加担する」

官兵衛は郎党をぐるりと見回した。

「広峰神社に仕えていた身なれば、このおれが、神仏をないがしろにする信長に味方することはありますまい」

まず、甲子丸が口火を切った。

「それがしも、信長は遠慮しとうござる」

続いた益田与介のことばに、栗山善助と八代六之助が頷き、最近めっきり大人びてきた母里万助も、一呼吸遅れて首を縦に振った。

「みな、信心深いことよのう」

玄丈である。むろん、からかうような口調だった。

「誰とて神仏をないがしろにする男は好きになれまい。されど、山門を焼き払うのも、石山本願寺を敵に回すのも、なまなかな腹の据えようではできぬことぞ」

「腹が据わっておるのではのうて、狂うておるのよ」

甲子丸が口を歪《ゆが》めて言う。

「かも知れぬ。じゃがな、狂うておるのは信長だけではあるまい。あやつに仕える者どもはむろんのこと、毛利も武田も上杉も、あるいは足利や京のかしこきあたりも、誰も彼も狂うておるのが今の世じゃ……。のう、そう思われませぬか」

玄丈はあるじのほうに向き直って同意を求めた。

「そうさな」

官兵衛は返事を濁した。誰も彼もが狂っていると片付けてしまえばそれまでだが、正気で人を脅し、騙《だま》し、陥れ、奪い、殺さねば、生き残れぬのが今の世である。狂うているのは人でなく、時代そのものではないのか。あるいは、狂気と思えることを平然となしうるのが、人の本来の姿なのではあるまいか。

「正気であろうとなかろうと、そのときがくれば、われらは加担する相手を決めねばならぬ。御大将は、織田と毛利のいずれを選びなさるおつもりじゃ」

赤い顔になっても、玄丈は話題の本筋を忘れていないようだ。

「うん」

官兵衛は顎を撫で、郎党たちの誰も傷つけぬであろうことばを探した。

「行儀の悪いのも困るが、よすぎても、おもしろうあるまい」

迂遠な言い回しをしたものの、官兵衛に迷いがあったわけではない。元就が健在だったなら、毛利と織田のいずれに加担するかを決めるのは難しいに違いない。しかし、力量が未知数の元就の悴と信長を比べるのだ。ひとまず織田を選ぶのが常識というものだろう。ただ、信長の狂気ともいえる行動は気掛かりである。最終的な決断を下す前に、本人を自分の目で確かめてみたいものだ。

〈それも、あまり先のことではなかろうな〉

玄丈と視線が合った。こちらが何を考えているかを窺おうとしている目つきであり、頷くような仕種を見せたのは、大方、察しをつけたからだろう。玄丈はそういう奇妙な才を持った男なのである。彼が再び姿を消したら、信長の周辺を探りに出掛けたと思えばよい。


天正元年（一五七三）七月——。

官兵衛は京の町を歩いていた。姫路から連れてきた供の者は玄丈、甲子丸、善助の三名のみ。主従はみな兜巾《ときん》、篠懸《すずかけ》、輪袈裟《わげさ》の山伏姿だった。

官兵衛にとっては生まれて初めての都路《みやこじ》である。甲子丸によると、烏丸《からすま》通りを北に向かっているとのことだが、その烏丸通りが京のどのあたりに位置するのか、まるで見当がつかない。

歩きながら、しばしば首筋や腕の汗を拭わねばならなかった。日が西に傾きかけているというのに、なんという暑さであろう。浜風の吹き抜ける姫路と比べると、京の七月はひどくこたえる。

「あれが将軍御所だった建物でござる」

立ち止まった玄丈が、左手前方の長い練塀《ねりべい》を指差した。「だった」という言い方になったのは、いまはもう住人を失っていたからだ。

この年四月、信長は、武田、朝倉、浅井、石山本願寺などの反織田勢力を糾合《きゅうごう》して兵をあげた義昭と交戦状態に入り、七月七日には彼を京から放逐してしまった。つまり、願ってみても、目の前の練塀のなかに、最後の室町将軍の姿を見ることはかなわなかったのである。

官兵衛は無人の館をしばらく眺めた。毛利を頼って安芸国へ逃げたという義昭の哀れな姿が瞼《まぶた》に浮かばぬでもなかったが、それはほんの一瞬で、頭のなかは足利に引導を渡した男のことでいっぱいだった。

その男を一目見てやろうと決めたのは、七月十六日のことである。たまたま京に出ていて義昭放逐の顚末《てんまつ》を知った玄丈が、それを報じるべく姫路に戻ってきて、後始末のため近日中に信長が上洛するらしい、と早耳ぶりを披露した。事実なら、かねてから願っていたことゆえ顔を拝みに行くべし、ということになったのだ。

そして六日後のこの日、入京した官兵衛はすでに前日、信長が着いているのを路上の都人から聞かされるや、早速、押小路《おしこうじ》に向かい、宿所の妙覚字《みょうかくじ》の在り処《あか》を確かめ、ついでに、あるじのいない将軍御所まで足を延ばしたところなのである。

「ここから先は、この度の合戦で焼けた建物、うち壊された建物が多く、行ってみても退屈するばかりでござる。日もかげり始めましたゆえ、そろそろ宿に向かうことにいたしまするぞ」

「まかせる」

なおも信長のことを考えている官兵衛は、玄丈のことばを上の空で聞き流した。

義昭を蹴落とした信長は、次に何をやるのであろう。さしあたって朝倉・浅井、あるいは石山本願寺との争いに決着をつけるのか。それとも、この年四月に当主信玄を亡くしながらも、美濃・尾張侵攻の姿勢をくずさぬ甲斐の武田を叩くのか。

〈随分と賑《にぎ》やかな通りに入ってきたな。遊女町というところか……〉

南へ東へと、元の将軍御所からかなり歩いたはずだ――。考えごとをしながらも、官兵衛は音曲と嬌声が漏れ聞こえてくる建物の続く、薄暮のなかの町並みを視界に入れていた。善助がやたらにつまずくのは、左右の紅灯に目を奪われているからに違いない。

〈いくさ続きの世だというに、京にはこのような場所があるのだな〉

「もう半町ほどで、祇園《ぎおん》の社よ」

先を行く玄丈が振り返って言った。

「そこに泊まるのじゃな」

善助が応じる。

なにもかも玄丈まかせの官兵衛は、うかつなことに、二人のやりとりを聞いて、今夜の寝場所を初めて知った。

ひとり旅なら、橋の下でも破《や》れ地蔵堂でも宿にするが、あるじの姫路城将を妙なところに寝かすわけにいかぬ。さればと、甲子丸と相談して決めたのが、広峰神社と行き来のある祇園の社(八坂《やさか》神社)であり、御師《おし》・井口四郎太夫の添状《そえじょう》も貰ってある、と玄丈は言う。

〈あやつと最後に顔を合わせてから……〉

官兵衛は胸のなかで指をくった。四郎太夫のことではない。広峰神社という名を聞いたとたん思い出した、彼の娘の茅《ちがや》のことである。たしか、嫁ぎ先は祇園の社の神殿守《しんでんもり》だったはずだ。

〈十年、いや十一年か……〉

自分と同じ歳だから、白小袖に紅の打袴《うちばかま》姿がよく似合った小娘もいまや二十八だ。

〈もう、むかしの面影はあるまいな〉

「あと一息でござりまするぞ」

いるようだ。
玄丈が大声を出した。彼は、あるじが黙り込んでいるのは旅の疲れのせいと勘違いして

赤松の一派・小寺の重臣であることを名乗れば、面談がかなわぬでもない立場にありながら、官兵衛は信長の宿所を訪れるようなことはしなかった。入京した翌朝から、玄丈たちを連れて妙覚寺付近にたむろし、相手が出てくるのをじっと待つことにしたのである。

一日目、二日目とひたすら寺の門前を眺めるだけで終わったが、退屈はしなかった。公家《くげ》、武将、僧侶、商人……と、様々な身分の客が、早朝から引きも切らず出入りしていたからだ。

〈信長の権勢はここまできていたのか〉

舌を巻く官兵衛は、いっそう当人の姿を待ち焦《こ》がれることになったが、その機会は三日目の朝やってきた。

炎暑の一日を思わせる、よく晴れた朝だった。何の前触れもなく、その軍勢は妙覚寺の境内から繰り出てきたのである。まず、長柄《ながえ》衆、弓衆、鉄炮衆の整然とした隊伍が官兵衛たちの目の前を進み、騎馬武者の一団がそれに続く。そして、赤母衣《あかほろ》を背負った二十騎ほどの馬廻《うままわり》である。

この母衣衆に前後を挟まれる形で駒を進める、小具足《こぐそく》姿の武将が目に入った。

〈あれが信長だな〉

官兵衛は息をのみ、目を凝《こ》らした。

山伏姿の官兵衛ら主従は、繰り出してきた軍勢から十間ほど離れた、太い黒松の根元に跪《ひざまず》いている。馬上の男の細かな表情などわかるはずはなかったが、官兵衛は何ひとつ見逃すまいとした。

引立《ひきたて》烏帽子と白鉢巻、柿色の鎧直垂《よろいひたたれ》上下に黒籠手《こて》、黒脛当《すねあて》、白帯にたばさんだ黄金造りの腰刀……。睨むように前方を見据えて、駒を進めてゆく。

猛々しい武将を想像していたが、面長な、存外整った顔をしており、ほどなく四十を数えるというに、からだ全体から、見る者を圧倒せずにはおかない凄まじい精気を放っている。

「洛中のどこぞへ出掛けるといった様子ではありませぬな。忙しい男ゆえ、もう岐阜の城へ帰るのでござろう」

玄丈が横で呟く。

官兵衛は大きな息をひとつ吐いた。何のための溜め息か自分でもよくわからなかったが、ともかく肩が上下するほどの大きな息を吐いた。

夕刻の雷雨が昼間の暑気を洗い落とした祇園の社の境内は、足音に驚いて飛び立った夜鳥の羽音が頭上の彼方へ消えると、再び静寂を取り戻した。前方に、月明かりを映して鈍く光る小さな水溜まりが二つ、三つ見える。それが妙に美しく見えるのは、酔っているせいだろうか。

「ようわからぬな」

官兵衛は独り言らしからぬ大声を出した。

京の最後の夜を味気なき宿坊で過ごすは男にあらずと、紅灯へ繰り出すことを勧めたのは甲子丸である。玄丈も後押ししたため、主従四人は白拍子《しらびょうし》遊びをすることになった。

わからぬ――のは、この白拍子どもから聞いた話である。女たちによると、反信長派が極悪非道と罵《ののし》る、山門を潰《つぶ》し京の町を焼いて将軍を放逐した男の評判は、都人の間で決して悪くないのだそうだ。「なぜ評判がいいのだ」と訊《たず》ねると、「都人は器量人を嫌わぬもので ございます」という答えが返ってきた。

ただし、女の一人は、「そなた様も器量人と見ましたゆえ、好きでございます」と官兵衛にしなだれかかってきた。口にしたことばの意味を、どこまで解しているかは疑問だったのである。

「あわれを知らぬおひとじゃ……か」

また独り言を漏らした。今度は信長のことではなく、相方《あいかた》の白拍子が、酒席を楽しんだだけで帰ろうとした官兵衛の背に投げ掛けたせりふである。

「いかにも、おれは、あわれを知らぬ男かもしれぬな」

郎党たちを妓楼に残して出てきたのは、ただ春をひさぐ女を抱く気になれなかったというだけのことだが、いまになってみると、相手をおとしめたような気がして落ち着かない。

独り言をいいながら宿坊まで歩いた。

広峰神社の添状がものをいって、播磨から出てきた主従は、四室ある小屋を貸し与えられている。

暗い建物のなかに入った官兵衛は、差し込む月明かりを頼りに自室に向かう。部屋に足を踏み入れたところで立ち止まり、声を発した。

「そこに誰ぞいるのはわかっておる。この匂いからすると女人よな。誰のもとへ忍び渡るつもりだったか知らぬが、そなたは宿坊をまちがえておるぞ」

「いいえ、まちごうておりませぬ」

声が笑っている。それも、聞き覚えのある声だった。

「………」

官兵衛は、部屋の奥に座る人影に目を凝らしながら、素早く記憶の糸をたぐった。

「茅だな、広峰の……、四郎太夫の娘、茅であろう」

「ようわかりましたな」

嬉しそうな声が返ってきた。黒い影は腰を浮かせている。

「そなたの声は、むかしと変わっておらぬ」

「万吉殿、いえ、官兵衛殿も変わっておりませぬ」

「声は変わらずとも、顔や姿はむかしのままではないぞ」

「茅とて同じでござりまする」

官兵衛は、窓格子の影が落ちる場所まで進んで腰をおろすと、手招きした。

「そこにいては、どう変わったのかわからぬ」

祇園の社の神殿守のもとへ嫁してきて以来、どのような歳月を過ごしてきたのか。姫路者がこの宿坊に泊まっていることを誰から聞いたのか。すでに五つ半（午後九時）は過ぎているというに、何のため、いつ、この場所にやってきたのか……。訊ねることは山ほどあるのに、官兵衛はまず茅の顔を確かめてみたかったのである。

「ただ歳を重ねただけのこと、わからずともよろしゅうござりまする」

部屋の隅の人影は、首を横に振って動こうとしない。

じれた官兵衛は傍に寄って茅の腕をつかみ、月明かりの届く場所へいざなおうとした。

あとになって考えると、したたか酔っていた男は、二人の歳も、相手が人妻であることも忘れ、広峰神社の境内で、悪童まがいの斎女《いつきめ》とからだをぶつけ合って遊んだ頃の万吉に戻っていたようだ。

腕をつかまれた女は、引きずられまいとして抗《あらが》う。二人はもつれ合い、ぶつかり合った。相手の発する甘い香りと柔らかなからだの感触にたじろいで、年相応のおのれを取り戻した官兵衛が腕の力を抜いたとたん、茅のほうも押し戻そうとするのをやめ、逆にこちらの胸へしがみついてきた。

「なにも考えなされまするな」

彼女は早口で言った。

「考えるな、だと」

「なにも申されまするな」

ことばを継ごうとした官兵衛の口は、不意に押しつけられてきた茅の唇にふさがれた。

〈こやつ、乱暴なところはむかしと変わっておらぬわ〉

一瞬、眉をしかめたものの、憎からず思ってきた女である。相手のからだを引き離そうとは思わなかった。

初めは押しつけられていただけの唇が、やがてひらき、舌先が遠慮がちに入ってきた。

〈ただの仲で済まなくなってきたな。こやつもおれもどうかしているぞ〉

甘美な誘いに応じることの結果が見えていても、二十八の壮健な男はもはや踏み止《とど》まることができなかった。

腕の中にあるものを荒々しく抱きしめ、唇を強く吸った。いくらもしないうちに、芳《かぐわ》しい匂いを放つ柔らかなからだはくねり、喘《あえ》ぎ始める。

「なにも考えるなと申したな。おれはなにも考えぬことにする。それでよいのだな」

茅を床の上に倒しながら、官兵衛は囁いた。頷く相手の襟元に手を入れ、ふくらみをつかんだ。小ぶりの、生娘《きむすめ》のような固い乳房である。

「子どもは産んだのか」

余計なことを訊いたのは、人妻を抱こうとしている後ろめたさがさせたことだろう。茅は黙って首を横に振った。

少しためらったあと、官兵衛は彼女の裾を割った。

妻子持ちにしては要領の悪い手が、肉付きのよい太腿を辿って付け根を探り当て、その下に滑りおりる。

充分すぎるほど潤っている個所に指をもぐり込ませたところで、官兵衛は言った。

「おれは、今日、信長の顔を拝んだ」

場違いなことを口にした。異常に高ぶっているおのれに、気恥ずかしさをおぼえたからである。

茅は聞こえていないのか、返事をしない。息を荒くし、閉じていた太腿を緩めただけである。

「ほんの一目見ただけのことだが、存外まともな男であったわ」

茅の腰が左右に揺れ、小さな呻《うめ》き声が漏れた。

「されば、おれは決めた。いずれ、あの信長のもとへ……」

口が再び相手の唇でふさがれた。

妻の次月を含め、ほんの数人の異性しか知らぬ官兵衛にとって、女とは常に受け身で、控えめで、欲望や喜悦をあからさまにさらけ出すような、はしたないことをしない生きもののはずであった。

ところが、茅は違った。官兵衛の男が貫くと、激しく喘ぎ、呻き、もだえ、より激しい動きを求め、全身で悦《よろこ》びを訴えた。

驚きであった——。女人に対する見方を、根底からくつがえされる思いがした。

奔放にふるまう女に戸惑いを覚えはしたものの、不快ではなかった。軽んじる気持ちも生じなかった。むしろ、自分を繕《つくろ》い、偽ろうとしない生身の女を感じ、いかにも茅らしいと思った。

激しい交わりを終えたあと、彼女は男の腕のなかで言った。

「京へ来てからも、官兵衛殿のことを忘れたことはありませぬ。むかしからずっと……、そう、むかしもいまも、茅はそなた様のもの。だから、こうなっても、誰にも気兼ねしていただかずともよろしゅうござります る」

屈託のない明るい声だった。

「官兵衛殿のものだと言うのなら、なぜ京なぞへ嫁にきたと申されたいのでござりましょう？　ええ、茅もそう思っておりまする」

女は勝手に自問自答する。

「でも、むかしのわたしはなにも知らぬ小娘で、父の言うとおりにするしかなかったのでござります」

「なにも知らぬ小娘でなかったなら、おれの嫁になっていたのか」

官兵衛は明るすぎる相手につられ、つい応じてしまった。

「いいえ、望月様にはかないませぬゆえ、お嫁にしていただくことは諦めていたと思いまする」

彼女は次月を娶《めと》ったことをちゃんと知っているのだ。

「でも……」

「でも、なんだ」

「茅はやはり、そなた様のもの。こうして抱いていただくことは諦めなんだと思いまする」

〈あからさまな口をききおるわ。むかしからそうだったが、こやつはやはり、変わっておるな〉

常軌を逸した言動を見せる女に、官兵衛は戸惑い、辟易《へきえき》しながらも、奇妙ないとおしさを覚え、目の前の白い頰を軽く叩くことになった。

ほどなく茅が身支度を始める。

月明かりの差し込む場所に座った茅を見て、官兵衛は目を見張らねばならなかった。

広峰神社の斎女をしていた頃と比べ、女として開花し、成熟したと言えばいいのだろうか。すっかり丸みを帯びた顔の輪郭、深みを増した目の色、笑うと魅惑的な半月を描く形のよい唇……。どれもこれも、男の目をひきつけずにはおかない造作ばかりであった。

「美しゅうなったな」

と言うと、茅は素直に嬉しそうな顔をした。

触れねばならぬことが沢山あるはずなのに、彼女は余計なことを語らず、あっさりと宿坊を出て行った。

別れぎわに、こう言った。

「また京へ出ていらしたら、今夜のように可愛がってくださいまし」

白拍子でさえ恥じらいなしには口にしないはずの文句を、ごく当たり前の別れの挨拶のように言ったのだ。それも、少女のような、いたずらっぽい笑みを浮かべて、である。

返事に窮した官兵衛は、女を見送ったあと、首をかしげて考え込み、

「どうにも得体の知れぬやつだな」

と呟くほかなかった。

稲葉山

二年後（天正三年）の同じ七月の十九日、官兵衛は信長を訪ねて岐阜の町に入った。

今度は遠くから眺めるためでなく、本人と面談するつもりの旅である。小寺の重臣にふさわしい身なりをしていたし、供の者も五人に増えていた。

案内役は、広峰神社の神人《じにん》として諸国で武具を商って歩く牛尾久兵衛。官兵衛が御着城に出仕するようになったばかりの頃、供の者に化けた茅を連れて小寺政職《まさもと》のもとへ鉄炮の売り込みにきた、あの男である。

――織田様には長年ご贔屓《ひいき》いただいておりまするゆえ、つてに不自由はいたしませぬ。

と、胸を張っただけのことはあって、彼は岐阜に着くと早速、稲葉山へ出向き、翌日の面談約束を取りつけてきた。

宿所として久兵衛が確保してくれた寺の雲水部屋で、この報せを聞いた官兵衛は、胸のうちで呟いた。

〈これで、やっと小寺の担ぐ旗幟《きし》が決まるというものよ〉

信長への与力を主張する官兵衛は、初めのうち小寺家中で相手にされなかった。播磨にとっては、尾張も美濃も縁の薄い遠国であり、織田に加担すべきいわれなぞ毛頭ない、と考える者ばかりだったからだ。彼らの本心は、従来どおり、誰の傘の下にも入らず縮こまって生きることだったが、それが許される状況でないことを説くと、加担すべき相手がいるとすれば近隣の毛利以外、考えられぬ——と、あくまでも織田を嫌った。

官兵衛からすれば、政職以下の、こうした守旧的な考え方は、せっかく人並みの耳目を持ちながら、それを使おうとせぬ不精者の思案であった。

京で馬上姿を垣間見た直後、信長は朝倉・浅井の息の根を止め、翌天正二年には伊勢長島の一向一揆を葬り去り、さらに今年五月には、奥三河の長篠《ながしの》の地において武田の大軍勢を叩き潰している。

信長はもはや、誰も翔《か》け昇るのを止められぬ天馬だったのである。

官兵衛は、親毛利に走る政職たちを説き伏せるため、諸国の事情に明るい牛尾久兵衛ほか数人の広峰の神人を御着城に招き、信長の権勢を語らせるという工夫までした。

そのかいあって、どうにか織田への与力を認めさせ、小寺を代表する立場で信長に会うことを許され、こうして美濃へ来ることができたのである。

指定された七月二十日の昼八つ（午後二時）、官兵衛は案内役の久兵衛のほか栗山善助、八代六之助の二人を伴って、稲葉山麓の城主居館を訪れた。

官兵衛ひとりが中庭のあずまやに通される。

そこには、生絹《すずし》の帷子《かたびら》を着流し、南蛮ものらしい腰掛けに座る信長の姿があった。むろん独りではなかったし、のんびり庭を眺めていたわけでもない。数人の近習を侍《はべ》らせ、地面に跪いて何事かを報告する男の話を聞いていた。

稲葉山の緑を吹き抜けてきた風が、真昼の暑さを忘れさせる場所だったにもかかわらず、あずまやは重苦しい雰囲気に包まれていた。信長の発する瘴気《しょうき》と、あるじの一顰《いっぴん》といえども見逃すまいと神経を尖《とが》らせる家臣たちの硬い表情のせいだった。

官兵衛の姿を認めた信長は、こちらに初対面の挨拶をする隙を与えず、いきなりこう言った。

「近頃、余はもの忘れが激しい。その顔に見覚えはないが、相国寺《しょうこくじ》で会うておろうな」

「…………」

官兵衛は一瞬、返すことばに詰まった。

長篠で武田を破ったあと、信長は六月二十七日、京に入り、七月十四日まで滞在している。この間、宿所の相国寺には摂家《せっけ》、清華《せいが》をはじめとする公家、播磨の別所を含む諸大名、堺の商人などが、争って戦勝祝いに駆けつけた。

実は、官兵衛も相国寺に出向いて、小寺家の安堵を願う腹でいたのだが、政職たちの説得に手間取り、結局、信長が帰城の途についたあとの入京となり、急遽、岐阜まで追い掛けてきたところなのである。

信長からすれば、播磨からやってきた男の目的がなんであるか、わからぬはずはない。また、毛利を視界に入れねばならぬいま、御着城の小寺の加勢は、自ら望んで求めるべきものに違いない。

なのに、おのれの足下に跪く者を見慣れている彼は、喜ぶことを知らず、与力申し出の遅れを責めようというのだ。戦勝祝いに馳せ参じるのを怠り、今頃、のこのこと美濃までやってきおって——と、皮肉を浴びせようというのだ。

〈このおひとに貸しをつくろうなぞと思うのが間違いだな〉

官兵衛は苦笑を嚙みこらえる。

「ずっと以前から、お目通りを願いたきものと望みながら、播磨の田舎者は気おくれするばかりで、むだに日数《ひかず》を過ごしてまいりました。お目にかかるのは、今日が初めてでござりまする」

地面に膝をついて低頭した男の口調は、普段どおり間延びしていた。

「ほう、会うのは初めてか。で……、なにをしにきた」

またも返答に窮する言い方だったが、今度は官兵衛も戸惑うことなく応じた。

「織田様のご足下に、われら小寺がひれ伏し、ご命令をうけたまわるために参上つかまつりました」

ことばは丁重で、そつはなかったものの、おそれおののいているという態度ではなかった。恐懼《きょうく》の態をあらわにする者ばかりと接している信長には、おそらくこれがひっかかったのだろう。なおも切り込んできた。

「来るのが遅すぎたと思わぬか」

「仰せのとおりでござりまする」

官兵衛は深々と頭を下げた。

「わずかな土地にしがみついて生きておりまするると、世間にまるでうとうなって、どなた様が天下を動かしておられるかさえ気付くことなく、一族一派で血を流し合う始末。恥ずかしきかぎりでござりまする」

信長は扇子を使う手を休め、睨むように官兵衛を見据えた。近習たちがいっせいに脅《おび》えをあらわにし、目を伏せた。黙り込んでしまったあるじに、ただならぬ気配を感じたのだろう。

ひとり官兵衛だけは、鋭い視線を浴びながらも、にこやかとも愚鈍ともいえる表情を崩さない。

「ふっ」

嗤《わら》ったのだったのだろうか。眉間の皺を消した信長が、再び扇子を使い始める。

「小寺、官兵衛、であったな」

播磨ならいざ知らず、他国で黒田姓は通用しない。官兵衛は、政職から許されている小寺姓で目通りを願っていた。

「播磨とこの美濃と、いずれが暑い」

穏やかな口調である。張りつめた表情を見せていた近習たちの顔に、安堵の色が浮かんだ。機嫌の風向きが変わってきたようだ。

「七月《ふづき》の暑さは、どの土地も似たようなものでござりましょう」

毒にも薬にもならぬ話題である。海に近い姫路のほうが過ごしやすいと思いながらも、官兵衛はあえて簡潔な答えを選んだ。

信長は饒舌《じょうぜつ》を嫌うと見たのは間違っていなかった。素っ気ない返事に怒るでもなく、かえって満足げに頷き、また顔を見せるがよい、と初めて毒のないことばを口にした。

初の目通りは終わった。『へしきり』という奇妙な呼び名をもつ鎌倉期の古刀をくれたところをみると、信長にとって、播磨者の印象はまんざら悪くなかったということになるのだろう。

宿所の破れ寺《や》に戻った官兵衛が、井戸端で手足を洗い、一息ついていると、思いがけなく、竹中半兵衛重治《しげはる》と名乗る男の訪問を受けた。

「近道をしてきたら、この始末でござる」

挨拶を済ませるなり、重治は、棘《いばら》にひっかけたものと思われる手足の傷と、袴《はかま》の破れを指差してみせた。

人の好き嫌いに理屈はなく、肌の合わぬ者は、幾年付き合っていても好きになれぬものである。反面、顔を合わせたばかりでも心を許したくなる相手もいる。官兵衛にとって、竹中重治という男は後者だったようだ。

青白く長い顔、落ち着いた目の色、袴の破れを指差したときの照れたような苦笑、よく通る低い声……、どれもこれもがすっかり気に入ってしまい、親近感をおぼえたのである。

これは、おのれと同質の男を相手に見出したせいだったが、相手を眺めるのに忙しい官兵衛は、その理屈まで考えはしなかった。

「夏の傷は膿《う》みやすきもの。よい薬を持ち合わせておりまするゆえ、使っていただきましょうか」

善助を呼んで、旅の常備薬を持ってこさせる。重治が妙な遠慮をすれば座がしらけるところだったが、それはありがたきこと、と膏薬《こうやく》の詰まった蛤《はまぐり》の殻に手を伸ばす。

指先につけた薬を塗りながら、重治は言った。

「過日、バテレン（宣教師）から南蛮の傷薬というのをもろうたが、よき匂いがした割に、あまり効きませせなんだ」

「竹中殿はキリシタンでござるか」

脇道にそれるばかりだと思いながらも、官兵衛はこの種の、行き先のわからぬ話題を楽しむほうである。

「いや」

と首を横に振った重治は、仏しか信じておらぬが、バテレンどもの話を聞くと海の向こうの変わった国の様子がわかるゆえおもしろいのだ、と言い、さらに話を飛躍させた。

「そこもとも、いかがでござる。お望みなら、退屈せぬ話のできるバテレンをお引き合わせいたしまするぞ」

「いずれ、お願いするやも知れませぬ」

キリシタンには以前から興味を抱いている。官兵衛は半ば本気で頭を下げた。

うちとけずにはいられない雰囲気がおのずと出来上がった。おそらく、重治はこれを待っていたのだろう。ようやく来意を切り出した。

「わがあるじ羽柴秀吉が今夕、播磨の話を聞きたいと申しております。ご都合はいかがでござろう」

「いっこうに差し支えござりませぬ」

官兵衛は即座に承知した。

織田の主な部将の名は知っている。柴田勝家、丹羽長秀、滝川一益、明智光秀、佐々成政、前田利家……。秀吉もその一人である。かつては木下を名乗り、いまは近江長浜の城に入って十二万石の土地を治め、羽柴姓に改めた男の名は、播磨の地まで届いている。

その有力部将が面談を求めているとなれば、信長の指示によるものと考えねばならぬ。たとえ支障がいかほどあったとしても、断れる筋のものではない。

「どこへ、いつ頃、参上すればよいのでござりましょうか」

官兵衛は当然確認すべきことを訊《たず》ねた。

「いや、どこへも」

と鼻先で手を振った重治は、足を運ぶのはわれらでござる、と言う。つまり、秀吉のほうが寺へやってくることになっているというのだ。戸惑う官兵衛に彼は付け加えた。

「相手のもとへ出向くのと、呼び寄せるのと、いずれがよい話にありつけると思われるわがあるじは、これを天秤にかけるおひとなのでござる」

だから気を使わずともよい、と言う。

用件を終えた重治は、針と糸を求め、器用な手付きで袴の破れを繕《つくろ》い、どこか頼りなく映る背中を見せて帰って行った。

このときの官兵衛は、竹中重治という男について何も知らない。自分より二つ年長であること、かつては斎藤竜興《たつおき》に仕え美濃菩提山《ぼだいやま》城主として一万石を領したこと、竜興を諫《いさ》めるため十六人の手勢のみで稲葉山《いなばやま》城（岐阜城）を占拠したこと、その非凡な才を買った秀吉が数年前から手元に置くようになったこと……。何ひとつ知らなかったが、素性や血筋を忘れて、まるで女人に一目惚れしたかのごとく、すっかり魅《ひ》きつけられていた。


「なんとも忙しい一日だったな」

秀吉と重治を境内の出口まで見送ってきたばかりの官兵衛は、腰を下ろすなり呟いた。

「肩などお揉みいたしましょうか」

善助が応じる。

「いや、まず茶漬けをもらおう」

官兵衛は腹を押さえる真似をして空腹を訴えた。

予定されていた時刻より半刻以上早く、客がやってきたせいで夕食を食いはぐれた。用意していた酒の相伴《しょうばん》はしたものの、結局、腹をすかせたまま、もう真夜中の四つ半（午後十一時）になろうという今まで、秀吉の相手をしていたのである。

出てきた茶漬けをかき込みながら、官兵衛は郎党たちに声を掛けた。

「あのおひとをどう見た」

むろん秀吉のことを訊ねたのである。

「愛想のよい、如才ないお方でござりまするが、うちづらは存外、気難しいのでは……」

素早く団扇《うちわ》であるじに風を送り始めた栗山善助が言った。

「一見親しみやすいのに、どこか垣根を感じさせるおひとでござりまする」

八代六之助である。

「人の心が読める苦労人と見ました。ただ、細かなところに気が回りすぎて、ご家来衆は疲れるのではないかと」

益田与介だった。

官兵衛はいずれの見方に対しても頷いた。こやつら存外見ておるわ、と感心した。

羽柴秀吉は小柄で痩せており、風采こそあがらないが、人をくつろがせ、温かく包み込むような雰囲気をもっていた。ところが、官兵衛の語る播磨の近況に耳を傾けていた際、ふと見せた秀吉の顔は、ひどく険しく、暗いものだった。

〈このおひとの素顔は見かけと随分違う〉

と思ったが、ならばいかなる素顔なのか——と考えてみても、答えは見つからなかった。つまり、官兵衛には秀吉という男がつかめなかったのである。

ただし、彼がわざわざ寺にやってきた目的まで見通せなかったわけではない。信長は毛利攻めを真剣に考えており、そのための軍勢を秀吉に預ける腹なのだ。したがって、官兵衛が美濃に出向いてきたことは渡りに舟であり、早速、秀吉をして播磨の現状把握に当たらせたのだ。

「これからは忙しくなるぞ」

空腹を満たした官兵衛は、急に重くなった瞼《まぶた》をこすりながら郎党たちに言った。

信長が毛利攻めに動くのは案外間近と見なければならない。織田と毛利という巨大勢力同士がぶつかるのだ。小寺と赤松のいくさとは違い、何年も合戦が続くことになるだろう。その間、織田の翼下に入った小寺も、いくさ漬けの日々を送らねばならない。

「結構なことではございませぬか」

隅のほうで眠そうな顔をしていた久兵衛が応じた。

「お侍衆が忙しくならねば、われらの商いはあがったりでござりまする。大いに働いてくださりまし」

「うぬのために働く気はないわ」

笑う商人を睨んだ官兵衛の脳裏に、不意に茅の顔が浮かび上がった。むかし御着城に彼女を伴ってきた男を相手にしているからなのか、往路は素通りした祇園の社に立ち寄るのを迷っているせいなのか、いずれにしても、官兵衛はしばらく茅の顔を思い浮かべることになった。

南蛮寺

不思議な建物であった。

白い壁、幾つも並ぶ細長い窓、屋根に十字架を載せた櫓《やぐら》状の塔屋……。どう見ても、寺と呼ぶにはふさわしくない建物だった。

その前を行き来する南蛮人の姿がまた異様であった。顔の前面しか見えぬ土色の頭巾《ずきん》をかぶり、裾が地につくほど長い同色の唐道服に似た着衣でからだをおおっている。

「あの者どもが坊主でござるか」

官兵衛は南蛮人のほうに顎をしゃくった。

「さよう、位の低い修行僧というところでござろう」

応じたのは竹中重治である。

二人は京の四条坊門の一角にいた。より正確に言えば、南蛮寺と呼ばれているキリシタン寺院の庭に立っていた。

深閑とした場所だった。物音らしいものは、周囲の木立の葉のざわめきと小鳥の啼《な》き声以外聞こえない。

「あちらへ」

重治が袖を引いた。

初めて目にする南蛮寺の眺めに見とれる官兵衛は、誘われるままに、紅葉までは間のある楓《かえで》の下に置かれた長椅子に重治と並んで腰をおろした。以前会ったときより、彼は痩せていた。隣に並んでみると、肩の細さがはっきりわかる。

「羽柴様の用件は、もうおわかりでしょうな」

頭上に手を伸ばし、楓の小枝を折った重治は、葉を一枚ちぎって口にくわえる。

官兵衛は、前方から歩いてくる南蛮人に目をやりながら頷いてみせた。やってくる相手は笑顔を浮かべている。二人を咎《とが》めるつもりはなさそうだ。

美濃の稲葉山を訪ねてから二年余りになる。

この間、信長は越前・加賀の一向一揆掃討を済ませ、本腰を入れて石山本願寺を攻め始めた。

ところが、この相手はきわめて厄介な存在だった。武者まがいの頑健なからだを持つ三十四歳の十一代法主顕如《ほっすけんによ》は、一向一揆が各地で敗退するごとに信長への憎悪をつのらせ、地獄の獄卒・牛頭馬頭《ごずめず》の手を借りてでも討ち滅ぼしてやるわ、と法敵の呪詛《じゅそ》に明け暮れている。

呪詛に頼るだけの坊主なら、まだしも手を焼かずとも済んだ。問題は、大軍団と化した信徒集団を抱えていることであり、かつ、反織田勢力を結集する政治力をも持ち合わせていることだった。すなわち、流亡の前将軍・足利義昭までも担ぎ出して、武田、上杉、毛利などへ呼び掛け、強力な倒織連合をつくり上げてしまったのである。

信長としては、反織田勢力の扇の要《かなめ》となっている顕如を、なんとしても捩《ね》じ切らねばならぬ。それには武田、上杉、毛利を各個に叩き、倒織連合を引きちぎる必要があった。とりわけ、船を使って石山本願寺に兵糧を送り込む毛利を倒さねばならなかった。

秀吉から入京を求められた官兵衛に、この状況が読めぬはずはない。したがって、重治の問いに頷いたのだが、わからぬことが二つあった。

一つは、自分を呼び寄せた当人の秀吉が、毛利攻めをいっさい口にしなかったばかりでなく、詳しい話は重治から聞いてくれ――と言って、そそくさと面談を打ち切ってしまったこと。もう一つは、重治がこうした奇妙な場所に自分を連れ出して、秀吉の用件を伝えようとしていることである。

「われら羽柴の軍勢が播磨に向かうのは、今月（天正五年十月）の末でござる」

「それは、いかほどの……」

官兵衛が軍勢の数を訊こうとしたとき、近寄ってきた南蛮人が話し掛けてきた。

「シツレイ、ツカマツリマス」

妙な抑揚のせいで一瞬考え込まねばならなかったが、ことばにはなっていた。相手は、よかったら建物内へ案内したい、と続ける。彼は、二人の武士が南蛮寺を訪れたものの遠慮して建物内に入れずにいる、と考えているようだ。

「かたじけない」

頭を下げた重治は、自分たちはいま大事な話をしているところゆえ、それが済んでから好意に甘えたい、と応じるが、うまく通じない。なんとかわからせようとする彼の身振り手振りと、いっそう首をひねる南蛮人のいかにも善良そうな顔は、はたで見ていて噴き出したくなる。

どうにか話が通じて、相手が去ってゆくと、重治は苦りきった口調で呟いた。

「南蛮人は、みな、のみこみが悪い。いったい何を飲み食いしているのであろう」

「茗荷《みょうが》やも知れませぬな」

「茗荷……？　やつらが茗荷を？　なるほど、いや、そうかも知れぬ」

官兵衛の軽口に真顔で頷いた重治は、毛利攻めに話を戻し、小寺勢に何を期待しているか語り始めた。

「わがあるじは、いま病んでござる」

意外なことばを口にしたのは、話が一通り終わったあとだった。

「と申しても、どこぞが痛むとか腫《は》れているとかという病ではござらぬ」

「…………」

理解しかねて相手を見つめる官兵衛が聞かされた話はこうだった。

この年八月、信長は、本願寺顕如と連携して動き出した上杉勢に備え、総大将の柴田勝家以下、滝川一益、丹羽長秀、羽柴秀吉、佐々成政、前田利家などを、加賀へ送り込んだ。

本格的な合戦に備えて、各将の軍勢が前線に展開し始めたときである。突然、秀吉が行動を別にし、手勢を引き連れて居城の長浜城に向かった。

からだをこわし、留守役に回っていた重治としては推測するしかなかったが、勝家の指示を承服しかねての行動だったようだ。いずれにしても、秀吉は無断で戦線を離れたのである。

信長の怒りようは凄まじかった。直《ただ》ちに秀吉は、普請中の安土城へ呼びつけられ、首をはねられかねない、きびしい折檻《せっかん》を受けた。

「それ以来、わがあるじはひどくふさぎ込んだり腹を立てたり、逆に妙にはしゃいだり……、まるで人が変わってしまわれた。今日も、播磨からご足労いただいたというに、黒田殿に用向きを伝えることさえできなんだ次第。さぞかしご立腹のことと存ずるが、病んでのことゆえ、お赦《ゆる》し願いたい」

「いや、お気づかいは無用でござる」

首を横に振った官兵衛は、それで腑《ふ》に落ちました、と正直な気持ちを告げた。何かに追い詰められたような秀吉の落ち着かぬ態度、こうして話を盗み聞かれるおそれのない場所へやってきたわけ、すべてがわかったと言ったのである。

「ここへ来たのは必ずしも内密の話があったから、というだけではござらぬ」

腰をあげた重治は、十字架を掲げた塔屋のほうへ顎をしゃくった。南蛮寺を案内するのも目的の一つだったと言いたいのだろう。

「この寺の敷地は四町四方あるそうな。信長公がこのような広い土地を南蛮人どもに与え、かような寺を建てるのを許したのは、なにゆえと思われる」

歩き出した重治が問い掛けてきた。

「はて」

官兵衛はあとに従いながら首をひねる。一度も考えたことのない問題だったのである。

「彼らの神を信じておられるゆえではござらぬ」

「それはわかります」

どこの国の神であれ、神と名のつくものを信じ得る男なら、叡山を焼き払うようなことはしなかっただろう。

「南蛮人どもが役に立つと、彼らの智恵がご自分の天下に役に立つと考えておられるからでござる」

「なるほど」

官兵衛は大きく頷いた。短いことばを交わしただけの間柄ながら、信長という男をおおよそ理解しているつもりだった。おのれにとって役に立たぬもの、邪魔なものは容赦なく否定する。逆に、益あるものは、たとえ危険をともなっても受け入れる――。こうした物差しを持つ男と見ていた。したがって、重治のことばは納得のゆくものだったのである。

「わけはどうであれ、信長公は南蛮人に対し、京の地に彼らの神を祀《まつ》る寺の建立を許された。ために都人の間にも、めっきり信者が増え、近頃は公家衆のなかにも南蛮寺詣でをする者が出ているとか。つまり、キリシタンはいま都ではやるものの一つ。されば、ここへご案内いたした次第」

「キリシタンは、はやりものでござるか」

「はやりものはお嫌いか」

重治は袂《たもと》をまさぐり、青色の布切れを取り出した。

「この汗拭いは、さる女からもろうたもの。京ではいま、青染めの汗拭いがはやっておるそうな。つこうてみると、なかなか楽しいものでござる」

「………」

官兵衛は笑ったが、さげすんだわけではなかった。日頃は、はやりものを身につける男にろくな奴はおらぬと思うほうなのに、なぜか重治だけは許せた。ほかの者なら、軽薄に映るはずなのに、鼻先で青色の布切れをひらつかせる相手が、魅力的にさえ見えたのである。

〈なぜだ〉

横目で重治を眺めながら考えた。

〈このおひとには、遊びがあるからに違いない〉

いまの世は、奪う者も奪われる者も、殺す者も殺される者も、誰もが形相を変え、大真面目に日々過ごしている。信長や、秀吉を含む彼の家臣たちも、あるいは本願寺顕如や毛利元就の悴《せがれ》たちも、この例外ではない。ところが、竹中重治はどうやら違う。形相を変えている様子もないし、大真面目に生きようとしているとも思えぬ。言うなれば、どこかに遊びが感じられるのだ。

「聞こえますかな」

不意に立ち止まった重治が四、五間の距離になった塔屋を指差した。

「あれは、信者どもが南蛮人どもの神を讃えておるところでござる」

「…………」

官兵衛は耳を澄ませた。文句の中身はわからなかったが、何かを唱和する声が建物の中から漏れてくる。

二人が戸口近くまで来たところで、唱和は歌声に変わった。かつて耳にしたことのない、重々しく、美しい音色だった。

戸の隙間から、こちらの姿が見えたのだろう。先刻、声を掛けてきた南蛮人が姿を現し、建物の中へ入れと促す。誘われるままに二人は後に従った。

窓の数が少なく小さいせいだろう。真昼だというに建物の中は薄暗く、歌声を発する信者たちの姿がぼんやり見えるだけである。

十数人いた。起立し、正面の祭壇を仰ぐ姿勢で歌っている。

目が慣れたところで、官兵衛は建物の中を見渡した。祭壇の上方に十字架を背負った男の彫像が見え、左側の壁に一枚の絵が掛かっていた。官兵衛の視線はその絵に釘付けになった。赤子を抱えた女の絵だった。

「正面のあの男がデウスという南蛮人の神で、そこの絵はデウスを産んだ女じゃそうな。なかなかの器量よしでござろう」

重治が囁《ささや》いた。

〈器量よし？　うん、たしかに器量よしには違いないが……〉

官兵衛は、まるで生きているように見える筆使いの絵に見とれた。

見とれているうちに、自分が死んだ母親のことを考えているのに気付いた。

〈ばかな……〉

彼は首を振った。脳中に浮かぶ亡母の顔が、似るはずのない絵の中の女そっくりなのである。

〈おれは母者《ははじゃ》の顔を忘れてしまったらしい〉

無縁な異国の女よ、とおのれに言い聞かせてみても、官兵衛はしばらくその絵から目を離すことができなかった。

やがて、重治に肩を押されて外へ出る。背後の建物の中では、まだ歌声が続いていた。

「いかがでござったかな」

歩き出したところで重治が言った。むろん、南蛮寺の感想を訊いたのだろうが、彼は官兵衛の返事を待たず、勝手に語り始めた。

「大方の者は、ことあるごとに神仏に手を合わせる。みどもとて同じこと。親兄弟の命日がくれば、坊主に経文をあげてもらうし、おのれが死んだときは、世間なみに経と鉦《かね》と香《こう》華《げ》で弔ってもらいたきものと思うておる。また、合戦を前にすれば八幡神に武運を祈りたくもなる」

耳を傾ける官兵衛の視線は、前方に並ぶ雑人《ぞうにん》の行列に注がれた。みな、むさい恰好をしており、碗を持っている。行列の先に目をやると、大鍋から粥《かゆ》を掬《すく》いあげ、それぞれの碗に入れる老人の姿があった。頭巾をかぶり、十徳《じっとく》四幅袴《よのばかま》をつけている。町家の隠居といったところだろうか。おそらく、南蛮寺に大枚の布施を出している信者の一人であり、ふるまっている粥の代銀も彼の懐《ふところ》から出たものに違いない。

「ただ、われらの信仰心もここまでどまり。銭をむしり取ることしか考えておらぬ坊主どもを敬う気にはなれぬし、きゃつらのあげる意味不明の経文をありがたいとも思わぬ。神官どもとて同様で、らちもない祈禱《きとう》の文言《もんごん》はただの笑い草でしかない。黒田殿はいかがじゃ。坊主や神官どもを敬うておられるかな」

「いや、それがしも似たようなもの」

「でござろうな。ところが、この寺に通う者たちは心底、南蛮人のバテレンを敬い、デウスに仕えようとしている」

「ほう」

　官兵衛の視線は十徳の老人に注がれたままである。笑顔で雑人の一人ひとりに声を掛け、湯気のたつ粥を碗に入れている。

「なにゆえそうなるのか、ご存知かな。そこもとがご覧になっているあの老人の話では、南蛮人の神の教えや、その教えを説くバテレンどもの話が、誰にでもわかるからだとか」

「あの者と知り合いでござるか」

「知り合いというほどの間柄では……」

　と重治は否定したが、老人の素性については詳しかった。

　名は藤八。油小路に住み、蜂の蜜を商う。キリシタンになったのは、いくさに巻き込まれ妻子を失った四年前から。銭には不自由しておらず、南蛮寺に布施を欠かさぬうえ、折あるごとに、飢えに苦しむ者に粥をふるまっている。このため、京の雑人たちの間で蜂屋藤八の名を知らぬ者はいないのだそうだ。

「キリシタンとはいえ、藤八はおもしろい男でござる」

重治は続けた。

「退屈せぬ話が聞けますゆえ、会うてゆきますか……」

こちらがためらっているうちに、重治は老人のほうに歩き出した。

官兵衛は、粥を配るのに忙しい藤八と、たいしたことばを交わさなかった。多少でも中身があったのは、なぜ異国の神を信じるようになったのかという問いに対する、次のやりとりだけだろう。

彼の答えはこうだった。

「デウス様なら、わしの苦しみをいくらかわかってくれそうな気がしましたのじゃ。それだけのことでございますわい」

期待どおり苦しみをわかってもらえたのかと訊ねると、藤八は笑って言った。

「一度、返事を聞かせてもらおうと思うておるところじゃが、どうなっておることやら……。あの方も何かと忙しいのでござりましょうな」

彼の口からデウスを讃える文言や信仰の尊さを説くことばは、いっさい出てこなかった。なのに、粥を配る柔和な顔をした老人を知ったことで、異国の神は官兵衛にとって、なにがしか身近なものになったのは確かであった。

秀吉が京における宿所として使っていたのは、吉次という紙商人の持ち家である三条の町家だった。南蛮寺から、重治とともにいったんこの吉次屋敷に戻った官兵衛は、一町ほどの距離にある自分の宿に向かった。

不案内な京の町とはいえ、わずかな道のりの途中で迷ってしまったのは、茅に会うか会うまいか思案していたせいに違いない。いずれにしても、気がついてみると、官兵衛は六《ろく》斎市《さいいち》らしい場所に出ていた。

布、竹笊《たけざる》、焼物、履物、刃物、炭、薪《まき》、乾物、米麦、豆、菜根など、さまざまなものを商う店が並んでいたが、日没を前にして、戸板の上の品物は片付けられ始めていた。

思うように売れなかったのか、店じまいのときはいつもこうなのか。帰り支度をする者たちは、みな黙り込んで手足を動かしている。そのうそ寒い眺めが突然、あわただしいものに変わったのは、官兵衛が市の中ほどまで歩いてきたときだった。

「逃すでないぞ」

「容赦するな、足腰の立たぬようぶちのめせ」

「噛みつかれぬよう気をつけろ」

後方でわめき声が聞こえた。振り返ると、路上で幾人もの男が十三、四歳とおぼしき少年を押さえつけ、拳を降らせ、足蹴《あしげ》をくれている。

木切れを持った新手《あらて》が「おれにも殴らせろ」と怒鳴り割り込むのを見て、官兵衛は放っておけなくなった。

「そやつが何かしでかしたのか」

歩み寄りながら、まず、おだやかに声を掛けた。官兵衛の声は、低くてもよく通る。男たちはいっせいにこちらを見た。

「布を盗みやがったのさ。だから、足腰の立たなくなるまで折檻してやるのよ」

木切れを手にした男が応じた。

「まだ子供ではないか」

「こいつはな、手杵《てぎね》と呼ばれる性悪な餓鬼で、ぬすっとじゃ。おれが布を盗まれたのも今日だけじゃねえ。これで三度目よ。容赦する気は毛頭ねえわい」

「手杵、という名なのか」

「本当の名はわからねえ。盗んだものに違いねえが、いつぞや、手杵の紋の入った衣装をつけていやがったんで、みながそう呼んでいるのよ」

「赦せとは言わぬ。手加減できぬのか」

「あっつう――、この野郎、やはり嚙みやがった」

少年を組み敷いていた男が悲鳴をあげ、右腕を抱えこんだ。その下から這《は》い出た影が走りだそうとするが、木切れが素早く背後から羽交締《はがいじ》めにする。

「やっ、これはたまげたぞ」

少年と揉み合う彼は奇妙な声をあげた。

「……うん、間違いねえ、たしかにそうだ。こやつは……、手杵は、娘だぞ」

男たちの視線が、手足をばたつかせて逃げようとする小ぶりなからだに、一斉に集まった。

手杵は藍色《あいいろ》の小袖に括袴《くくりばかま》をつけ、若衆髷《わかしゆまげ》をゆっている。武士の子とも、町家の子ともとれるものの、いずれにしても男子の姿だ。顔立ちは存外、整っており、その気になって眺めれば娘と思えぬでもないが、やはり、鼻柱の強い悪童として見るほうが通りがよさそうだ。つまり、誰もが少年と思い込んだとしても無理からぬ容姿なのである。

「女なら、別の折檻のしようがあるというものじゃねえか」

誰かが叫んだ。

「違いねえ。みんなでかわいがったあと、どこぞに売っ払って、これまで盗まれた分を取り戻せるというものよ」

男たちは、手杵の小袖と袴をはぎ取ろうと、腕を伸ばす。

「やめておけ」

官兵衛は初めて声を荒らげた。

「いずこの山里から這い出てきた御仁《ごじん》か知らねども、ここは京の町よ。よそ者は怪我《けが》をせぬうちに消えてしまえ」

木切れがわめき、威嚇《いかく》するように両足を踏み鳴らした。

都大路《みやこおおじ》に店をひろげて、口すぎの足しにする男たちの過半は、あぶれ者である。道理を話してみても通じそうにない。

〈脅すしかないな〉

腹を決めた官兵衛は黙って刀を抜いた。手近な奴の腕の一つも落とせば、連中も娘を放すはずだ。

「黒田様、そこまで、そこまで」

不意に背後から声が掛かった。振り向く官兵衛の目に、人垣をかきわける十徳姿が映る。南蛮寺で会ったばかりの蜂屋藤八だった。

「かような雑輩《ざっぱい》どもを相手の刃傷沙汰は、あなた様に似合いませぬ。まずは、その刃物をお納めくだされ」

両手で何かを押さえるような仕種をした老人は、男たちのほうに向き直って続けた。

「その手杵とかいう娘を放してやりなされ」

「いや、こやつはぬすっとゆえ……」

木切れが口を尖《とが》らせる。

「ことの次第は、先刻から見ていたゆえわかっておる。すべて承知のうえで申しておるのじゃ。これまで、どれほどの盗みを働いたか知らぬが、その分の銭は払う」

「慈悲をかけてやっても、こやつはまた悪さをするぜ」

「二度と盗みなどせぬよう躾《しつ》けることも約定《やくじょう》する。ならば、よろしかろうが……」

木切れは渋ったが、結局、娘のからだを放した。ほかの男たちも不満顔ながら、何も言わず散り始める。竹中重治が教えてくれたとおり、京の雑人たちの間で、藤八の顔は随分売れているようだ。

「やぶじらみの、腐れしろうり、ちょうろぎの、腐れほらいも」

立ち去る男どもに、手杵がわけのわからぬ雑言を浴びせた。

「いつか思い知らせてやるゆえ、覚悟してな」

「やめなされ」

藤八が娘の肩をつかみ、前後に揺すった。

「あの者どものことは忘れて、まずは、助けていただいた黒田様にお礼を言うのじゃ」

手杵は意外に素直に罵《のの》しるのをやめた。おそらく、彼女も蜂屋藤八を知っている一人なのだろう。

罵るのはやめたものの、上目づかいに官兵衛と老人を交互に見るだけで、なかなか礼のことばを口にしない。衣服の泥を払い落とし、顔の汚れを袖端で拭ったところで、二人のどちらへともなく、ひょこりと頭を下げた。

藤八が、歳《とし》は、名は、住まいと親兄弟は、男のなりをしているわけは……と訊ねるが、手杵はいずれについても首を横に振るだけで、何も答えようとしない。

「わしと同じように、なにもかも無くし、なにもかも忘れてしまったのじゃな」

と言われたとき、初めて、

「名や歳はおぼえているさ」

と応じ、十四になること、名は小蝶《こちょう》であることを明かしたものの、ほかは教えようとしなかった。

「住まいも親兄弟も持たぬとすれば、二度と盗みをさせぬようにするには、わしの家へ連れて行くしかないのう」

藤八が手杵の腕をつかむ。つかまれたほうは嫌がりもせず、けろりとした顔で言った。

「おいらはどこでも行くぜ」

微《かす》かに床のきしむ音が聞こえる。

二度、三度……。

部屋のなかに何者かが忍び込んでいるのは確かだ。

〈一人だけだな〉

官兵衛は枕元の刀をそっとつかんだ。

蜂屋藤八の屋敷の一室である。

手杵を伴って六斎市を出ようとする老人に、道に迷っていることを告げると、のちほど誰ぞに宿まで送らせますするゆえ、わしのあばら屋に立ち寄っていかれませぬか、と誘われた。三条の宿には播磨から連れてきた六之助や善助がいるだけで、急いで顔を見せねばならぬ理由もない。藤八の人柄をもう少し知りたいと思っていたこともあって、誘われるままに彼の屋敷へ足を運んだ。

いくさで前の住まいを焼かれたあと、一時しのぎに建てたというだけあって、油小路の屋敷は粗末なつくりだったが、棟数は多く、諸国の山野を回って蜂蜜を集める者、それを商う者など、男女の奉公人が三十人ほど暮らしていた。

ほんのいっとき過ごすだけのつもりで泊まってしまったのは、紅色の南蛮の酒をふるまわれて、したたか酔ったせいもあるが、蜂蜜の集め方を知りたかったからだ。つまり、夜分にお見せするのは難しいゆえ明朝まで待っていただくしかござりませぬ、と注文をつけられたのである。

〈夜明けまでは、まだ間があるか〉

賊とは無関係なことを考えた官兵衛は、いったんつかんだ刀を手放した。闇の中を近寄ってくる人影から、まるで殺気が感じられない。何のため忍び込んだのかはわからぬものの、血を流さねばならぬ相手ではなさそうだ。

人影は寝具の横まで近づいた。しゃがみこんで、横になっている官兵衛を覗き込んでいる。

ほどなく、枕の下へ手がもぐりこんできた。

〈なるほど、狙いは銀か〉

旅をする者は、たいてい胴巻を枕の下に入れて眠りにつく。官兵衛も例外ではない。相手はこれを攫《さら》いにきたらしい。

「くれてやらぬでもないが、銭は幾らも入っておらぬぞ」

目を閉じたまま言った。

賊はとっさに逃げようとするが、腕をつかまれて動けない。

ふりほどこうとして暴れる相手が何かを蹴倒し、床に手足を打ちつける。

物音が途絶えている深夜のことだ。同じ建物の中で寝ている者に聞こえぬはずはない。

官兵衛が賊を組み敷いて油皿に火を入れたときには、藤八を含む四、五人の者が部屋を覗き込んでいた。

「いかがなされました」

藤八が声を掛けてくる。

明かりをつけた瞬間、組み敷いた相手が手杵であることに気付いていた官兵衛は、迷うことなく答えた。

「この屋敷に慣れておらぬ者同士の一人が、寝惚《ねぼ》けて部屋を間違え、もう一人が賊に襲われたものと勘違いして騒いでおるところよ」

「それはそれは……。ならば、安堵いたしました」

藤八は一目見て事情を察知したようだが、笑って奉公人たちを引き揚げさせる。

寝具の上に座った官兵衛と、床から起き上がって不貞腐《ふてくさ》れる手杵、そして藤八の三人が、部屋のなかで向き合う恰好になった。

「寝惚けた子供を咎《とが》めだてするわけにもまいりませぬな」

藤八はまず官兵衛に声を掛け、手杵のほうに向き直った。

「いまのおまえには、おそらく耳に入らぬことじゃろうが、聞くだけ聞いておくれ」

穏やかな切り出しだった。

「この世は何かを盗まねば生きてゆけぬのかも知れぬ。お公家衆は官位を盗み、お武家衆は国や人の命を盗む。商人は儲けを盗み、おまえたちのようなあぶれ雑人、あぶれ童《わらべ》はわずかな銭や物を盗む。このわしとて、蜂の蜜を商《あきの》うて儲けを盗んでおるのは間違いないところじゃ」

床に座る手杵は聞いているのか、いないのか、袖に付いた糸くずをつまみ上げている。

彼女は六斎市で出会ったときと変わらない身なりをしていた。おそらく、官兵衛の胴巻を手に入れたあと、この屋敷を逃げ出すつもりだったのだろう。

「世の中の仕組みがかようなものだというに、おまえに盗むなと諭《さと》してみても、無駄なことであろう。きっと、これから先も盗みをやめはすまい。じゃがな、無駄を承知で言うておこう。おまえはまだ若いのじゃ。どうせ盗むなら、けちな銭や物ではのうて、人の心を盗みなされ」

「人の心を盗む？」

手杵は顔をあげ、問い返した。

「ああ、人の心よ」

「どうやって盗むのじゃ」

「おまえは盗まれたことがないのか」

「そんなもの、盗まれるわけはないさ。ちゃんとここにあるよ」

男のなりをした少女は真顔で胸を叩いてみせた。

「人はな、いつも、誰かに、心を盗まれておるものじゃ。幼い頃はまず母親に心を盗まれる。童は、母者がそばにいてくれるだけで安らかな気持ちになり、いなければ脅えて、悲しくなるもの。あれは、心を盗まれておるからじゃ」

「…………」

頬をかき、額をこすり、髪をいじるなど、落ち着かぬものの、手杵は耳を傾けている様子だ。

「幼いときだけではのうて、大人になっても誰ぞに心を盗まれるものじゃ。わしはな、ついこの間まで……、いや、いまもじゃが、妻や子供に盗まれておる。いずれ、おまえも同じような目にあう。そうさな、さしあたり、どこぞの男に心を盗まれるに違いない」

「おいらはそんな、どじをしねえぜ」

娘は口を尖らせた。

「いやいや、きっと盗まれるときがくるじゃろう。逆に、おまえが誰ぞの心を盗むときも……じゃ。そのときは大いに盗まれなされ、また、盗みなされ。相手は男だけでのうて女もじゃ。老いも若きもじゃ。誰と言わず、できるだけ沢山の人たちから盗まれ、沢山の人の心を盗むおなごになるのじゃ」

「心を盗むということは……、好かれることなのか」

悪さをする割に、手杵はときどき幼い表情を見せる。

「それだけではないが、わかりやすく言えば、まあ、そんなところじゃ」

「おいらは誰にも好かれたいと思わぬ」

「さあ、どうかな」

言いきかせたいことは終わったという顔で藤八は立ち上がり、もういいから部屋へ戻って寝なさい、と手杵を促す。屋敷から追い出されることを覚悟していたのだろう。促されたほうは一瞬、戸惑い顔になった。

「いこうお騒がせいたしましたな。お詫びは改めて明朝にでも……」

藤八が部屋を出てゆく。取り残された手杵は、あとに続かざるをえない。頭を一つ下げてみせたのは、彼女なりの詫びのつもりだったのだろう。

「心を盗むか……。あのじいさま、おれと小娘の心を早速、盗みおったやも知れぬな」

再び横になった官兵衛は闇を見つめて、ぼそりと呟いた。

播磨攻め前夜

七騎の主従の長い影が、刈り取りを終えたばかりの切り株が並ぶ稲田の上をゆるゆると進む。

稲束を担ぐ若者、運ばれてきた稲束をはざに掛ける老人、立ちのぼる煙のなかへ藁《わら》くずをくべる女、その横で駆け回る里童《さとわらべ》……。一見のどかな播磨の秋の夕暮れが、農道の左右に広がっていた。

「あれが見えてくると、ほっとするのう」

先頭をゆく弁阿闍梨玄丈が前方を指差して言った。夕日に染まった姫路城が彼方に小さく見える。

「これで、しばらくは首筋の寒い思いをせずに、いびきをかけるというものじゃ」

馬上であくびをした甲子丸が応じる。

「城で寝られるのは今夜だけだぞ」

すかさず官兵衛が釘をさした。

振り向いた甲子丸は情けなさそうな表情を見せる。

「また、どこぞに出掛けねばならぬのでござるか」

「今度は東の別所じゃ」

「………」

甲子丸だけではなく、誰も何も言おうとしない。大きな溜め息を漏らしたのは八代六之助のようだ。

京から戻って以来、官兵衛は彼らを供に播磨国内を駆け回っていた。各地の大名、小名、国衆《くにしゆう》のもとへ行き、織田への与力をとりつけるためであった。

訪れる先はむろん信長へ傾いている者ばかりではない。親毛利の色が濃厚な相手、さらには、すでに毛利に忠誠を誓っている相手など、その場で命をもらうと言われても仕方のない、敵意剝《む》き出しの者も含まれていた。

こうした相手の多くは、姫路から日帰りできる土地の住人ではない。したがって、ときには寝首をかかれるのを覚悟で、先方の居館・居城で泊まらねばならぬこともある。

いったん、織田への与力をとりつけたとしても安心できぬ。たとえば、毛利が質（人質）を求めていないのに、織田がそれを要求したとすれば、妻妾子供に泣きつかれて心変わりしかねない者もいる。

すでに長子の松壽《しようじゆ》を信長のもとに送り届けている官兵衛ですら、ことを運ぶに際し一苦労した。賢い女だと思っていた次月《しづき》が土壇場になって、安土なぞへ預けるのはどうしてもいやだと泣き崩れ、わが子を手放そうとしなかったからだ。

昼となく夜となく、神経をすり減らす日々を重ねている官兵衛と彼の郎党は、長い合戦のあとのように疲れきっていたのだが、それでもなお訪れねばならぬ先は残っており、休むひまはなかった。

懐柔工作の一方で、織田の軍勢一万五千はすでに播磨に進軍していた。

総大将・羽柴秀吉が京を発ったのは十月二十三日。播磨に着くや、彼はまず、次月の父櫛橋伊定《くしはしこれさだ》の居城志方《しかた》城に入り、諸勢力に与力を乞うているが、大名や国衆を招集し、顔合わせの場を設営したのも官兵衛であり、さらには姫路城の本丸を秀吉に供出し、自分たちは二の丸に引き下がるという気遣いも怠らなかった。

つまり、事実上始まっている織田の中国攻めで、いま最も忙しく、かつ、最も働いているのは黒田官兵衛だったのである。

総大将の秀吉は忙しくなかったのか。むろん忙しかった。とくに信長に向けてこまめに書いている状況報告のなかでは、諸勢力の与力をとりつけるため不眠不休で播磨の国中を駆け回っていることになっていた。

実際に命懸けで駆け回っているのが自分でなくとも、秀吉は胸を張ってこの報告を続けていた。小寺政職《まさもと》もその重臣もおのれの家臣と考えていたからであり、家臣の働きはあるじのもの、その働きを、北国での戦線離脱で買った信長の怒りを解くのに役立てたとしても、なんら不都合はないと考えていたからである。

「別所でござるか……。厄介な相手じゃ」

呟いた玄丈が、仲間のほうを見て続ける。

「今度こそ、無事には戻れぬやも知れぬな。余計な銭があったら、おれに預けるが上策というものぞ。生き銭としてつこうてやるからな」

いつもなら甲子丸が応じて、憎まれ口の一つも叩くのだが、黙っている。さすがの彼も心底疲れきっているのだろう。

〈別所はたしかに厄介な相手といえるな〉

官兵衛は、志方城で一瞬見せた別所の当主長治《ながはる》の表情を思い浮かべた。

与力を求めた秀吉に対する播磨諸将の態度は、一様に礼をつくしたものであり、織田への加担を疑わせなかった。しかし、いかに繕ってみても、人の本心はどこかに顕《あらわ》れるもの。ほんの一瞬ではあったが、東播磨三木《みき》城の別所長治は険しい表情を、西播磨上月《こうづき》城の赤松政範《まさのり》は冷ややかな目をのぞかせたのである。その後、二人は果たせるかな人質を拒み、毛利と手を結んだ。

ともに播磨で影響力を持つ武将である。織田としては簡単に与力を諦めるわけにいかぬ。とりわけ東播磨八郡を支配する別所に関しては、たとえ無駄骨にしても、改めて説得を試みる必要があった。

ところが、二十歳になったばかりの長治は天下の動きにうとく、織田軍団、なにするものぞ——と肩を怒らせることに気概を感じている。

理屈がわからず、もっぱら意地を張り通すだけの相手には手を焼く。

別所はこの種の厄介な男だったのである。

〈やるだけやってみるにしても、合戦は避けられまいな〉

眉を曇らせた官兵衛の視線が、左手の田圃《たんぼ》に向けられた。

稲束を肩にしてこちらを見上げる顔に見覚えがある。会うべきはずのない場所で会ったことになるが、この相手ならありそうなことだ。

馬を止めて声を掛ける。

「手杵だな、京で会《お》うた手杵であろうが」

「…………」

相手は無言でこくりと頷く。

「こんなところで何をしておる」

「おまえさまを待っていたところじゃ」

髪と着ているものは六斎市で会ったときと変わっていなかったが、野良仕事で汗を流しているせいだろうか、湯を使ったあとのように頬が上気しており、肌が輝いている。

「おれを待っていた？」

「ああ」

「なんのためだ」

「言わねばならぬのか」

男の姿をした娘は、好奇の目で自分を眺める官兵衛の郎党たちをぐるりと見渡した。

「いやでなければ、な」

「藤八が、おまえさまのもとへ行けと言ったのじゃ」

「ようわからぬな」

首をひねる官兵衛に向かって、肩の稲束を地面におろした手杵は語り始める。

要約すると、こういうことらしい。

藤八の屋敷を出たいと申し出た娘に、老人は言った。引き止めはせぬが、もとの暮らしに戻るつもりなら感心できぬ。路銀を出してやるゆえ、いっそ、黒田官兵衛という、あの武家のもとへ行き、雇ってもらったらどうか、と——。京を離れるのもおもしろいと思った手杵は言われるままに姫路にやってきた。ところが、訪ねる相手が城にいなかった。城兵や小者など、あちこち聞き回って、その行き先を突き止め、帰路に使うと思われる道ばたで待つことにした。ただ待つだけでは退屈なので、稲刈りの手伝いを買って出て、二日前から、このあたりの田圃で働いていた。

「やってみると、野良仕事は存外おもしろいものじゃ。けれども、手がこのとおり……」

手杵は、泥とすり傷の血で汚れた両手をひろげて見せる。

「ここへ来たわけはのみこめた」

官兵衛は一呼吸おいて続ける。

「しかし、おまえがあのじいさんを嫌ったわけはわからぬ」

「嫌ったんじゃない」

娘は声を張り上げた。

「髪や着るものを変えよ、女らしい姿をせよ、口のききようを直せと、小煩《こうるさ》かったから面倒になっただけじゃ」

「そやつ、女でござるか」

善助が頓狂《とんきょう》な声をあげた。

「藤八は当たり前のことを申しただけではないか。おれとて同じことを言うわ」

官兵衛は叱る口調になった。

「女らしくならねば雇ってもらえぬのか」

唇が尖《とが》っている。

「雇うとすれば、そういうことになろうな」

「おいらは京へ帰るぜ」

足元の稲束を蹴飛ばす。

「勝手にするがいい。引き止めはせぬ」

「なぜ、女らしくならねば雇うてもらえぬのじゃ」

「女には女の仕事をしてもらうからよ。男はな、褌《ふんどし》ひとつでいくさ場を駆け回らねばならぬこともある。血のしたたる生首を運ぶときもある。おぬしにそれができるか。できはすまい」

「………」

俯《うつむ》いてしまった手杵は、てのひらの泥を括袴にこすりつける。二度、三度とそれを繰り返したあと、顔を上げて言った。

「わざわざ京からこんな田舎までやってきて、何もせずに戻るのも癪《しゃく》な話じゃ。雇うてくれるなら、女らしくなってやるよ」

「たわけ」

突然、善助が怒鳴った。

「その言いぐさはなんじゃ。わが御大将に仕えたくば、手をついてお頼み申せ。女らしくなってやる、だと。女が女らしくならいでなんとする。恩着せがましく言うことか」

善助の顔は怒りで真っ赤になっており、口から泡が飛び散る。

「稲つき虫みたいな顔して、なんだい」

手杵が怒鳴り返した。

「こうすれば文句はあるまいよ」

乱暴に跪いて頭を下げる。

目を剝き、何か言おうとする若い郎党に、官兵衛は笑いながら言った。

「善助、その娘を城へ連れてゆくのはわれにまかせるぞ」

抗議する声を無視して馬を進め始める。

「勝てる相手ではなさそうじゃ。喧嘩はすまいぞ。いたわってやりなされ。のう、栗山殿」

玄丈が善助をからかうと、ほかの者も好き勝手なことを言う。

「くそっ」

罵り声をあげながらも、優しいところのある善助は、女を城まで駆けさせるわけにもいかぬと思ったのだろう。手を貸して自分の馬に引き上げた。

「ほう、仲良く相乗りときたか」

振り返った玄丈がまたからかうので、善助はいっそう歯ぎしりする。

馬に乗りつけぬのか、手杵は別人のようにおとなしくなって、たてがみにしがみつく。

相手のからだに触れまいとして苦い顔でそり返る善助、馬から落ちまいとして前かがみになる手杵……。

城の近くまで来て振り返った官兵衛は、奇妙な二人の姿に、失笑することになった。

〈なんとまあ、落ち着かぬおひとであることよ〉

官兵衛はあきれ顔で秀吉の所作を眺める。

油皿に火の入った姫路城本丸の広間は、もう五つ半（午後九時）になろうとしているのに、地図を膝の前に広げた秀吉は忙しかった。官兵衛の報告に従って、与力を取りつけた播磨衆の居城に墨で印をつける一方、脇に控える近習、部将に声を掛け、矢玉や兵糧の蓄えを訊《き》き、何かを持ってこさせ……と、絶えず口と手足を動かしている。

それは快活で、いたって上機嫌に映ったが、わずかな表情の変化を見逃さぬ者には、めまぐるしく頭を働かせる、いささか疲れぎみの、険しい顔を覗かせる男の姿だった。

「残る大物は二人か……」

筆を置いた秀吉は、膳の飯茶碗に手を伸ばす。

彼は夜食として用意させた湯漬けをかき込んでいる最中でもあった。

派手な歯音をたてて香の物を噛みながら、陪席している者たちの顔をぐるりと見渡す。

視線が竹中重治のところで止まった。

「半兵衛、どうしたものか言うてみよ」

「別所と赤松の……」

途中で咳《せ》き込んだ重治は、懐紙で唇を押さえ、あとを続けた。

「……始末でござりまするか」

「念にはおよぶまい」

「幾度、与力を求めてみても、無駄骨になりましょうな」

重治は、別所長治と赤松政範のいずれもが、軍勢集めを急ぎ、羽柴軍と対決する姿勢を固めていることを、具体的な数字や例をあげて述べ始めた。体調がおもわしくないのか、声に力はないものの、話の進めようは見事で、まったく隙がない。

新しい香の物を口に入れた秀吉は、また歯音をたてながら聴いている。ひと区切りついたところで、こちらに顔を向けた。

「官兵衛」

名だけ呼んで、顎をしゃくった。考えを聞かせよ、と言っているのだ。

躊躇《ちゅうちょ》なく答える。

「おそらく、竹中殿の仰せのとおりでござりましょう。ただ、たとえ無駄骨だとしても

……」

「あとは言わずともよい。小寺《こでら》と赤松の縁をおもんぱかっておるのであろうが、軍評《いくさひょう》定《じょう》に、情けは禁物ぞ」

箸《はし》の先で歯をせせりながら、再び男どもを見渡す。どう見ても風采があがらぬとしか言

いようのない凡庸《ぼんよう》な顔だが、頭のなかが忙しく回っているのは目の光りようでわかる。

長い沈黙のあと、箸を置いて口をひらいた。

「長治と政範は……弓矢で話をつける」

評定は終わりじゃと言う代わりに、彼は立ち上がり、奥のほうへ歩きかけて振り返った。小柄な男はなんとも嬉しそうな笑みを浮かべている。

「いくさになれば、しばらく女は抱けぬ。いまのうちに、たっぷり堪能しておかねばな。ねぶって、こねて、搗《つ》いて、またひとねぶり、こねてこねてこねまくり……」

妙な節をつけて唄いながら、秀吉は去って行く。

広間のなかは哄笑に包まれた。重治までもが声をあげて笑っている。

官兵衛も笑った。笑いながら胸のうちで唸《うな》った。

〈あれだな――。あのおひとに、みなが付いてゆくのは、あれがあるからだな〉

秀吉は眉をしかめたくなるほど抜け目がない。おそろしく頭が回る。官兵衛も人より頭の切れるほうだけに、これがよくわかる。しかし、頭が回るだけの男なら唸りはしない。

感嘆するのは、秀吉が見事に演じてみせる人間としての隙である。

下品な音をたてて湯漬けをかき込む。男なら誰もがすることながら、軍評定の最中にやりはしない。

猥談も同様である。程度の差はあれ、男なら好まぬとは言わぬ。しかし、軍評定を終えた直後、家臣相手に馬鹿づらを見せて口にするような真似はしない。

秀吉はそれをあっさりやってのけた。恥ずかしげなくやってのけたことによって、頭の回る男としての臭みを取り除き、接する者に安心感と好感をもたらしたのである。

彼は、姫路城に着くなり、官兵衛に、白拍子《しらびようし》を三、四人まかなってきてくれと求めた。そのときは辟易《へきえき》し、好色を蔑《さげす》みもしたが、いまになって考えてみると、秀吉は、あえて女好きと見られるようふるまっている節《ふし》がある。

人間としての隙を計算ずくで見せて、相手に親近感を抱かせる――。

どうやら、秀吉はこれのできる男らしい。

〈おれは、なんとも疲れるおひとと縁を結ぶことになったぞ〉

笑いながら散り始めた男たちに混じって、呟き込みながら歩き出す重治の姿が見えた。さすってやろうとして近づき、背中に手をかける。

振り向いた彼は、にやりとして言った。

「あまり買いかぶるのも考えものでござるぞ」

「えっ」

「妙な唄をうとうた人のことじゃ」

驚いて立ち止まる官兵衛を残し、重治は歩み去ってゆく。

〈おれの胸のなかを覗いたとでもいうのか〉

「こねてこねてこねまくり……」

あっけにとられて細い背中を眺める官兵衛の耳に、笑い混じりの鼻唄が届く。

〈重治殿の頭の回りようは、あのおひと以上かも知れぬな。疲れる相手は二人いるということか……〉

「それも、おもしろいではないか」

と、おのれに声を掛けて踏み出す。いくさの手筈は整えねばならぬが、別所を訪ねる必要はなくなった。少なくとも二、三日は、この城でゆっくりできそうである。

「まずは次月の機嫌伺いか」

呟いた官兵衛は、男根を迎え入れた亀裂を頭に描いている自分に気付き、苦笑を浮かべた。

卑猥な唄のせいだけではない。城へ着くなり、秀吉のもとへ直行したため、まだ顔を合わせていない妻を、ここしばらく抱いていなかったからだ。

佐用と上月

秀吉が播磨攻めにとりかかるに際し、選択肢は三つあった。

第一は西の赤松をまず攻め落とす。第二は東の別所を先に潰《つぶ》す。第三は一万五千の軍勢を東西二手に割《さ》き、赤松・別所の両者を同時に攻める。

秀吉は赤松攻めを選んだ。当然であった。別所を先にすれば、西から送り込まれるであろう毛利の援軍に背中を向ける恰好になる。まずは赤松を潰し、毛利を食い止める拠点を確保したあと、別所を攻める——。これが安全策だったからだ。

十一月二十七日——。

出雲街道を西上して、赤松の勢力圏・佐用《さよう》郡に入った羽柴軍は、四隊に分かれた。すなわち、秀吉の率いる本隊、堀久太郎隊、木村源蔵隊、竹中重治隊である。

このうち、まず竹中隊二千が別行動に移り、福原《ふくはら》城に向かう。本隊以下の三隊は、この竹中隊を残して南西へ一里ほど進み、上月《こうづき》城付近に展開する。赤松政範《まさのり》の入る根城《ねじろ》の上月城を主力軍が攻める一方、拠点支城の福原城を遊撃隊が潰すという戦法であった。

竹中隊二千のなかには、八百の小寺の軍勢が含まれていた。官兵衛は郎党とともに重治の指揮下に入って戦うことになったのである。秀吉によると、この配属を求めたのは重治らしいが、本人からは何も聞いていない。

福原城の城将は、いくさ上手で知られる、赤松政範の義弟（妹婿）・福原主膳だが、城兵は一千にすぎない。さほど手間をかけずに落とせるかに思えた。

ところが、城まで半里ほどの距離へ迫ったところで、竹中隊の進撃は止まってしまった。佐用郡を南北に分ける千種《ちくさ》川を越えねばならなかったのだが、籠城態勢をとるものと予測された福原軍が対岸で待ち構えていたのである。

「さすが主膳よ」

重治はまず敵将を褒《ほ》め、

「どうしたものかな」

と、傍に立つ官兵衛のほうを見た。よい智恵が浮かばぬため相談しようとしているのか、こちらの采配の腕を試そうとしているのか見当のつかぬ顔であった。

「さしあたって、渡る場所を三つほど探してみたらいかがでしょう」

対岸で敵が待ち受けている川を前にした軍勢は、渡河《とか》箇所と時刻を考えねばならぬ。つまり、一箇所突破で渡るか、数箇所に分かれて渡るか、日中渡るか、相手が寝静まった時刻に渡るか……。

思案を問われた官兵衛は迷うことなく、まず分かれて渡ることを提案したわけだ。

「で、攻める時刻は？」

重治はすかさず訊く。

「一番手だけは今深更、二番手、三番手は明朝にしては……」

官兵衛は詳しい説明を付け加える。

川原部分も含めて、幅三十間ほどの千種川に橋はかかっておらず、対岸との行き来は渡し舟に頼っている。むろん、福原主膳が、使える舟をこちらの岸に残しておくようなへまをするはずもないので、三つに分けた竹中隊はそれぞれ泳いで渡河するしかない。

そのやり方は、少人数の一番手隊が今深更、闇にまぎれて最上流部の渡河地点を密かに突破し、中流部を上陸地点とする二番手隊に備える敵の背後に回る。二番手隊が夜明けとともに味方の援護を受けて渡河を終えたところで両隊は合流し、最下流部を上陸地点とする本隊の三番手隊支援に走る。

「……という運びでござる」

腕組みをして聴いていた重治が、からだをくの字に折って咳《せ》き込んだ。

「噂を信じるほうではないが……」

咳の合間に口をひらいた。

「元服前のそこもとが……広峰神社から数百の流賊を追い払ったという噂、信じてもかまわぬようじゃな」

突然飛んだ話題に戸惑う官兵衛を尻目に、重治は続ける。

「黒田孝高《よしたか》は、やはり……、なかなかのものよ。うん、思うたとおりの男であるわ」

独り言にしては大きすぎる声で勝手に頷き、再び咳き込んだあと、にたりとして言った。

「そこもとの思案、そっくり使わせてもらいまするぞ。この重治、近頃、めっきり血の巡りが悪うなっているところゆえ、よい智恵を出していただいて助かりましたわい」

〈どうやら試されたらしいな〉

官兵衛は顔をしかめた。

重治ほどの男が、この程度の渡河法を思いつかぬはずはない。いまの余裕のあることばがそれを物語っている。すべて承知のうえで、あえて官兵衛の智恵を試したのだ。腹を立ててもいいところだが、相手が重治では苦笑するしかない。

踏み出す足元が頼りなかった。厚く積もった竹の枯れ葉が、体重をかける度《たび》にめり込む。

「ここに尖った切り株がありますぞ」

先頭を行く玄丈の声だ。梟《ふくろう》に負けぬと自慢する彼は、月明かりさえ差し込まぬ竹藪の中だというに、切り株の具合まで見えるのだろうか。何も見えぬ官兵衛たちを驚かせるため、はったりを言っているのかも知れない。

「うっ」

甲子丸《かつし》の悲鳴が聞こえた。竹の枝で顔を叩かれたか、切り株に脛《すね》でも打ったに違いない。

「くそーっ、おれには誰ぞのように夜盗の才はないとみえるわ」

夜目のきく玄丈を皮肉っているつもりらしい。

一番手を買って出た官兵衛は、八百の郎党のうち二百を選《え》りすぐって、上流部に向かった。探し当てた渡河地点が、この深い竹藪である。

対岸に福原軍の見張りがいたとしても、水面にせり出る形で竹の密生する場所を使えば、移動することも、潜むことも、水辺まで走ることも自在である。

「長虫は藪を好むと聞いておるが、まさか出てくるようなことはあるまいな」

また甲子丸の声だ。

「出るのは暑い時期でござろう」

善助が応じる。

「いや、冬になったのを忘れて飛び出てくる、とぼけた蝮《まむし》がおらぬともかぎらぬぞ」

「玄丈、縁起でもないことを言うな」

甲子丸は悲鳴に近い声をあげる。

〈もうすぐ殺し合いを始めねばならぬというに、こやつら、肝が太いのか、馬鹿なのか……〉

「たいがいのものは我慢できるが、長虫だけは……」

「しーっ」

玄丈が制した。川面の覗ける位置まで出た彼が対岸を窺おうとしているようだ。

「主膳のやつ、案の定、抜け目なく雑兵《ぞうひょう》を配りおったわ。一人、二人、三人……」

見張りを数え始める。

「幾人いる」

官兵衛は声を掛けた。

「なにも見えぬのでわかりませせぬ」

「…………」

「やかましいやつを、脅しただけでござる」

「たわけ」

叱ったものの、闇の中で官兵衛は笑わざるをえなかった。

「甲子丸を脅しただけでは、この梟の目が泣きますゆえ、ちと向こう岸まで行ってまいりますわい」

命じられる前に玄丈は物見を買って出る。

「風邪をひかぬよう、厚着をしていくのだな」

今度は官兵衛がからかう番である。

玄丈の動きは素早かった。下帯ひとつになると、腰刀を口にくわえ、ためらうことなく川に入る。冷たかろうなどと愚かなことを言う者はいない。水音をたてることなく泳ぎ始めると、すぐに暗闇に消えた。

時刻は四つ（午後十時）あたりだろうか。藪の中なので風はないが、冷え込んできた。半刻過ぎた——。

竹の落ち葉に腰をおろした二百人のうち、口をきく者は誰ひとりいない。甲子丸さえもが黙り込んでしまった。彼も、凍《こご》えているはずの玄丈の身を案じているのだ。

息苦しい沈黙に耐えきれなくなった者が二人、三人と溜め息をつき始めたとき、玄丈が戻ってきた。

竹の根にすがって水中から這《は》い上がってきた彼は、近くにいた者に、乾いた布でからだを擦《こす》ることを求めた。

枯れ葉の上にあぐらをかいた玄丈は、傷の手当て用の酒を徳利ごとあおり、仲間にからだを擦らせる。

「見張りは五人」

報告が始まった。

「いずれも生真面目に不寝番を務めておりましたゆえ、つらかろうと思い、存分に眠れるようにしてやりました」

笑い声が起こる。

「これからすぐにでも川を渡れるということだな」

官兵衛も笑っていた。

「湯加減は上々でござりますゆえ、いつなと渡れまする」

哄笑《こうしょう》が渦巻くなかで、全員が支度にかかる。

新手《あらて》の見張りがやってこぬとも限らないので、脱いだ衣服や武具を頭に縛りつけた二百人は音を殺して川を渡る。

岸に上がったところで、隣り合った者同士が乾いた布で互いのからだを擦り合い、素早く衣服をまとって、具足をつける。あとは、半里ほど川沿いの道を下って、二番手隊の渡河地点に向かうだけである。

まず、物見を走らせる。

約五町先に、福原軍の見張りのいることがわかった。竹中隊の一番手、二番手は、あえて対岸から見える位置に待機しているが、主膳はほかの場所からの渡河も覚悟し、一定間隔に見張りを置いているのだ。

息をひそめた闇のなかの行軍が始まる。

凍えたからだがわずかながら火照《ほて》り始め、手足の感触も戻ってきたところで、先頭を行く物見の足が止まった。見張りのいる場所に来たのだ。

「おれにまかせろ」

甲子丸が福原兵の始末を志願した。すでにいいところを見せている玄丈と、張り合うつもりらしい。

「お手伝いいたす」

と、弓のうまい八代六之助、益田与介、俊敏な動きで槍でも太刀でも使いこなす栗山善助、近頃すっかりたくましくなった、二十一になる幼名万助の母里《もり》多兵衛が続く。

主膳が配備した兵の数はここも五人。しかも不意を襲うのだから、甲子丸たちも手間はかからない。

二百の男たちは再び進み始める。

このあと、さらに二箇所で見張りを片付けた黒田隊は、東の空が白む前に二番手隊の渡河地点に到着した。

「うまく運びすぎまするな」

と善助が不安顔を見せたが、むろん、ぜいたくな言い分だった。

八百の二番手隊が渡ろうとしているのは、対岸部に川の蛇行によってできた広い川原のある場所だ。三、四百とみられる福原兵は、この川原と背後の土手の上で迎え撃つ態勢をとっていた。

空が明るくなり始めたところで、彼らの展開ぶりをおのれの目で確かめた官兵衛は、郎党たちに言った。

「手筈どおりに攻めるぞ」

あらかじめ決めてあった戦法は火攻めであった。

水のなかにいる間に竹中勢を叩くべく、福原兵は土手と川原で待ち受けている。

その土手と川原は冬枯れの葦《あし》やススキで覆われている。北側にあたる上流部から攻めるに、燃えやすい枯れ草を見過ごす手はない――と官兵衛は考えたのである。

日が昇ってきた。

志引《しびき》峠を越え、日名倉《ひなくら》山を駆け下ってきた凍えた風が葦とススキを踊らせ、かき分ける。「野焼き」を始めるには申し分ない風であった。

官兵衛の合図で火がつけられる。

存分に枯れた草と灌木が煙をあげ、小気味よい音をたてて燃え始め、やがて炎の帯となって川原と土手を奔《はし》り出す。

火勢に脅えた福原兵のある者は、なお役目を果たそうとして水ぎわに移動し、またある者は土手の向こう側に走る。

黒田隊はまず、彼らに矢を射かけ、鉄炮玉をくらわせた。煙と炎に攻めたてられる相手は反撃しようもなく後退する。

　背中を見せる敵を襲うのだから、官兵衛が黙っていても郎党たちは勢いづいて攻めまくる。

　この間に、二番手隊の渡河が始まった。黒田隊を相手にするのが精いっぱいの福原兵はこれを横目で見るだけで、迎え撃つことができない。無傷で川越えを終えた八百の軍勢が攻撃に加わると、福原勢は完全に戦意を失い、潰走状態になった。

「歯ごたえがなさすぎるわ」

と、甲子丸が嘆いたほど、あっけない勝ちいくさとなった。

合流した二隊は一息つく間もなく、三番手隊の渡河地点に向かう。

三番手隊を指揮する重治が選んだ場所は比較的、川幅が狭く、流れも穏やかな渡し場だった。苦労せずに渡れるはずなのに、迎え撃つ福原勢の守りが固かった。主膳は渡河地点となることを読んでいたのだろう。兵を散開させた土手と川原に乱杭《らんぐい》、逆茂木《さかもぎ》を並べ、弓、鉄炮、槍などを手にした兵を乗せた十艘《そう》近くの舟まで待機させていたのである。

　火攻めが可能なら、つけこむ隙はあったが、人の行き来が激しい渡し場だけに、葦やススキは刈り取られたり、踏みつけられたりで、まばらにしか生えていない。

　尋常に攻めるしかなかった。

一、二番手が仕掛けるのを待って、渡河が始まる。三番手隊は福原勢の待つ場所を避けて、上流へ、あるいは下流へと、渡りやすい地点を探すが、それを舟が追い掛ける。

乱戦になり、あちこちで敵味方の血が流された。

しかし、戦闘は長くは続かない。主膳は最初から、決着をつけるのは城だと考えていたのだろう。三番手隊がこちらの岸に駆け登り始めると、福原勢は意外にあっさりと渡し場を捨ててしまった。

重治は、城内に逃げ込もうとする敵の追走を許そうとしない。

〈なんと手堅いことよ〉

と、官兵衛はいぶかしんだが、彼の姿を見て納得せざるをえなかった。

冷たい水に全身を漬けたせいだろう。顔は土色で唇が小刻みに震え、床几《しょうぎ》に座っているのさえ辛そうだったのである。

それでも、しゃべる口調は普段と変わらなかった。

「夏のいくさも暑うてかなわぬが、冬のいくさは、肝は縮まずとも、ふぐりが凍え縮んで、なんとも様《さま》にならぬ」

笑う官兵衛に重治は続けた。

「ふぐりの縮んだ男が采配を振ったのでは、勝てるいくさも敗けてしまうというもの。このいくさ、あとはそこもとに任せるゆえ、存分にやってくださらぬか」

要するに、体調が悪いから指揮をとってくれ、と言っているのだ。

官兵衛は返事を渋った。武将にとって、いくさ場で采配を諦めるのが大きな傷になることを考えると、重治のため、ためらわざるをえなかったのだ。

この胸のうちを見透かしたように、彼はことばを継いだ。

「気づこうていただくのはありがたいが、わしの手足とからだはわがままにできていて、ときどきあるじの言うことをきかぬ。いまがまさしくそうじゃ。きゃつらは横にならせよとわめいておる。かような不甲斐ない連中のあるじなればこそ、羽柴様に頼んでそこもとに加わってもらったのでござる。のう、遠慮せずに仕事にかかってくだされ」

承知というしかない官兵衛は、重治の介抱を周囲の者に命じて、城攻めの手筈を進めることにした。

別称・佐用城とも呼ばれる福原城は、左右（東西）と背後（北）は谷を隔てて隣の山を望み、前面（南）は千種川のつくる平地を見下ろす瘤《こぶ》山の上に建っていた。

攻め方としては、平地もしくは三方の谷間から急斜面の山を這い上がるしかないわけだが、主膳は当然、いたるところに菱を撒《ま》き、乱杭、逆茂木を置き、矢や鉄炮玉を降らせる態勢をとっている。

東側の山頂に登って、この地形を見渡した官兵衛は、

「三日間か……」

と、攻城のため与えられた日数を呟いた。

毛利が援軍を送り込んでくる前に上月城を落とさねば、いくさは長引き、次の別所を攻めるどころか、羽柴軍はこの西播磨で立ち往生してしまう。したがって、秀吉は重治に、わずか三日で福原城（佐用城）を落とすよう命じていた。

秀吉とすれば、たかが小城《こじろ》ひとつと考えたのだろうが、まのあたりにした城は、とても三日で落とせるような代物《しろもの》ではなかった。

が、官兵衛は諦めない。周りの者がいぶかしんだほど長い間、城を睨み、三日で攻め落とす思案をひねり出そうとした。

やがて――、傍に控える郎党たちのほうを見て、

「腹が減ったな」

と言った。思案がまとまったのである。

この日の正午すぎ、官兵衛が指揮をとる竹中隊は、福原城の前面の平地と左右の谷間に展開し、三方から鉄炮と弓で猛攻に移る。

「できるだけ派手にやれ」

と官兵衛から命じられた軍勢は、必要以上に鬨《とき》の声をあげて、鉄炮を撃ち、弓を射かけた。

この一方で、五十名ほどの雑兵が城の背後（北）に回って、瘤山に火を放った。

ところが、戦果はほとんどない。城に入っている福原勢に下方から鉄炮や弓を使うのだから、戦果のあがりようがなかったのだ。

火攻め組は最もみじめであった。主膳は、北風の吹き上げる斜面に燃えるものを残しておくようなへまをしない。草や灌木は刈り取られ、高木の下枝はすっかり切り落とされていた。火攻めをするには、近くの山から取ってきた木や草を積み上げて使うしかないのだが、城兵がそれを黙って見逃すはずもない。結局、火攻め組は、鉄炮玉と矢を浴びせられ、何もできないまま逃げ散ることになった。

徒労の一日が終わると、重治の手勢の間で早くも、

「黒田様はいくさを知らぬのではあるまいか」

と囁き合う声が聞かれ始めた。

これを耳にした善助や六之助たちが顔色を変えて怒ったが、官兵衛は素知らぬふうだった。

深更――、左右の谷間に陣どっていた軍勢のなかから、玄丈、甲子丸以下の官兵衛の手勢五百が、音を殺して、城の背後に向かい、隣接する山のなかに散開した。

二日目も、完全に失敗した火攻めを除く、前面、左右からの城攻めが、前日同様に始まる。

派手にやれ、と命じられている兵は、無駄骨を折っていると思いながらも、声を嗄《か》らしてわめき、吠え、攻め続ける。

蜂須賀小六の率いる一千の軍勢が華々しく旗幟《きし》を翻し、土煙をあげて城の正面に駆けつけてきたのは、三日目の八つ（午後二時）頃だっただろうか。

彼らは口ぐちに叫んでいた。

「上月城は落としたぞ」

「赤松政範の首はあげたぞ」

「おっつけ、あと五千の加勢がやってくるゆえ、この城も一気に踏み潰そうぞ」

官兵衛は彼らの叫び声を表情を変えることなく聞いたが、竹中隊の兵は喜び、勢いづいて、幾度も歓声をあげた。

城兵に、新手として繰り込んできた蜂須賀隊が見えぬはずはなかった。上月城落城を告げる彼らの叫び声と竹中隊の歓声が聞こえぬはずはなかった。

たちまち驚きと動揺の濁流が城を呑み込み、顔を見合わせ、目配せをし合った雑兵たちが、逃げ出す算段に走り始める。

城を捨てるのを考えたのは雑兵ばかりではなかった。

急遽始まった軍評定のなかで、福原の重臣祖父江《そふえ》左衛門が、

「落ち延びて再起をはかるのも、合戦のうちではござりませぬか」

と苦渋の表情で言えば、
主膳の弟伊王野《いおうの》土佐も、

「敵は火攻めでしくじった城の後ろを固めるのを忘れておりまする。きゃつらが手落ちに気付かぬうちに裏へ走りましょうぞ」

とせき立てる。

根城を失い、一万五千の羽柴軍を相手にせねばならぬ状況に追い込まれたのである。ためらいながらも、福原主膳は重臣と弟のことばに頷かざるをえなかった。

蜂須賀隊が駆けつけて半刻もたたぬうちに、雑兵の逃亡が始まり、やがて、伊王野土佐と祖父江左衛門を含む城将を囲んだ一隊が裏門を抜け出て、北の谷間に向かう。

ことがうまく運びすぎるのに不安をおぼえた主膳が周囲を見回したとき、前夜から茂みのなかに潜んでいた玄丈以下の官兵衛の手勢五百が襲いかかった。

杖術の要領で短槍を鮮やかに使う甲子丸、城へ戻ろうとする者の前に素早く回り込んで太刀で斬り伏せる栗山善助、たて続けに矢を射込む八代六之助、長槍をがむしゃらに突き上げて馬上の主膳を追い詰める母里多兵衛、何かわめきながらしゃにむに薙刀《なぎなた》を振り回す益田与介……。

戦意を失って逃げようとするところを不意に襲われた者たちと、前夜から気持ちを高ぶらせ、腕を撫《ぶ》していた男たちとの闘いである。決着がつくのに、さほどの時間はかからなかった。

伊王野土佐と祖父江左衛門が血に染まって倒れ、主膳の首が胴を離れる。

あるじを失った城で、首検分をすることになった官兵衛の横には、まだ青ざめているものの元気を取り戻した重治と、蜂須賀小六の姿もあった。

首を眺めながら重治が言った。

「こやつ、上月城も落ちておらぬし、赤松政範も無事なのを知って、歯ぎしりしておる顔でござるな」

小六も同じように首に目をやって続ける。

「騙《だま》したのは、ここにいる黒田官兵衛という男よ。わしは羽柴様に命じられて片棒を担がされただけじゃ。怒るまいぞ、恨むまいぞ」

「さよう。悪いのは、蜂須賀殿の兵に芝居をさせおった黒田官兵衛じゃ。あの叫び声を聞けば、誰とて上月城は落ちたと思うわ。おぬしの手落ちではないゆえ、悔やむまいぞ。おのれを責めまいぞ」

むろん、小六と重治は生首に話し掛けるふりをして、官兵衛の采配を褒めていたのである。

福原城攻めの采配を重治に預けるに際し、秀吉が限った三日という日数は、できるだけ急げという程度の意味であり、重治もそのつもりで聞いていた。

ところが、官兵衛は、秀吉の真意を知りながらも、あえて三日で城を落とす智恵を絞り出してみることにした。そして考え至ったのが、福原主膳に城を捨てさせる今度のやり方だった。

二日半、無駄骨になるのを承知で派手に攻め立てたのは、城兵を脅えさせるための伏線であった。他方で、一日目に城の背後から、成功するはずのない火攻めを行ない、ぶざまなところをさらけ出してみせたのは、こちらの采配に隙があるものと思わせ、裏門からの脱出を誘ったものであった。

仕上げの小六の軍勢は、一日目の攻城中に、秀吉のもとに玄丈を走らせ、わめき叫ぶだけの兵一千をお借りしたい、と頼み込んでおいたのである。

周りから見れば、官兵衛がからかわれているかに見えた首検分が終わり、火の放たれた福原城を後にして、竹中隊と蜂須賀隊は上月城攻めに加わるべく、南へ急行する。

福原城落城の戦果を秀吉は喜んでみせたし、重治のありのままの報告を聞いて、官兵衛の手柄を褒めもしたものの、上々の機嫌というわけにはいかなかった。おのれが采配を振る城攻めのほうがうまく運んでいなかったのである。

上月城は南北に延びる連山の一角に建っており、その左右（東西）には別の幾筋もの連山があった。

広げた状態の扇を想像していただこうか。紙の折り目は幾つもの峰と谷をなしている。

この場合の峰の部分のどれか一つに、上月城が建っていると考えてもらえばいい。

つまり、山また山の一角に建つ城だったわけだが、周囲に、複雑な地形を利用して二十近い砦《とりで》を築くという、隙のないつくりになっていた。

秀吉はこの上月城に、東と南の二方向から迫る戦法をとった。すなわち、彼自身が指揮をとる第一軍を、佐用川を挟んで城の望める仁位山《にいさん》に展開させ、赤穂《あこう》方面に迂回させた堀久太郎指揮下の第二軍を、城の南側面を望む平地に陣どらせたのである。

布陣は予定どおりだったものの、両軍とも千種川を渡る際、赤松勢の激しい攻撃を受けて被害を出しており、かつ、時間もかかりすぎていた。しかも、展開した両軍は予想を超える数の砦に行く手をさえぎられ、上月城に矢一本も射込めずにいたのである。

秀吉は苛立ちを隠して官兵衛たちをねぎらい褒めたあと、いつもの軽口で切り出した。

「城攻めは女を口説くのと同じよ。帯を解かせるのに苦労するほうが楽しみも多いというものじゃ。すぐに裾を開くような女は興ざめというものよ。じゃがな、ときには、手間をかけずに帯を解かせたい女もある。この上月城がその口よ。早《は》よう裾を開いてくれぬと、いきり立っておる悴《せがれ》が承知せぬわ」

小六は笑ったが、重治と官兵衛は黙って聞いた。

官兵衛は第一軍に加わることになったが、配置先は手柄の立てにくい後詰めであった。

すでにひと働きした彼を目立たぬ場所に追いやるのは、秀吉一流の、他の部将に対する気づかいだったようだ。

命じられるままに、仁位山の後方でおとなしく待機するつもりになった官兵衛が、持ち場につくと、いくらもたたぬうちに秀吉から呼び出しがかかった。

幕舎《ばくしゃ》に入ると重治の姿もあった。

「帯を解かせる智恵を出してくれぬか」

いきなりこう言った秀吉は、重治の推挙があって呼び出したことを付け加えた。

「さ、遠慮せずに言うてみよ」

秀吉はこちらが何か言う前にせかせる。熟慮するひまを与えられぬ官兵衛は、気になっていた点を述べるしかなかった。

「まずは、太平山に本陣を移してみてはいかがでしょう」

「なにっ、本陣を移せだと」

秀吉の表情が険しくなった。本陣を置く場所を決めたのは当然、総大将の彼自身である。それを批判されたのと同じことだから、腹を立てたのも無理はなかった。

「なぜ、太平山なのじゃ」

怒声に近い声だった。

いま本陣が置かれている仁位山は城の東側にあたり、第一軍にとっては進入路の行く手に位置する山だった。これに対し、太平山は上月城の北側の山で、そこまで進むには途中、赤松勢の入っている幾つかの砦を潰さねばならぬ。つまり、太平山に本陣を置くためには、余計ないくさをしなければならない。秀吉が仁位山を選んだのは、順当な判断だったわけだ。

「あちらの山のほうが、こちらより高いからでござります」

「高い？　ただ高いというだけで本陣を移せと申すのか」

「はい。あちらの山からなら、上月城の表も裏も見通すことができまする」

秀吉は黙り込んだ。相手の動きを見通せる場所に立つほうが当然、有利になる。采配も冴えるに違いない。しかも、動きを読まれることで、相手は脅え、焦りをつのらせるはずだ。官兵衛の提案は小癪《こしやく》だが、間違っていない。

「よかろう。本陣は太平山に移すことにしよう」

普段の顔に戻った秀吉は、おもむろに言った。頭の回る彼は、人ひとりの智恵の限界を知っていた。おのれの考えに固執せず、周囲の者の声に耳を貸す智恵を持ち合わせていたのである。

「ただし、その手筈が整えば、じゃ。官兵衛、話を持ち出した当人が、まさかできぬとは申すまいな」

邪魔な砦を潰し、太平山を占拠せよ、と命じているのだ。

十二月二日早朝――。

羽柴全軍が上月城攻撃に動いた。

総攻撃が遅れたのは、赤松側がそれをさせなかったからである。

まず、三日前に備前から急行してきた宇喜多直家の軍勢三千を迎え撃つのに、第二軍が振り回されていた。

宇喜多家は赤松の年寄として、備前の守護代を務めた浦上に仕えていた家柄だが、現在の当主直家がその浦上（宗景）を倒し、備前・美作《みまさか》一円を支配下におさめるまでになり、毛利と手を組んだ。つまり、羽柴軍は、早くも姿を見せた毛利の援軍に手こずっていたのである。

一方、上月城の赤松もしぶとかった。援軍と呼応して羽柴第二軍を挟撃しようとし、戦線の混乱を狙って頻繁に夜討ちをかけてきた。

秀吉は、摂津から、高山右近の率いる三千の援兵を呼び寄せざるをえないところまで、押しまくられていた。

総攻撃が始まるとともに、官兵衛は手勢八百を引き連れて、重治が指揮をとる太平山攻めの軍勢二千の先鋒を務めることになった。

物見の報告では、太平山に置かれた砦は、頂上に一つ、東西の山腹にそれぞれ一つずつの計三つである。

官兵衛は東砦を潰すことになった。先鋒がこの砦を攻めている間に、南北に迂回した後続隊が頂上の砦に向かうという戦法だ。

この日は、十二月にしては風も穏やかで、上空もよく晴れていた。

谷間から、比較的傾斜のゆるやかな斜面を獣道《けものみち》伝いに登ると、上方に東砦が見えた。なかなかしっかりした造りである。二列に並んだ逆茂木《さかもぎ》の向こうに、半町近くにわたって木柵と土塁の帯。丸太を組んだ矢倉も二つ建っている。中に入っている兵の数は五百前後というところか。

官兵衛は両翼備えで攻める態勢をとった。つまり、手勢を三隊に分け、まず中央隊で仕掛ける。横長に展開している敵は当然、これを迎え撃とうとして中央部に集まる。そこへ、待機させておいた左右の二隊が、手薄になった両角を襲うのである。

山腹を横に巻く砦を潰すには、最上の選択だったが、この戦法を選んだ官兵衛本人は、新味のないのがおもしろくない。

〈なんとも芸のない、つまらぬいくさをせねばならぬわ〉

と内心で嘆いていた。

玄丈が指揮する中央隊の攻撃は躊躇なく始められた。砦から降ってくる矢玉を防ぐための楯は、軽くて扱いやすい竹束である。筵《むしろ》の表裏に割り竹を縛り並べたもの、厚板に割り竹を打ちつけたもの……、様々なつくりと形の楯でからだを隠した官兵衛の郎党が斜面を登る。敵を中央部に引きつけるのが役目だから、彼らは急がない。相手からは脅えているとしか映らぬ、腰の引けた姿勢で少しずつ登る。

一段目の逆茂木を越えるのに手間取り、進む速度は味方も焦《じ》れるほど、いっそう遅くなる。

矢の雨を降らせ、鉄炮を撃ちまくる赤松兵は、次第に砦の中央部に集まり始める。

二段目の逆茂木を越えた。

砦の両端の赤松兵は真ん中へ走る。

これを見て、官兵衛は灌木の茂みに隠れて待つ左右両隊に、突撃の合図を出した。

左角隊の指揮は栗山善助、右角隊は八代六之助だ。今度は山犬、野鹿に負けぬように駆け抜けよと命じてある。落ち葉を巻き上げ、土煙をあげて両隊が奔《はし》る。

次月《しづき》の父親櫛橋伊定からもらった赤具足をつけた官兵衛も、長槍を抱えて奔った。あるじの楯役を買って出た甲子丸を慌てさせるほどの速さで、山腹を駆け登った。

怒号、雄叫《おたけ》び、悲鳴、念仏、銃声、矢音、肉と骨の裂ける音……、雑多な音が周囲の山にぶつかり、跳ね返って、耳を聾《ろう》する。

あちこちで赤松勢の倒れるのが見えたが、味方の血も流れずにはすまなかった。益田与介が肩を射抜かれ、栗山善助が片耳を失い、甲子丸は太腿を斬り裂かれた。いくさ慣れしている玄丈までもが、頬を割られて血だらけの顔になった。

官兵衛は様々な郎党の死も目にしなければならなかった。念仏を唱えながら息絶える者、なぜか薄笑いを浮かべたまま動かなくなる者、おのれの悲運を嘆きながら前にのめる者……、むろん苦痛で顔をゆがめながら目を閉じる者もいた。

郎党の血を沢山見たせいか、初めて目にする光景ではなかったのに、官兵衛は改めて、いくさのむごさを痛感した。

このせいで、半刻近い戦闘を終え、味方の勝鬨《かちどき》を聞いたときも、彼の表情は決して晴れやかではなかった。

ただし、悩み、沈み込んでしまったわけでもない。

〈合戦に明け暮れる世をいくさ稼業で生きる者が、いまさら考え込んでみて何になる〉

と突き放す、もうひとりのおのれがいたからだ。

官兵衛が東砦を攻める間に頂上の砦に向かった後続の竹中隊も、二百余の兵を討ち死にさせながらも勝ちいくさをおさめた。

味方の砦二つを潰されたうえ、山頂から攻められることになった残り一つの砦を潰すのに、さほど手間はかからない。

太平山は羽柴軍のものとなった。

しかし、総がかりで行なった城攻めの戦果は芳《かんば》しくない。こちらの死傷者が増えただけで、上月城はいぜん無傷のままそびえ立っていた。

赤松政範は意気のあがらぬ羽柴軍につけ入る隙を見出したのだろう。この夜、城の東南に陣を敷いていた高山右近隊に、合戦が始まって以来初めての夜討ちをかけてきた。

地形を熟知している側が、逆の立場の側に仕掛けた夜襲である。高山隊は手ひどく叩かれることになった。

右近が味方の死骸を見て号泣し、腹を切って責任をとろうとしたという噂が囁かれるほど被害は凄まじく、討ち死には一千を超えた。

「政範め、図に乗りおって」

秀吉はいきり立った。

ただし、彼はいきり立ったところで、冷静さを失い、ただしゃにむに攻めることだけを考えるような単純な男ではない。外から攻め落とせぬ城なら、内から攻めねば、と頭を切り換えた。

高山隊の被害を告げに走り込んでくる者のわめき声を聞きながら、秀吉は、竹中重治を呼び寄せ、宇喜多直家のもとへ与力を取りつけに走るよう命じた。つまり、直家への裏切り工作を命じたのである。

常識で考えれば、あまりにも唐突で、乱暴な命令だった。

直家は毛利援軍の一番手として、この合戦に駆けつけてきた男である。裏切りを期待できるはずがない——と考えるのが普通であった。

ところが、秀吉の見方は違っていた。直家は素早く軍勢を繰り出し、いったんは羽柴軍を悩ませたものの、意外に簡単に美作方面に後退している。羽柴軍の反撃に耐えきれず逃げたかに見えたが、秀吉から見れば不自然であった。

〈あやつ、毛利と織田を天秤にかけておるな〉

と考えたのである。

主家の浦上を倒して、のし上がった直家は、四十九の分別盛りだ。抜け目のない、先の読める男として知られている。いまは毛利の旗を担いでいるものの、おのれに利すると思えば、織田の旗に持ち替える腹づもりは当然しているはずだ。だからこそ、毛利に申し開きのできる程度のいくさをして、後退してしまった。

秀吉はこう考えたのだ。

重治も似たような見方をしていたのだろう。唐突な命令を受けても驚かない。

「おもしろい仕事をまかされたわ」

と官兵衛に耳打ちし、夜の明けぬうちに、供の者五人を連れ、細い背中を馬上で丸めて飛び出していった。

直家に対し、どんな口説き文句を並べたのかは語らなかったが、この日の夕刻、重治は秀吉のもとへ上々の首尾を持ちかえった。

「話がうますぎるな」

貧相な男は最初、浮かぬ顔をした。

織田への加担を承知した直家は、手土産として、上月城内に宇喜多の将兵を送り込み、城門を開かせてみせると約束したというのだ。

重治は何も反論しようとしない。結局、秀吉はためらいながらも、

「もともといくさは博打《ばくち》よ。その話、乗ってみるか」

と腹を決めることにした。

この翌日の未明、羽柴第二軍は宇喜多軍の急襲を受けた。秀吉からの指示どおり、第二軍はしばらく反撃に出るふりをする。やがて、追い詰められる恰好になった宇喜多軍は二手に分かれ、一方は美作方面に逃走し、もう一方は上月城に向かって走る。

両者の戦いをかたずを呑んで見守っていた赤松政範が、城に逃げ込もうとする援軍のため、門を開かぬはずはない。約六百の宇喜多兵はなんなく上月城内に入り込むことができた。

この六百が羽柴軍に牙を剝《む》き、城兵たちを勢いづける軍勢に変わるとすれば、秀吉は直家にまんまと騙されたことになるが、すでにことが進んでいる以上、彼ら宇喜多兵が織田のために働いてくれると信じるしかない。

前日に続く穏やかな色の空に日が昇る。

太平山に本陣を移した羽柴軍の二度目の総攻撃が始まった。

本陣の第一軍は、五十間ほど先に上月城を見下ろす位置に鉄炮を並べた。下方に銃口を向けるときは玉の転がり出るのを防ぐため、通常の玉ごめのあと紙片を詰める手間が余計にかかる。まだるっこしい攻撃になったが、それでも、高い場所から攻めるのだから効果的であり、大いに気勢があがった。

ひとしきり攻めたところで、雲梯《うんてい》を抱えた軍勢が太平山を駆け下り、城壁にとりつこうとする。

羽柴全軍が各所で同様の攻撃を仕掛けた。

防御を固めるのに追われることになった赤松政範と城兵の耳目は、当然、もっぱら城外の敵に向けられる。

ここで、城に入っていた宇喜多兵六百が赤松勢に襲いかかった。

天守の武者走りで指揮をとっていた赤松政範は一瞬、なにが起こったのか理解できず、痴呆のような顔になって、おのれの郎党たちに襲いかかる宇喜多兵を眺めた。

やがて彼はかすれた声で呟いた。

「ばかな……、なにゆえ直家は、こんなばかなことを……」

数の上でまさっていても、不意をつかれて狼狽する城兵は一方的に攻めたてられる。宇喜多兵は弓槍や太刀を使うだけでなく、火を放って回り、城門を開けに走る。

煙と炎の向こうに、なだれ込んでくる羽柴軍を目にした赤松政範は、再び呟いた。

「日が、沈みおったか……」

薄い雲の間から顔をのぞかせる冬の日は、ようやく輝きを増し始めたばかりであった。しかし、政範の目に映るまわりの景色は、寒く暗い夕暮れだったのだろう。

三木城

武者走りの日溜まりに男どもがあぐらをかき、具足や武具の手入れをしている。春めいてきた日差しが心地好《ここちよ》いのだろう。なかには居眠りをしている者もいる。

上月城攻めで手傷を負った連中の姿もあった。玄丈、甲子丸、善助、与介……。四月前に負った傷がほとんど癒《い》えた彼らも、くったくのない笑い声をあげながら草摺のほつれを直し、あるいは槍の穂先や太刀を研《と》いでいる。

むしった草の茎をくわえて城塁の上に座り、郎党たちの仕事ぶりを眺めている官兵衛も、ほどよく背中を温めてくれる日差しのせいで、眠気をおぼえていた。

〈ほう、この陽気に誘われて、次月《しづき》まで出てきおったか〉

官兵衛は視界のなかに入ってきた妻の姿に目をやった。

茜《あかね》と白の段染にナズナ模様をあしらった気に入りの小袖をまとい、朱塗りの手樽を下げた侍女を三人従えている。

かなり離れた場所を歩いているせいで、話の中身はわからぬが、次月は、笑顔で、武具の手入れをしている郎党たちに何か声を掛けている。

やがて、声を掛けられた側は次月の周りに集まり、侍女から手渡された土器《かわらけ》に白酒を注いでもらい、神妙な顔で呑み出した。

侍女のなかには手杵《てぎね》、いや小蝶《こちょう》の顔もあった。

彼女をひとまず雇うことに決めたものの、扱いに困った官兵衛は、水仕女《みずしめ》にでもするがよい、と妻に預けた。ところが、粗暴な娘のどこが気に入ったのか、次月は身の回りの世話をさせ、可愛がっている。

「なるほど、今日は三月三日だったな。おれも、おなごの祝い酒の相伴《しょうばん》にあずかるとするか」

官兵衛は膝を叩いて腰をあげた。
四、五間の距離に近づいたところで、次月を囲む男どもの輪から、どっと笑い声が起こった。
どうやら、栗山善助が小蝶に何か言われているようだ。

「これは、酔うために呑むお酒とは違いまする」

次月がよほどうまく仕込んだのだろう。雑人《ぞうにん》と変わらぬ、ひどいしゃべりようをしていた娘は、侍女として恥ずかしくない口のきき方を覚えたようだ。むろん、身なりもむかしとは違う。

「いや、わしは、ただ……、つまり、うまかったゆえ、もう一杯と申しただけじゃ」

善助が顔を赤くして抗議する。

「いいえ、みなさまに味おうていただかねばならぬものゆえ、おかわりはできませぬ」

小蝶は善助の手から土器を奪い取る。元の地が出てしまった乱暴な仕種《しぐさ》だが、藤色の小袖をまとった小蝶は驚くほど愛くるしい娘に変貌していたため、見ている者に不快感を与えない。加えて、相手が口を尖らせて仏頂面する善助だ。

周囲の男どもが、また、どっと笑った。

「みどもにも、一杯ふるもうていただけませぬかな」

背後で聞き覚えのある声がした。振り向くと、竹中重治がこちらへ歩いてくる。

官兵衛に笑顔で会釈をした重治は、道をあける男どもの間を割って、次月の前に進み出る。

「美しい女性《にょしょう》に酌《く》んでもらう白酒ほど、うまいものはござらぬからのう」

「ならば、樽ごと呑んでくださりませ」

次月も顔見知りの重治だけに、笑いながら切り返す。

「いいえ。ほかの方の分がなくなりますゆえ、差し上げるのはこれ一杯だけです」

横から土器を差し出した小蝶が大真面目に言う。

哄笑の渦のなかで土器を干した重治は、大仰に舌つづみを打つ。

〈日溜りで背中をあぶっているわけにいかなくなったようだな〉

官兵衛は背筋を伸ばし、大きく息を吸い込んだ。

上月城攻めのあと、秀吉とともに安土城の信長のもとへ伺候していた重治が突然、姫路城に戻ってきたわけは訊くまでもなかった。播磨では、また合戦が始まろうとしていたのである。

竹中重治を先触れとして、播磨に帰ってきた秀吉は、姫路城に腰を据えるいとまもなく、合戦の準備にとりかかった。

攻める先は、前年十二月に落とした上月城である。

赤松政範を倒した秀吉は、支配下におさめた同城を、尼子の血筋として残っていた勝久と重臣山中鹿介に守らせることにした。毛利に滅ぼされた一族をもって、毛利に備えさせようとしたわけだ。

相手も黙っていなかった。今年（天正六年）正月早々、またも宇喜多直家の軍勢をつかって上月城奪回に動いた。

直家は織田のため上月城を落とす手伝いをした男だ。つまり、赤松政範を裏切り、毛利を裏切った男である。なぜ彼が……、と首をひねる者もいたが、安土でこの報《しら》せを聞いた秀吉は、特別驚きはしなかった。

目端《めはし》のきく直家は織田に貸しをつくった。ただ、それだけのことと考えていたからだ。中国を支配しているのは、いぜん毛利である。これに正面きって抗するのは上策といえぬ。裏切りをうまく言い繕《つくろ》い、毛利の宿将であり続ける。安土に色目をつかいながら、からだは安芸にまかせる――。これが直家流の生き方だったのである。

秀吉にとって意外だったのは、むしろ、直家に攻められた側の尼子のもろさであった。城を託された勝久と山中鹿介が呼び集めた尼子の残党は約二千。秀吉は、彼らの毛利に対する怨念と憎悪に期待した。

尼子勢は一月下旬までの緒戦こそ宇喜多軍を蹴散らし、期待に応える働きをした。ところが、二月になると、五千に膨らんだ敵の猛攻の前に城を明け渡し、姫路への退却を余儀なくされた。

「直家はおそらく、毛利から疑いの目で見られており、随分と尻を叩かれたのでござろう。死にものぐるいで攻めてまいりました」

と鹿介は弁疏《べんそ》をしたが、敗けいくさに変わりはない。

攻めねばならぬのは上月城だけではなかった。三木《みき》城の別所長治《べつしょながはる》が毛利の上月城奪回に呼応して、反織田の軍勢を挙げる動きを見せていた。

秀吉は西の上月城を攻める一方で、東の三木城と戦う算段も立てねばならなかったのだ。

しかし、まずは上月城である。

異父弟秀長《ひでなが》を姫路城に入れ、別所勢に備えさせた秀吉は、三月半ばすぎから、総勢二万一千の軍勢を順次送り込んで、五日間で攻め落とした。

宇喜多直家は一万余の援軍を動員する態勢をとりながらも、三石峠《みついし》から播磨に侵入したところで蜂須賀小六隊および谷大膳《たにだいぜん》隊の迎撃にあうと、またも織田に貸しをつくろうとしたのだろう。あっさり備前に引き返してしまった。

攻城軍を引き揚げてしまえば、直家が繰り出してくることは目に見えていた。が、秀吉も奪い返した城に長居はしない。二千余の郎党とともに城攻めに加わった尼子勝久と山中鹿介に上月城を預けて、姫路に戻る。ただし、姫路城には入らなかった。

姫路平野の北側には中国山地の一端をなす山塊が並んでいる。たとえば広峰山《ひろみね》（標高三一一メートル）であり、その北西一里ほどの書写山《しょしゃ》（同三七一メートル）である。

広峰の山頂には例の神社が建っているのに対し、書写は康保《こうほう》三年（九六六）に建立された天台宗の古刹《こさつ》円教寺で知られる山である。

三月二十九日、姫路に戻った秀吉は、官兵衛の勧めに従い、この書写山に登り、三木城攻めの帷幕《いばく》を構えた。

別所を攻めれば、毛利が大軍勢の援軍を送り込んでくることは必至である。その場合、彼らは得意の水軍を使うだろう。となると、海に近い姫路城に秀吉がいるのはまずい。書写山なら峻険《しゅんけん》な山であるうえ、堂塔伽藍《がらん》も利用できる。しかも三木城までは約十里であり、約十三里の上月城への睨みもきかせることができる。

こう考えて、官兵衛は書写山を勧めたのだが、天台の総本山を焼き払った織田の軍勢に境内を貸すことになった円教寺の胸のうちは、さぞかし複雑だったに違いない。

播磨の東に位置する三木城は別所氏累代の居城で、山と谷を取り込んだ城郭の広さは東西、南北ともに小一里。八幡山を南の屏風とし、美嚢《みのう》川を西の天然堀とする堅固な城である。しかも、神吉《かんき》城、高砂《たかさご》城、野口城、衣笠城、端谷《はしや》城、渡瀬城、淡河《おうご》城……と、支城の数も多い。

赤松の一族である別所氏が三木城を築いたのは治承《じしょう》元年（一一七七）のこと。以来、四百年近くにわたって別所は、数々の敵、たとえば山名宗全、浦上則宗、尼子晴久、三好長慶などと戦って生き残り、東播磨の地にどっしりと根をおろしてきた。おびただしい数の支城は四方の地表を這う瘤根《こぶね》であり、これが三木城という大木を支えていたのである。

こうした城を攻めるには、いきなり大木の幹に斧《おの》を打ち込むことをせず、地表に露出した根を切り取っていくほうが、仕事は進めやすい。秀吉もこのやり方をとった。

四月三日、三木城の南西四里の支城野口城を攻める。城将は長井四郎左衛門政重。城兵は四百。南北四十三間（約八十メートル）、東西二十一間（約三十八メートル）の小城《こじろ》ながら、周囲の沼田が厄介であった。

とはいえ、落ちるのはわかりきっている。問題は落とし方だった。

羽柴軍攻城隊の主力は、加古川城主の糟谷《かすや》武則《たけのり》が率いる五百。鉄炮と弓矢で攻めるが、二日たってもらちがあかない。

秀吉は官兵衛に応援を命じた。

「政重に城門を開かせよ」

と――。

合戦で潰すのではなく、城将を説得して降伏させよというのだ。

「四郎左衛門の首は要《い》らぬ」

秀吉は付け加えた。

緒戦の攻城戦で、慈悲のあるところを見せておいて、他の支城も落としやすくしようという狙いだった。

城将以下の命は求めぬゆえ、勝手に落ち延びるがよかろうと言えばよいのである。説得に苦労はしない。問題は、このことばを相手が信用するかどうかだった。

秀吉が官兵衛に口説き役を命じたのは、一つには、これまで播磨の国人《こくじん》衆に織田への与力を説いて回る役目を務めさせてきたということもあったが、本人の気づいていない生来のものとして、容貌も口のききようも、隙があり、どこか間が抜けてみえる。つまり、相手から信じられやすい雰囲気をもっていたからだ。

秀吉の期待どおり、官兵衛は長井政重の説得に成功し、野口城は城攻め開始から四日目の四月六日に落ちる。

役目を終えた官兵衛は、野口城の北西三里弱の距離にある志方城に、舅の機嫌伺いのつもりで、立ち寄った。

「おう、よう来られたな」

丸い顔を笑みでいっそう丸くした櫛橋伊定は、いつものように、酒だ、料理だ、と周囲の者にやかましく命じながら、官兵衛を迎え入れ、

「次月は、つつがのうやっておりましょうな」

と、これも決まり文句を口にした。

丸い顔から笑みが消えたのは、一刻ほどの歓談のあと、官兵衛が腰をあげようとしたときだった。

「あやつのこと、末なごう可愛がってやってくだされ」

むろん次月のことを言っているのだが、普段の口調ではなかった。

〈まさか……〉

はっとして、もの問いたげに見つめる官兵衛を見返した伊定は、一瞬ためらったあと、頷いてみせた。

〈そういうことか〉

官兵衛は膝の上の拳《こぶし》をにぎりしめた。

「わしは古い考え方しかできぬ男じゃ」

次月の父親は手酌で空の酒杯を満たす。

「されば、新しい縁を大事にして、古い縁をなおざりにするような真似はできぬ。それが得にならぬとわかっていてもな……」

伊定は、織田との縁より、別所との縁を大事にし、三木城側について戦うつもりでいることを打ち明けたのだ。

櫛橋は赤松の一派であり、当然、別所とも深い関わりをもってきた。それでも、これまで、いちおう織田に与力する姿勢をとってきたのは、女婿《むすめむこ》の官兵衛の立場や、義兄の小寺政職《まさもと》の立場を考えてのことだった。ところが、織田側に加われば別所に弓矢を向けねばならぬ、ぎりぎりの段階にきて心がゆらぎ、三木城への加担を決めた。これが伊定の胸のうちだったに違いない。

「織田における、そこもとの立場もおかしゅうなろうし、次月も苦しめることになろう。それは承知のうえじゃ。承知のうえで男として決めた腹じゃ。わかってくれような」

「はい」

官兵衛は低い声で応じた。

黒田と小寺（赤松）との縁は、父親の職隆《もとたか》の代から始まったばかりで、まだ三十余年し

かたっていない。これに対し、櫛橋と別所は、幾百年という計り方をしなければならない
長い縁で結ばれている間柄だ。官兵衛に、このしがらみを理解できるはずはなかったのだ
が、少なくとも、昨日今日はじまったばかりの織田との縁より優先しようとする気持ちだ
けはわかった。
「よう、わかりまする」
官兵衛は、あえてことばを付け加えた。
命にかかわる大事を漏らしてくれた、おのれへの信頼の厚さが嬉しかった。ただの好人
物としか見ていなかった舅の、骨のある姿勢が嬉しかった。さすが、わが妻のおやじ殿で
ござる、と声を掛けたい気持ちだった。
「孝高《よしたか》殿はわかってくれても……、次月はおそらくわかってくれまい。わしは娘たちから
見ると、むごい、愚かな父親ということになろう。さぞかし恨むに違いない」
再び手酌で空の杯を満たそうとする伊定を制して、官兵衛は腕を伸ばし、酒を酌んでや
る。
ついこの間、終わったばかりの上月攻城戦に加わった伊定は、次月の姉美月《みづき》の夫の死を
見ている。赤松政範に仕えていた上月十郎の、討ち死にした姿をである。
後方に詰めていただけの伊定は、実質的な戦闘をしていない。それでも、傍《はた》から見れば
女婿を相手に戦ったことになる。そして、今度も、女婿の官兵衛と敵対する立場に回ろう

としているのだ。

「いや、次月はおやじ殿を褒めても、恨むようなことはありませぬ」

「なぜ、そう言える」

伊定は酒杯から目を上げた。

「あやつは賢い女でござります。それに、何事も亭主の考えに従うよう、この官兵衛がうまく仕込みました」

「ほう」

杯に視線を戻した伊定はしばらく黙り込んでいたが、次第に丸い顔に笑みが広がる。

「そうか、亭主の考えに従うようにな……。で、そのできのよい亭主殿はなにゆえ、舅に、愚かなことはやめられよと言わぬのかな」

「舅殿を自慢こそすれ、なんで愚かと思いましょうや」

「………」

真顔になった丸い顔が、女婿をまじまじと見つめる。

「つまり……、孝高殿は、わしを……自慢してくれるのか」

笑顔が戻った。いかにも嬉しそうな笑顔だった。

彼は頷く。幾度もひとりで頷く。目が潤んできた。唇がゆがみ、震え始めた。杯を一気にあおる。官兵衛が酒を満たすと、また空にする。

「次月はよい男をつかみおったわ。あやつは小さな頃から運の……」

完全な独り言であり、官兵衛の耳には届かない。目を濡らした男は、しばらく意味不明のことばを呟き続けた。


秀吉は作戦を組み立てるに際し、度が過ぎると思えるほど物見を使って、攻める先の様子を知ろうとする。とくに地形については、山の高さ、川幅・水深はむろんのこと、山なら生えている木の種類や土質、川なら川床や河原の石と砂の並びようまで、煩《うるさ》く訊きたがる。

したがって、物見隊は中途半端な仕事ぶりでは済まされない。三木城やその支城の城兵に見咎《みとが》められる位置まで近づき、逃げ回ることになる。つまり、小戦闘を繰り返す結果になった。

こうしたなかで、三木城総攻撃への準備を着々と進める秀吉を、毛利も手を拱《こまね》いて見ているようなことはしなかった。

野口城を落とした五日後、書写山の本陣に上月城からの兵が走り込む。毛利の大軍が陸路、上月城に向かっているという悪い報《しら》せを持って――。

「やはり、来たか」

秀吉は傍にいた竹中重治の顔を見た。

毛利が動いたのは予想どおりである。問題は、どれほどの軍勢が播磨に向かっているかだった。

さらに四日後、再び上月城兵が、より詳しい報せを持って走り込んできた。

毛利の総軍勢は約三万。指揮をとるのは吉川元春《きっかわもとはる》と小早川隆景《こばやかわたかかげ》。吉川軍一万五千は備前の土居から大日山川沿いに東上中、同数の小早川軍は八塔寺《はっとうじ》峠を越えて上月城に向かっている――と。

「三万……か」

秀吉は予想をはるかに超える大軍勢に声をかすれさせた。

悪い報せが一刻ほどあとにまだ続いた。姫路城の秀長が走らせた兵が、播磨灘に七百隻近い毛利の水軍が押し寄せていると知らせにきたのである。

秀吉は絶句したものの、陥った窮状への手当ては素早かった。

援軍を求める早馬が安土の信長のもとへ走り、近畿の織田与力勢のもとへ走る。

これに対し、信長は、長子信忠を総大将とし、北畠信雄《のぶかつ》、神戸《かんべ》信孝、佐久間信盛らが従う二万の援軍派遣を即座に決め、近畿からは伊丹《いたみ》の荒木村重が、三千の兵を引き連れて駆けつけることになる。が、毛利の軍勢が上月城を包囲するほうが早い。

五月に入って援軍の加勢を得た羽柴軍は、毛利軍のなかに孤立してしまった上月城を、遠くから眺めるしかない状態に追い込まれる。

大軍勢の援軍を得たのだから、一気に上月城奪回戦に踏み切ってもいいはずなのに、書写山の秀吉は動かない。

相手にするのは、これまでの赤松軍や宇喜多軍ではなく、水軍まで動員した毛利本軍である。これと戦うのは織田と毛利の正面衝突を意味し、勝敗は城ひとつではなく、天下の行方を左右することになる。だからこそ、毛利側も上月城を囲んだだけで、仕掛けようとしないのだ。

ならば、援軍を呼んだ意味がないではないかということになりそうだが、明石・加古川間の大窪《おおくぼ》に陣を敷いた二万の信忠軍は、もっぱら睨みをきかせて時間を稼ぐための軍勢だった。

「毛利を潰すには、あと三万要ると思わぬか」

秀吉は竹中重治に言った。

「さよう、三万は要りましょうな」

秀吉が周囲の人間にものを問い掛けるのは、おのれの頭のなかで煮詰まった考えを整理、確認するためであり、意見を聞こうとしているのではない。これがわかっているから、重治はただ相槌を打つだけである。

「したが、上様に三万、ねだるのは、無理というものであろうな」

「いかにも無理でござりましょう」

急拡大中の織田の勢力圏は尾張、美濃、伊勢、近江を除き、なお不安定な状態にあり、一定の軍勢を張り付かせておかねばならない。信忠軍に加え、さらに三万を求めてみても、信長は怒って、はねつけるだろう。

「ならば、上月城は見捨てるしかないと思わぬか」

「……」

ここで初めて重治は相槌を拒んだ。

たしかに上月城の尼子勝久と山中鹿介は、見捨てるしかない。大軍に囲まれた城を救うことより、三木城を攻め落とし、播磨の地を確保することのほうが先決であり、かつ上策である。しかし、重治は、まるで苦渋の色を見せず、軽々しく「見捨てるしかない」と言い切った秀吉に、少し抵抗してみせたのである。

「よしっ、これで決まりじゃ。上様もご異存はござるまい」

黙り込んでしまった重治を気にする様子もなく、秀吉は晴々とした顔で言い、安土に走らせる使番《つかいばん》の名を呼んだ。

六月十九日。

官兵衛は上月城の東二里強の高倉山《たかくら》にいた。羽柴軍の前線基地であり、約一万の軍勢が周辺に展開し、上月城を囲む毛利軍と対峙していた。

より大軍勢に見せよ、という秀吉の命令に従って、諸将が兵に派手に篝火《かがりび》を焚《た》かせている。もう四つ（午後十時）は過ぎたというに、山全体が赤々としており、妙ににぎやいで見えた。

官兵衛は、竹中重治の陣幕の中で焚き火を前にして、夜中の茶の湯を喫していた。

官兵衛と重治だけではない。荒木村重と高山右近の姿もあった。

戦陣での夜中の茶の湯を提案したのは村重であり、それに右近が賛同し、ならば黒田にも声を掛け、四人でやろう――と重治が乗ったということだが、いずれにしても官兵衛は、焚き火で炙《あぶ》った干魚をかじりながら茶の湯を楽しむという、奇妙な場に居合わせていた。

「茶壺は万歳大海《まんせいたいかい》で、水差しは帰り花、釜はうば口、茶碗は珠光《じゅこう》で、点前《てまえ》は松井友閑《ゆうかん》でござった」

村重が語っているのは、今年の元旦、安土城で信長が開いた茶会の話だった。相伴《しょうばん》にあずかった武将は十二人。その一人だった村重としては、胸を張る思いで持ち出した話題なのだろう。

「たしか羽柴様もご一緒なされたのではありませぬか」

右近が合いの手を入れる。

二十六歳の彼は四人のなかで一番若いため、誰に対しても下手に出ていたが、とりわけ村重には腰を低くするだけの理由があった。

右近の父高山飛騨守は松永久秀に仕えていた男だが、のちに高槻《たかつき》城主・和田惟正《これまさ》の配下に加わり、天正元年（一五七三）には、あるじを倒して、みずからが高槻城主となる。このとき、力を借りたのが池田、伊丹に勢力を張る村重だった。したがって、右近は実質的に荒木の属将に近い立場だったのである。

ちなみに、村重は摂津池田の城主池田勝政に仕えていた身だが、いち早く信長の与力となる道を選び、旧主の領地はむろんのこと、伊丹一円も支配下におさめるまでになったやり手である。

「ようおぼえておらぬが、そうであったやも知れぬな」

右近のことばを、村重はこう受け流した。

元旦早々、信長に茶の湯をふるまわれるのは、恩寵の度合いが並でないことを示す。当然、十二人の武将の名は、織田と関わりのある者たちの間に知れ渡るところとなった。出席しなかった者さえ諳《そら》んじているというに、席を同じくした村重が他の顔ぶれをおぼえていないはずはない。彼は、暗に、秀吉は眼中になかったと言おうとしているのだ。

目の合った重治が一瞬、苦笑を浮かべたのも、官兵衛と同じことを考えたからだろう。

陰口を叩かれた恰好の秀吉は、高倉山にも書写山にもいない。京の信長のもとまで、上月城を見捨てねばならぬ事情を釈明しに行った帰途にあり、先刻、羽柴様加古川城着城の報せが届いたばかりだ。

〈癖のあるおひとだな〉

官兵衛は濃い髭でおおわれた村重の横顔を眺めた。

鋭い眼光、高い鼻梁……。いかにも兜の似合いそうな、見栄えのする顔である。並々ならぬ矜持《きょうじ》を秘めていそうな顔と言ってもよい。

茶名人という評判を耳にしたことがある。秀吉を軽くあしらうような言い方をしたのも、おそらく、安土の茶会で格段の腕の差を見せつけたからだろう。

それにしても、いまや織田有数の部将として名を轟かせる秀吉をこけにするとは、大した度胸である。

「見事な道具を眺めながらの茶の湯も悪うはございますまいが、こうして、どこぞから矢玉が飛んでくるやも知れぬ場所で、焚き火に手をあぶりながら喉を潤すのも格別と思いませぬか」

右近があえて明るい声を出したのは、村重のことばを忘れさせようとするためだったのだろう。

「さよう、なかでも干魚の味が格別でござるな」

彼の気づかいを無にせぬよう、官兵衛はすかさず応じてやった。

幾度もことばを交わしていない間柄ながら、右近に対し、官兵衛は好感を抱いていた。

十二歳で洗礼を受け、ジュストという名まで得ている青年は熱心なキリシタンであり、顔を合わせる度に、目を輝かせて、彼の神について語る。

〈かなわぬ〉

と閉口するものの、ひたむきに異国の神に帰依する、純な心の持ち主に魅《ひ》かれぬわけにいかなかったのである。

「雨が近づいておりますな」

不意に、黙り込んでいた重治が呟いた。

「降られぬうちに片付くとよいが、そうはいきますまい」

村重が応じた。

「三、四日……、いや五、六日先になりましょうか」

官兵衛が続ける。

「そのあたりかも知れませぬな」

右近が頷く。

意味不明の会話のようでいて、四人には通じていた。

信長のもとから戻ってきた秀吉はおそらく、この高倉山を中心に上月城周辺に展開している織田軍を引き揚げることになる。それが五、六日先で、長雨の季節だけに雨中での撤収になりそうだ、と話し合っているのだ。

「そこもとが勝久殿なら、どうする」

村重が右近の顔を見た。

「上月城を守り通すことが、尼子を再び興す最後の道。勝久殿はおそらく、城を捨てようとはいたしますまい。しかし、それがしなら、名を惜しんで死を選ぶより、名をあげるため生き延びるほうを選びまする」

右近は生真面目に答える。

「あちっ、こやつ嚙みつきおったぞ」

焚火に炙《あぶ》っていた干魚をつまんだ重治が、大仰な悲鳴をあげた。

彼はいつぞや官兵衛に、大真面目な話を聞くのは苦手だと言ったことがある。いまもおそらく、辟易して話の腰を折ろうとしたのだ。

行儀の悪い音をたてて干魚を嚙み始めた重治を、村重が苦い顔で見る。右近はまだ熱っぽい口調で話の続きをしている。

〈退屈せぬ絵柄だな〉

笑いを嚙みこらえるのに苦労する官兵衛は、懐紙を取り出して鼻を拭うふりをした。

織田側軍勢の撤収は六月二十四日未明から始まり、二十五日に終わる。

退く敵を叩くのは合戦の常道。毛利は当然、追撃に出たが、それも局地的なものに終始し、総攻撃を仕掛けてくるようなことはなかった。やはり、全面衝突の時機にあらずと判断しているものと見られた。

上月城に背を向けた軍勢は東へ移動し、加古川に布陣中の信忠軍と合流した。官兵衛は途中、姫路城に入り、西の毛利軍に備えることになる。

一挙に四万に膨らんだ織田軍は、ただちに三木城の支城潰しに手をつけた。すなわち、二十七日には加古川西部の神吉《かんき》城攻城に移った。

四方にめぐらした堀が頼りの平城《ひらじろ》は、大軍に攻められると弱い。執拗に粘ったものの、翌七月十六日には落城し、城主・神吉頼定は討ち死にする。

この間、七月三日、上月城で尼子勝久が自刃し、毛利との攻防の幕がおりる。生き残って俘虜《ふりよ》となった山中鹿介が備中高松への護送途中に殺されるのは、神吉城落城の翌日のことである。

覚悟していたこととはいえ、こうした結末は、秀吉の顔色を変えずにはおかなかった。城ひとつを見殺しにしたことは、武将として恥ずかしい傷である。雪辱するには三木城を落とすしかない。

神吉城の北一里の志方城攻めが始まった。

攻城軍に加わらずとも、志方城主の女婿・官兵衛の胸の痛みに変わりはない。むろん、次月の心痛は夫以上だった。

八月十日、志方城は城門を開き、織田の軍勢を迎え入れる。

城主・櫛橋伊定の姿はなかった。

織田側からも、そして城兵の間からも、逃げた伊定を罵り嗤う声が聞かれたが、この日のうちに、落城の様子を知った姫路城の官兵衛は、次月に言った。

「さすが、おやじ殿だな」

どう受け取るべきか戸惑い、硬い表情をする妻に、彼は続けた。

「精いっぱい戦ったことで、おやじ殿の別所に対する義理は済んだのよ」

最後まで戦って華々しく討ち死にするのは、伊定にとって、たやすいことだったに違いない。しかし、それでは、織田側に余計な血を流させることになり、女婿の立場をいっそう悪くする。また、次月が織田に恨みをつのらせることにもなる。伊定はこうしたことを考えて、あえて汚名を着る道を選んだのだ。

説明を付け加えた官兵衛は、妻の肩に手を置いた。

「われらは、よいおやじ殿をもったわ」

黙って頷いた次月は、しばらくたって、笑顔で言った。

「父上も、よい婿殿をもちました」

おどけた口調だった。

どこへ落ち延びたにしても、伊定は再び娘の前に姿を見せはしないだろう。二人はもう今生《こんじょう》の別れを済ませたことになる。次月がそれを考えないはずはない。なのにおどけてみせる。賢い女らしい悲しみの訴えようなのであろう。

志方城のあと、織田勢が囲んだのは、三木城にとって播磨灘からの補給路確保に欠かせない、魚住《うおずみ》城と高砂城であった。

九月半ばに魚住城がまず落ちる。そして、十月十八日、高砂城も――。

補給路を断たれた城が落ちるのは時間の問題である。

「これで、別所長治は腹をすかせていくさをすることになりましょう」

秀吉は一息ついた顔で信忠に言った。

主要支城を潰し、補給路を潰したのである。三木城攻めのめどはついたことになる。信忠はひとまず播磨から引き揚げることになった。

この信忠軍撤収にまぎれて、秀吉に無断で戦線を離れた男がいた。

荒木村重である。

主な支城を落としたあとの布陣として、秀吉は以下のような軍勢の配置で、三木城を囲んだ。

東側――
秀吉本軍…………平井山

羽柴秀長隊…………与呂木
竹中重治隊…………志染中村
荒木村重隊…………細川中村
板倉勝助隊…………安福田山上
山岡文蔵隊…………安福田川端

西側――
宮部善祥坊《ぜんしょうぼう》隊……法界寺山上
別所重棟《しげむね》隊…………烏町河原
石浜四郎隊…………羽場山

南側――
馬場治左衛門隊……宿原
木下与市郎隊………大塚君ケ峰
浅野長政隊…………二位谷奥
糟谷内膳正隊………簑谷上
鹿島彦太郎隊………八幡山上
近藤兵部隊…………四合谷
岡部伊予《いよ》隊…………高男寺山

青木治郎隊…………池野

北側――

谷大膳隊…………大村山上

吉田勝左衛門隊……平田谷

吉田馬之助隊………平田山上

加藤嘉明隊…………加佐谷

杉原七右衛門隊……加佐山上

織田七兵衛隊………跡部山麓

仙石権兵衛隊………跡部山上

有馬法印隊…………慈眼寺山

堀尾吉晴隊…………久留美

秀吉が本陣を構えた平井山は、三木城の東北一里弱の丘陵地。村重はそこからさらに一里半ほど東北に向かった場所に陣を敷き、本陣の背後を固める形をとった。

したがって、村重がいつ、細川中村を引き払ったのかは、秀吉にはわからない。うかつなことだが、十月十八日の時点で、気がついてみたら、村重は手勢とともに戦線から消えていたのである。

当然、安土城の信長のもとへ、荒木摂津守に逆心の疑いあり、の報せが届けられた。総攻撃を前にしての無断の戦線離脱である。信長はむろん激怒したが、それを表にあらわしはしなかった。

村重は池田、和田、伊丹という、中国攻めの要衝地を支配下におさめている男であり、高槻城主の高山右近を属将としている。茨木《いばらき》城主の中川清秀とも姻戚関係（清秀の娘が村重の妻）にある。さらに丹後田辺城主の細川藤孝《ふじたか》とも親しい。つまり、畿内において非常に大きな影響力をもつ大名なのである。

彼が毛利側に付き、本願寺顕如と連携するようなことになると、織田の覇権構想は大幅に狂ってしまう。

「なんの不満あっての行ないか、真意をただしてこい」

怒りをこらえねばならぬ信長は、明智光秀に有岡城（伊丹城とも。村重が改称）行きを命じた。

光秀は、茶の湯を通して村重と親交を結ぶ松井友閑を伴って、伊丹へ急行する。

「不満などござらぬし、他意あってのことでもござらぬ。ただ、先年よりの病かんばしからざるため、一時の休息に戻ったにすぎませぬ」

村重の釈明である。

「他意なき証《あかし》を示されよ」

と、光秀は応じた。人質を出すことを求め、安土城の信長のもとへ出仕して詫びることを求めたのだ。

村重は、人質については老母を預けることを承知し、出仕については近日中に参上つかまつる、と求めに応じた。

ところが、人質のほうは約定《やくじょう》どおり、安土に届けられたものの、本人が安土に姿を見せることはなかった。

村重が無断で戦線を離れたのは、光秀に対する釈明とは違い、秀吉に対する不満がつのってのことだった。

合戦に加わった以上、誰とて手柄を求めずにはおかぬ。あるいは名に恥じぬ働き場所、役目を得たきものと思う。なのに、支城攻めに際して、秀吉が村重にあてがった役目は、本人のことばを借りると、「味方の尻の臭いをかぐだけの」後方の備えであった。そして、三木城攻めでも、またもや「羽柴筑前の尻の臭いをかぐしかない」場所に押しやられたのである。

村重に言わせれば、秀吉の部将は雑魚《ざこ》ばかりだった。天下に知らぬ者のいない摂津の荒木と比べれば、糞《くそ》みたいな連中ばかりであった。

その糞が晴れがましく前線に陣を敷き、荒木はまたも後方の備えに回った。我慢のできぬことだった。

「軽んじるにも、ほどがあろうぞ」

腹を立てた村重は、無断で細川中村を引き払ってしまったのである。

一時の激情で有岡城に戻ったものの、彼はおのれの軽率な行動を後悔した。だからこそ、求められると素直に母親を人質に出しもしたのだが、安土城への出仕となると、考え込んでしまった。

かつて柴田勝家に軽んじられた秀吉が、北国《ほっこく》戦線から無断離脱した際、信長からどれほど凄まじい折檻を受けたかを、彼は知っていた。折檻だけならまだしも、信長の性格を考えると、命を奪われるおそれさえある。

事態がいっそう悪化するのを知りながら、村重はひるみ、ためらって、有岡城から出ようとしなかった。

「摂津守謀叛」

と誰もが思わざるをえなかった。

間の悪いことに、この疑いを裏付けるかのような事実が発覚した。中川清秀の家人《けにん》が石山本願寺に兵糧を売りつけていたことがわかったのである。

節操のない、欲に目のくらんだ男が、世間相場の何倍もに売れる先に、密かに米穀を運び込んでいただけのことだが、茨木城（清秀）は本願寺と手を結んでいると見られることになり、これと姻戚関係の有岡城（村重）も同じ目で見られることになった。

信長も、村重は心変わりしたと考えた。しかし、彼にしては珍しく、相手を始末することについては逡巡した。何としても毛利側に回したくないという気持ちが強かったのだ。

十一月三日、信長は京の新しい居館・二条御新造に入る。あらかじめ呼び寄せておいた羽柴秀吉と明智光秀に、村重の扱いようを問うた。討つ手配をせよと言ったのではなく、有岡城をなんとしたものかと訊いたのである。

あるじの心を読むことにかけては抜きんでている秀吉は、いかなる返答を求められているかを察知して応じた。

「いま一度、真意を確かめてみてはいかがでござりましょう」

つまり、村重が毛利側に寝返っていたとしても、織田の旗のもとへ戻ってくるよう説得する余地はあるのではないか、と言ったわけだ。

光秀も似たような返答をした。

「よかろう」

期待どおりのことばを聞いた信長は頷き、続けた。

「で、誰が行く」

秀吉と光秀は顔を見合わせた。

秀吉は村重の戦線離脱の理由が自分にあること、嫌われていることを承知していた。一方、光秀はすでに使者を務めて芳《かんば》しくない結果を招いている。二人のいずれかが手をあげねばならないのだが、それがしが参りまする、とは互いに言えなかった。

黙っていては気の短い信長が怒る。秀吉はとっさに頭に浮かんだ名を口にした。

「黒田官兵衛あたりはいかがでござりましょう」

「小寺に仕える、あの官兵衛か」

信長は幾度も会っていない割に印象に残っている顔を思い浮かべた。

「はい、姫路の官兵衛でござります。あやつは弁口《べんこう》達者とは申せませぬが、竹中半兵衛に言わせると、妙に人を納得させるものを持っておる男。頭も回り、腹も据わっておりますゆえ、疎漏《そろう》なくお役目が果たせるかと……。それに、あやつのあるじ小寺政職と荒木村重は、ともに茶の湯好きで、道具の売り買いをしている仲と聞いております。むろん、官兵衛と村重も面識のある仲でござりますゆえ……」

「わかった。やらせてみよ。黒田官兵衛をつこうてみよ」

余計なことばを嫌う信長は秀吉をさえぎって言った。

有岡城

違い棚の上に無造作に置かれた中将《ちゅうじょう》の能面と紫銅獅子の香炉はともに、わずかではあったが、埃をかぶっている。雉《きじ》を描いた唐紙《からかみ》も、目を凝らすと、小さな破れがある。上を仰ぐと天井のしみが見えた。

〈もう一刻はたったな〉

部屋の中を眺めるのに飽《あ》いた官兵衛は目を閉じた。

有岡城の殿舎の一室にいる。

村重にはすでに会って、信長の意向を伝えてある。ことばは飾らなかったものの、駆け引きなしに精いっぱいの熱意をもって、再び織田の旗のもとで働いてくれるよう求めた。

返事はまだもらっていない。村重は、しばらく考えさせてくれ、と言って、部屋を出て行ったきりである。

〈五人、いや、もっといるな〉

官兵衛は、隣室に詰めている村重の家人《けにん》の気配に耳を凝らした。

潜んでいる男どもの姿は見当がつく。たすきがけで袴のももだちをとり、鯉口《こいぐち》を切った太刀か、短槍を抱えているに違いない。

〈おぬしらも、さぞかし待ちくたびれておることであろうな。で、どうするつもりだ。一汗かく手筈になっているのか〉

目を閉じたまま、むずがゆくなってきた首筋をゆるゆると掻《か》いた。

村重は、信長の使者として訪れた官兵衛に対し、まず五人の供の者の城内入りを拒み、腰刀まで取り上げた。そして通されたのが、賓客には用いまいと思われる、この手入れのされていない部屋だった。

おのれの勝手気儘《きまま》を詫びて再び信長に仕える気があるのなら、それ相応の使者の遇し方をするはずだ。

だから、官兵衛は腰刀を取り上げられたところで、相手が毛利と手を結ぶ腹を決めたか、すでに手を結んだものと読んだ。

それでも一縷《いちる》の望みをつないで説得を試みたのだが、相手は返事をせぬまま姿を消し、隣室に武装した家人を送り込んできた。毛利への手土産に、信長の使者の生首でも、と考えているのかも知れない。

〈役に立ちそうなものは……〉

目をあけた官兵衛は、再び部屋のなかを見回した。隣室の男どもが襲ってきたときに防ぐものを、探そうとしたのである。

〈あれでも、ないよりはましか〉

違い棚の上の紫銅の香炉に目を止めた。距離を計り、男どもがなだれ込んできたとき、どんなふうに走るかを考える。

〈………〉

香炉に視線を当てたまま聞き耳をたてた。荒々しい足音が近づいてくる。

やがて、村重が部屋に入ってきた。

「年寄どもとの相談に手間取ってな」

彼は座るなり言った。先刻は、いちおう使者扱いの口をきいたが、今度は高飛車な調子だった。

「返事を聞かせることになっておったな」

さらに横柄な口調になった。

「そこもとに、この城でしばらく暮らしてもらうことにする」

こちらに向けた顔に薄笑いが浮かぶ。

「ほう、みどもがここで暮らすのでござるか」

例の間延びした声を出した。

「ああ、わしの母者《ははじゃ》が安土から戻ってくるまでの間な」

「なるほど、そういうことでござるか」
官兵衛は苦笑した。
村重はおそらく、使者を殺すことも考えたに違いない。しかし、それでは質になってい
る母親の命も奪われることになる。苦慮の末、官兵衛と母親を交換することを思いついた
というわけだ。精いっぱい絞り出した智恵であろうが、信長が応じると思っているのだろ
うか。寄騎《よりき》ひとりの命を惜しんで、おのれを裏切った者の注文に応じるような男に、天下
を狙えるはずがあるまい。
「一つ二つ、お尋ねしてもよろしゅうござるかな」
さりげなく周囲を見回しながら言った。
時間を稼がねばならない――。
村重が合図すれば隣室の男どもが入ってきて、どこかへ連れて行こうとすることだろ
う。その前に逃げる術《すべ》がないものかどうか、考えねばならない。
「なにが訊きたい」
いつでも命を奪える立場にある者の余裕の表情を浮かべて、村重が応じた。
「細川中村の陣を捨てる際、すでに毛利に与《くみ》することを決めておられましたのか」
「決めていたら退くはずはなかろう。本陣の筑前をうしろから襲って、あのしなびた首を
手にしておるわ」

「では、母御を質に出された際はいかがじゃ。まだ織田の旗のもとで働くおつもりだったのでござるな」

官兵衛がいる部屋は二十畳ほどの広さで、南側に明かり障子越しの板縁、西側に床の間、東襖の向こうが次の間、そして北襖の向こうが廊下だ。東に走れば次の間に潜んでいる男どもが待ち受けている。いましがた板縁と廊下にも人が配置されたようだから、南北に走るのも無理である。強《し》いて逃げ道を探すとすれば、南の板縁を飛び越えて外へ出ることだが、勝手のわからぬ城内を、この真昼に走り抜けるには、手妻《てづま》でも使うしかない。

「つまらぬことを訊くな。初めから母親を危ない目にあわせるつもりで質に出すほど、わしは不孝者ではないわ」

「ならば、質を出されたあと、毛利になびいたのでござるな。それはいつのことでござる」

官兵衛は相手に気付かれぬよう、わずかではあったが、座ったまま前へにじり出た。逃げるための唯一の道は、村重を襲って、彼を楯にして城を抜け出ることである。相手は腰刀を帯びているうえ、横にこれも腰刀を付けた小姓を控えさせている。丸腰で襲うのはむろん無謀だが、ともかく襲える距離まで詰めておかねば、ことは始まらぬ。

「毛利から使いが来たのが十月の幾日だったか……、いや、もう忘れたわ」

「その使いに会われたことで、毛利への加担を決められたと……」

また、わずか前へにじり出た。

「わしが内大臣に詫びを入れたとしよう。黙って赦《ゆる》すと思うか。信長はそんななまやさしい男ではなかろう。毛利はこれをよう知っておったわ。悪くすると首をとられ、うまく運んでも摂津を追われるやも知れぬことをな。先が読めていながら安土へ行く馬鹿はおるまい。播磨を別所長治、小寺政職《まさもと》と分け合うほうを選ぶのが当たり前であろうが」

「…………」

あるじの名を耳にして官兵衛の顔色が変わった。

毛利が、村重に対し、手を組めば播磨の一部をくれてやると言ったのはわかる。その程度の餌は用意するはずだ。しかし、政職の名が出てきたのはどういうわけだ。御着《ごちゃく》城が毛利と手を組んだというのか。

「なにを驚いておる。政職が羽柴筑前ごときにひれ伏すと思うておったのか」

村重はからかうように鼻を鳴らした。

「毛利の使いは、わし宛の政職からの書状も持ってきおったが、おぬしのあるじは早ようから織田との縁を切る腹を決めていたようじゃ。考えてもみよ。織田に与して政職にどんな益がある。万一、別所が敗れるようなことになって、播磨が織田のものとなったとき、あの土地をおさめるのは秀吉であろうが。わし同様に筑前を嫌っておる政職にとって、それは堪えがたいことだと思わぬか」

〈たしかに政職様は羽柴様を好いてはおらなんだ。しかし、この期に毛利に寝返るとはなんと節操のない、愚かなおひとであろう〉

「織田を離れるのはわしと政職だけではないぞ。高山右近と中川清秀も毛利への加担を決めたはずじゃ。天下様気取りの信長もこれまでよ。おぬしもせいぜい観念して、おとなしくすることだな」

村重は、右手の軍扇で、さらににじり出ようとする官兵衛を制するように、びしりと床を叩き、大声をあげた。

「久左衛門、六郎次、織田殿の御使者との用向きは済んだぞ」

〈丸腰の者一人を相手に、これはまた仰々しいことで……〉

官兵衛は、背後と左右の三方から一斉に飛び込んできた二十名余りの男どもを眺める。太刀、短槍の触れ合う音がした。いくさ場に立った軍勢というおもむきである。どうあがいてみても、逃げ出すのは不可能だ。

「何をしておる。客間にご案内せぬか」

村重の声は嬉しそうに弾んでいた。

官兵衛は、手をかけられる前に立ち上がった。もう逃げようとも、抗《あらが》おうとも思わぬ——。

「客間とやらへ参りましょうぞ」

穏やかな調子で、武器を手に身構える男どもを促した。

厩《うまや》特有の藁《わら》と馬の糞小便のいりまじった臭気が、師走《しわす》の風とともに吹き込んでくる。

小さな松笠が官兵衛のあぐらの前に転がってきた。

つまみあげて、てのひらに載せる。しげしげと眺めた。

変哲もない松笠だったが、土の上に座っている以外、やることのない者にとっては、嬉しい訪問客である。

「名は松だんごでも、食べられはせぬぞ」

妙な音をたてたおのれの腹に言い聞かせた官兵衛は、大事なものでも扱うような手つきで、袂《たもと》に入れる。何の役に立てるかは、おいおい考えればいい。ともかく、たとえ小枝一つ、木の実一つにしても粗末にしないことにしている。

官兵衛が入れられた有岡城の牢屋は、隣接する厩と大差のない造りになっていた。つまり、太い松の丸太を積み上げた壁と、藁を敷いた土の床でできていた。厩と違うのは、前面も丸太の壁になっている点で、唯一外に通じる小さな出入口も常時、分厚い扉で覆われていた。

したがって、明かりも風も、そして松笠のような訪問客も、みな丸太の隙間からやってくるものに限られる。

「あと七日で大晦日だな」

袂に入れた松笠を指先で撫でながら呟いた。

俘囚の身となった日から、官兵衛は爪を使って壁の丸太に日数を刻みこんでいたが、月日がわかるからといって慰めになるわけでもない。いまのように、せいぜい独り言の種にするだけである。

十日ほど前、村重が、この牢屋にやってきて、信長が彼の母親と官兵衛との交換に応じようとしないことを、悪《あ》しざまに罵《ののし》っていった。

それ以来、姿を見せていないが、日に二度だった食事が一度に減らされたところからすると、いぜん信長との交渉はうまく運んでいないのだろう。

「聞き分けのないやつだな」

しきりに奇妙な音をたてる下腹に、官兵衛は再び声を掛けた。

言い聞かせたからといって、空腹を訴える臓腑《ぞうふ》はおとなしくならぬ。外はまだ日没まで間がありそうだが、寝る以外、手はない。

丸太の壁に寄り掛かって目を閉じた。頭のうしろで組んだ腕が小袖の襟に触れる。襟のなかには銀の小粒が幾つか縫いこまれていた。なにかのとき、必ず役に立ちますゆえ——と、弁阿闍梨玄丈が縫いこむことを教えてくれた旅の智恵である。

牢番に握らせれば、なにがしかの食べ物を手に入れることはできそうだが、いまはそのときではない。使うとすれば、命にかかわる飢え、渇きにまで追い込まれたときだ。まだ我慢できる。まだ堪えることのできる範囲内の空腹だ。

目を閉じた官兵衛はやがてまどろんだ。

幾度か牢番が丸太の隙間から覗き込みにやってきたようだ。

まどろみが深い眠りになったのは、おそらく、空の臓腑どもがわめいても無駄なことを知って、おとなしくなったせいに違いない。

「御大将」

誰かが声を殺して呼んでいる。

「黒田官兵衛様」

また呼んでいる。

夢なら、これほど寒くはなかろうし、背中の丸太の節《ふし》が苦になることもあるまい。

「おやすみになっておいでなのか」

「その声は玄丈だな」

官兵衛は身震いをしながら応じた。

「やはり、ここでござりましたか」

鼻を詰まらせたような声になった。

「遅うなりましたが、お迎えにあがりました」

金物のぶつかる音がした。玄丈は出入口の扉に掛けられた錠前を開けようとしているようだ。

「一人で来たのではあるまいな」

「おれも来ておりますわい。ほかにも善助、与介、六之助、多兵衛、みんなで六人でござる。腕自慢が揃いましたゆえ、もう安心してくだされ。いまお助けいたしますぞ」

甲子丸の声である。

官兵衛は立ち上がった。目頭が熱くなっていた。これほど郎党たちが懐かしく、頼もしく感じられたことはない。

扉のほうへ歩く。少しよろけたものの、足腰はさほど衰えていない。

「みな、変わりはないか」

「お父上も、奥方様もお変わりございませぬ」

善助の声らしい。

「くそっ」

玄丈が錠前を何かで叩いた。丈夫にできているのだろう。外すのに苦労しているようだ。

「ただし、変わりがないのは姫路のほうだけで、御着城の政職様は、別所に通じたご様子。三木城に兵糧を運び込んでいるのではないかと思われまする」

「ほう」

官兵衛は眉をひそめた。毛利に加担した政職がどんな立ち回りようをするかは、気にかけていたところだ。

「早ようせぬか。手間取っておると、見張りが回ってくるぞ」

甲子丸の苛立った声が玄丈をせきたてる。

「おれは遊んでいるわけではないわ。見張りが回ってきたら、牢番同様に始末しろ」

どれほどせっぱつまったときでも、軽口を飛ばす余裕をみせる玄丈なのに、いまは違う。彼も苛立っているようだ。

牢の扉の錠前は二つの鉄環《かなわ》に掛けられていた。鉄環の一つは扉に、もう一つは隣の丸太(壁)に付いているが、いずれも牢内まで突き抜けた先端が潰されている。つまり、鉄環を引き抜くことは不可能だった。したがって、扉を開けるには錠前を開けるか、壊すか、あるいは扉そのものを打ち破るしかない。玄丈はどうやら錠前を壊そうとしているようだが、それがうまくいかないのだ。

「牢番は鍵を持っておらなんだのか」

官兵衛は焦っている郎党どもを落ち着かせるため、努めて静かな口調で言った。

「いくら探しても持っておりませなんだ。おそらく、どこかにしまってあるのでござりましょうが、われらには在り処《あ　か》がわかりませぬ」

多兵衛の声だ。

「玄丈。これ以上、手間取っているわけにはいかぬぞ。そこをどけ、鉄の錠前が手にあまるなら、この甲子丸が扉を壊してくれようぞ。たかが丸太ではないか、ぶち当たったら何とかなるわ」

「たわけ、城中が目を覚ましてしまうわ」

「ならば早よう錠前を始末せぬか」

「しっ、お静かに」

与介の声である。

「四人……。いや、五人。こちらへやってきますぞ」

官兵衛は小さな吐息を漏らした。

一カ月余りもここで過ごしているのだ。たいていのことはわかってきた。

牢の数が自分の入っている場所を含め四つあり、ほかの三つは使われていないこと。牢番は三人いて昼夜交代制になっていること。見回りは真夜中が二人で、明け方前は四人になり、交代の牢番を伴ってくること……。みんな頭に入っている。

いま、与介は五人やってくると言った。となると、夜明けが間近だということだ。彼らをうまく倒したとしても、すぐに明るくなる。

〈抜け出すわけにはいかなくなったようだな〉

「玄丈」

官兵衛は声をひそめて言った。

「やつらを始末してみても、ほかの者が起き出してきて、身動きできぬようになる。ここは逃げる算段をせよ」

「なにを申されまする。すぐに扉を開けてみせますゆえ……」

「たわけ、われまでも頭を熱うしてなんとする。考えてもみよ。うぬらを殺してしまっては、おれの助かりようがなくなるではないか。退くのも兵法であることがわからぬ歳でもあるまいが」

「………」

玄丈は扉の向こうでまだ躊躇《ちゅうちょ》しているようだ。

「おれは何としても、ここを抜け出し、次月《しづき》をまた抱いてやらねばならぬ。わかるな。わかったら逃げよ。錠前の開け方を工夫して、いま一度、出直してこい」

「おうさ、逃げましょうぞ」

ふんぎりがついたのだろう。声の調子が変わった。

「すぐに次月様のもとへお連れいたしますゆえ、待っていてくだされ」

玄丈と甲子丸の間に短いやりとりがあったものの、結局、六人の男たちは扉の前を去っていった。

いくらもしないうちに、官兵衛は聞き耳をたてることになった。叫び声、入り乱れる足音、武具のぶつかり合う音……。

〈見つかってしまったか〉

拳を握りしめて耳を澄ます。

〈あやつらのことだ。なんとかするだろうよ〉

壁ぎわに歩いて藁の上にどかりと腰を下ろした。救出の手を目の前にして何もできなかったのだ。当然、ひどく気落ちしている。しかし、郎党たちが助けにきてくれた嬉しさが、落胆の半ばを補ってくれる。

「それにしても、この腹の減りようは困ったものよ」

官兵衛は強《し》いて明るい声を出してみた。

牢外ではしばらく慌《あわ》ただしい物音が続き、官兵衛のところへも一団の兵がやってきた。俘囚が逃げていないのを確かめた彼らは、錠前が壊されかけているのに気付き、改めて騒ぎ出す。

ほどなく村重がやってきて扉越しに叫んだ。

「役立たずの郎党をもったようじゃな」

「腕のたつのに驚かれたか」

挑む口調になったのは、玄丈たちの無事を知りたかったからだ。捕らわれても殺傷されても、相手が触れぬはずはない。何も言わねば無事に逃げおおせたとみていいだろう。

「いまのうちに、せいぜい減らず口を叩いておくがよいわ」

怒鳴った村重は、郎党の様子を聞き出そうとするこちらの声を無視して、早々に扉の前を離れてしまった。

「そのようなことは考えずともよい。わかったな。猶予はならぬぞ。今日中に済ませてしまうのだぞ」

荒々しい足音とともに家臣に命じる声が聞こえたが、それが何を意味するかは、官兵衛には見当のつけようがなかった。

俘囚

羽音をたてて滑空してきた青灰色のひよどりが、威嚇するように、稗粒《ひえつぶ》を食べていた雀の横手をかすめ飛んだ。追われた鳥は素早く逃げる。脅した鳥は舞い戻ってきて稗粒をついばみ始める。

「おぬしがそこを縄張りにするのは勝手じゃ。したが、少しは慈悲の心をもって、あやつにも分けてやったらどうなんだ」

官兵衛が足の鎖を鳴らしたが、ひよどりはいっこうに逃げようとしない。一月半ほどのつきあいにもかかわらず、危害を加えられるおそれのない相手であることがわかっているのだろう。

玄丈たちが救出にきた直後、官兵衛は厩横の丸太の牢屋から、この土牢のなかに移された。

場所はおそらく城の北側にあたるはずだ。

牢というより、城の周囲をかこむ土居の一角にあけられた洞《ほら》というほうがわかりやすい。洞の広さは六畳ほどで、土石が崩れ落ちぬよう、坑道を思わせる丸太の柱と梁《はり》が組み付けられていた。

出入口はない。官兵衛が入ったあと、ちょうど焼物窯《やきものがま》の蓋をするように石を積み、泥を塗り込んで、塞《ふさ》いでしまったからだ。蓋の上部に、三段重ねの重箱をくぐらせるのがやっとという程度の穴があけられていた。これが風と明かりの唯一の通路であり、かつ、ひよどりと雀の餌場にもなっていた。

官兵衛が土牢に押し込まれるのを確かめにきた村重は言った。

――ここへ入った者はみな、わが城の人柱になってもらったわ。母者が無事に戻ってこぬときは、おぬしも同じ務めを果たしてもらうことになるゆえ、そうならぬよう、せいぜい神仏に祈るのだな。

出入口を塞ぐ作業が始まると、彼はさらにこう付け加えた。

――郎党どもが助けにきてくれるなぞという甘い考えは、即刻捨てたほうが落胆せずに済むというものぞ。きゃつらは、まずこの牢を探し出せはすまい。たとえ探し出したとしても、石と土で塞いだ入口を破ることはできまい。万一、首尾よく破り得たとしても、おぬしを連れ出せはすまい。

牢内に入った官兵衛は、村重のことばがただの脅しでないことにすぐに気付いた。

彼は入口を石と土で塗り固めたばかりでなく、官兵衛の右足に、柱に結びつけられた鉄鎖までも付けたのである。

「気楽に食うておるが、おぬしはその稗粒が幾らのものか知っておるのか。あの牢番は、菜漬けと稗飯二碗に、銀粒一つという法外な値段をつけおったのだぞ」

突然、ひよどりが甲高い啼《な》き声をあげて飛び立った。土牢の前は内堀だが、空堀で水はなく、通路がわりに使われている。おそらく見回りの城兵がやってきたのだろう。

官兵衛は目を閉じた。見回りに見せる姿は息も絶えだえのほうがいい。さもないと、日に一度の稗粥《ひえがゆ》をさらに減らされることになる。

土の壁に寄り掛かった彼は小さな呻《うめ》き声をあげた。巻き付けられた鉄鎖のせいで足首の皮がむけ、腫《は》れてしまった。動かすと激しい痛みが走るのだ。

唇を嚙んだ。痛みが去るまでじっと堪えるしかない。

「黒田官兵衛殿、ご機嫌はいかがでござるかな」

いましがたまでひよどりの餌場になっていた小さな窓から、こちらを覗き込んだ見回りの雑兵が声を掛けてくる。

「上々とは言えぬな」

官兵衛は低い声で応じた。

「なるほど、上々ではござらぬか。それは困ったことじゃ。なんとすれば、ご機嫌は直りますかな」

「そうさな、織田様の軍勢がこの城に攻め込んでこられたら、いくらか気分もよくなるであろうな」

からかわれているのを承知で、官兵衛が雑兵の相手になっているのは、彼らや牢番とことばを交わす以外、外の様子を知る術《すべ》がなかったからである。

有岡城に対する攻城は三度あったが、織田軍は攻めきれずにいる。

誰が総大将を務め、どれほどの軍勢が展開しているのか、高山右近や中川清秀に対しても合戦を仕掛けているのか、毛利と石山本願寺はどんな動きを見せているのか、さらには、三木城攻めは決着がついたのかどうか……。知りたいことは山ほどある。

「この城に攻め込んでくるだと？　それは無理な注文というものよ。織田の軍勢なぞ、百年たっても来るものか」

捨てぜりふを残して見回り兵は去ってゆく。

「やつらも馬鹿ではないな」

何も聞き出せなかった官兵衛は苦笑して、膝を抱える。

足首は随分楽になった。もう少しじっとしていれば痛みは消えるはずだ。貴重な銀粒で購《あがな》った稗飯のせいで、空腹の苦痛もない。機嫌は上々とまでいかぬにしても、悪いほうでもない。

官兵衛は両膝を抱えた姿勢でまどろんだ。

牢番に声を掛けられたときと足首の痛みのせいで、それぞれ一度ずつ目を覚ましたが、あとはすべてを忘れることのできる眠りを楽しんだ。

目を覚ました時刻は、いつものことながらわからない。ただ、深更《しんこう》であることは、すっかり物音が途絶えていることで見当がついた。

夜も昼もない暮らしのようでいて、土牢にも朝はくるし、夕暮れもある。ひよどりと雀、牢番と見回りの雑兵、空堀を通る他の城兵の話し声……。朝夕の訪れを知らせてくれる連中がいないわけではなく、こまめに目と耳を使いさえすれば、それなりに退屈しなかった。

しかし、真夜中の土牢はおのれの息が聞こえるだけの暗闇があるだけで、気のまぎらしようがない。起きているのはひどく苦痛であった。

「もうひと眠りするしかないか」

呟いた官兵衛は闇の中であくびをする。

そろりと足を動かした。へたをすると、また激痛に襲われる。用心しながら少しずつからだを傾けた。右手を枕に横になろうとしたとき、囁き声が聞こえた。

「起きておいでのようじゃな」

「…………」

官兵衛は切窓《きりまど》のほうに目を凝らした。もちろん何も見えない。

「玄丈でござる」

「…………」

「聞こえませぬのか。弁阿闍梨玄丈が参上いたしましたぞ」

「聞こえておる」

官兵衛は声を殺して応じた。

「驚いてもらわねば、張り合いがござりませぬ」

「驚いてもおる」

「そうは見えませぬぞ」

「顔がわかるのか」

「梟《ふくろう》より夜目がきくのはご承知のはず……」

「ほかに誰が来ておる」

立ち上がった拍子に、足首に激痛が去った。

「誰も来ておりませぬ」

「一人では、なにもできぬぞ」

「さよう、この牢の造りではなにもできませぬな」

「ならば何のために来た」

「先般、われらがしくじったせいで、見張りが厳しくなり、なかなか忍び込めませなんだ。苦労して忍び込んでも、以前の牢はもぬけの空。今夜になって、ようやく探り当てたところでござる」

「手も足も出まい」

「はっ？」

「この土牢よ。在《あ》り処《か》はわかっても、破りようがあるまい」

「いかにも厄介でござりましょうな」

「十人、二十人が忍んできて、限られた時間に破れるような代物《しろもの》ではないぞ。おれは織田様の軍勢がこの城を落とさぬかぎり、抜け出ることはできぬものと覚悟を決めておる」

「いや、なんとか知恵を絞ってみせまする」

「やめておけ。おれの郎党をむざむざ殺すのは許さぬ」

「………」

返事がない。

「どうかしたのか」

「右手の小屋に明かりがつきました」

「牢番が起きたのであろう」

「始末してまいりまする」

「待て、待たぬか。やつを始末すれば、村重はいっそう用心深くなるぞ。もっとひどい牢に移されることになるやも知れぬ」

「それは困りまするな」

「だから、やめておけ、見つからぬ前に退散するがいい」

「また、なにもせずに逃げるのでござるか」

「いまさら、せいてみても仕方あるまい」

「わかり申した。出直してまいりますが、ひとまずこれをお渡ししておきまする」

切窓から何か投げ入れたようだ。

前へいざり出た官兵衛は、竹筒らしいものを手探りでさぐりあてる。

「小蝶が蜂屋藤八からもらってきたものでござる。なかには特別な蜂の蜜が入っているとか。死にかけている者も生き返るほど、いこう精がつくそうな」

「おれは死にかけておらぬ」

牢の前を慌ただしい足音が離れてゆく。おそらく、やってくる牢番を目にして、玄丈は逃げ出したのだろう。

「特別な蜂の蜜とな」

官兵衛は闇の中で竹筒に鼻を寄せてみた。

竹の香とともに、微《かす》かに、藤八の家でかいだことのある蜂蜜の匂いがした。

竹筒の太さは大人の腕ほど、長さは一尺五寸というところか。両端が節で塞がれており、一方の節の上端に蜜蠟《みつろう》で塗り固められた小さな竹栓が付いていた。

破れ袂から小枝を取り出し、手探りで蠟をそぎ落とす。この作業を終えたところで、慎重に竹栓を抜き、穴に口をあてがった。とろりとした蜂蜜が舌の上に流れ込んでくる。飢えているからだは甘いものを際限なく求めたが、三口ほど舐めてやめた。昼間、銀粒で購った稗飯を食べたばかりだというに、贅沢すぎる。栓を差し込んだ竹筒は寝藁の下に隠した。

「玄丈のやつ、死にかけている者も生き返るとぬかしおったな」

なぜか可笑《おか》しい。我慢しきれなくなって、声をあげて笑い出した。

「ついに狂うたな」

切窓のほうから牢番の声がした。

「おう、狂うたぞ。うまいものを食べすぎて狂うたわ」

「稗飯のことか。うかつなことを口にしてくれると、わしの首が飛ぶゆえ、あのことは誰にも漏らすまいぞ」

「たった二碗で銀一粒をふんだくったということを、か」

「しっ、大声を出すな」

閉口した牢番は何か罵りながら立ち去ってゆく。官兵衛は再び声をあげて笑い出した。

玄丈は二日後の深夜、再びやってきた。

今度は味噌をまぶした握り飯とやすりを持ってきた。夜目のきく彼は、官兵衛の足の鎖を見てとり、これを外すことが先決と考えたという。

「見張りが厳しゅうござるゆえ、城内に入れぬ日もありましょうが、毎夜通うことにいたしまするゆえ、食べ物やこのやすり以外に要《い》るものがござったら、お申しつけくだされ」

「若い娘をひとり都合してくれぬか」

「承っておきまする」

笑っている。

「熱い湯を入れた湯桶も、な」

これは本心だった。熱い湯につかって手足を伸ばす夢を幾度見たことか。

「承知つかまつった」

「膿《う》んだ傷にきく塗り薬が欲しい」

「それは軽口ではござらぬな。どこをいためなされました」

真剣な声になった。

「梟に劣らぬ夜目をもっておるのなら、そこから見えるであろうが」

「らちもないことを言っておるときではござらぬ。どこをどうなされました」

「鎖のせいで足首に傷ができ、そこが膿んできおったのよ」

「腫《は》れておりまするのか」

「触ってみるか」

「えいっ、軽口を叩いているときではござらぬわ」

「大声を出すと牢番が起きてくるぞ。ああ、腫れておる。腫れておるゆえ、鎖が触れてよけい痛みおるわ」

「色は……、腫れた場所の色は、いかがでござる」

　玄丈の声は少し震えている。

「それを聞いてなんとする。おぬし好みの色ではないぞ」

「いちいちたわけたことを申されるな。ひょっとして黒ずんではおりませぬか」

「やはり夜目がきくとみえるな」

「…………」

「どうした、怒ったのか」

「からだが熱っぽくはござりませぬか」

「ああ、火照《ほて》っておる」

「薬は、明夜、なんとしてもお届けいたしまする。しかし……」

　玄丈はあとのことばをためらった。

「しかし、傷は治らぬと言いたいのだな」

「傷が治らぬどころか、足を切り落とさねばならぬやも知れませぬ。いや、悪くすると命を落とすことになるやも……」

「足を切り落とせば鎖ははずれる。やすりなぞ使わずとも済むというものではないか」

「また、たわけたことを……。あきれたお方でござるな」

溜め息が聞こえた。

「ほんとうにひどくなれば減らず口は叩けぬもの。いや、軽口が聞けるのは喜ばねばならぬのやも知れぬな。それにしても……難儀なことになってきおったわ。薬は……あれか。うん、あれしかあるまい。これから一走りして……」

玄丈の独り言である。薬のことで頭がいっぱいになってしまったのだろう。彼は、牢のなかのあるじに声を掛けるのを忘れて、立ち去っていった。

激しい息づかいが聞こえる。微かな呻き声も聞こえる。この土牢のなかには黒田官兵衛しかいないのだから、息づかいも呻き声も自分のものなのであろう。

ひどく寒い。二月の深更というせいもあるが、熱のせいだ。見えるはずのない暗闇の彼方で、ひよどりと雀が餌をついばんでいるのも、高熱のせいに違いない。

右足の痛みはあるのかないのか、よくわからない。ただ、いっそう腫れてきたことだけは、触れて確かめるまでもなくわかる。

あれから二夜たったというに、見張りの目をかいくぐることができぬのか、薬が手に入らぬのか、いずれにしても玄丈はまだ来ていない。

官兵衛は、自分のからだが尋常でない状態に陥っていることに気付いていた。したがって、玄丈だけを頼りにしていたわけではなく、牢番にも、見回りの兵にも、足の傷のことを訴え、薬を要求していたが、相手にされなかった。

村重はおそらく母親を取り戻すのを半ば諦めてしまい、官兵衛の命を気づかうつもりがなくなっているのだ。

〈この寒さはなんとかならぬものか――〉

背を丸め、両腕で胸を抱きかかえた。からだが小きざみに震え、歯が鳴る。それでいて額や頬に異常な火照りをおぼえる。

〈おれはまだ三十四だ……。ちと早すぎるわ。ほどよい歳というわけにはいかぬわ〉

いつの間にか、死を考え始めていた。いくさの度に考えるものとは違う種類の、からだの衰えからくる、もっと差し迫った死の意識が脳裏をよぎった。

〈いま、たしか、おなごの声が聞こえたぞ、おう、間違いなく、あれはおなごの声じゃ。おれを呼んでおるわ。冥土には美しい女人がいて、三途の川を渡るか渡るまいか迷うている者を呼び寄せると聞いた。あれが、その女人の呼び声だな。はて、どうしたものか。三途の川を渡りたいとは思わぬが、美しい顔とやらは拝んでみたきものよ……〉

「小蝶でござります。ご返事をしてくださいまし」

〈こちょう……、小蝶……〉

「おいでになるのはわかっておりまする。のう、ご返事をしてくださいまし」

涙声になっている。

〈どうやら冥土の女人ではなさそうだぞ。あやつだな……。この声はたしかにあやつだ〉

「あの小蝶か、手杵《てぎね》の小蝶か」

「はい、手杵の小蝶でござります」

急に声が明るくなった。

「玄丈殿の代わりに、塗り薬をお届けにあがりました」

「玄丈はどうかしたのか」

「先日、ここへおいでになった帰り、城の者に見つかり、脚と胸に矢傷を負われました」

「深手を負うたのか」

「命に別状はござりませぬが、ここへ参ることはかないませぬ」

「それでおまえが代わりに来たというのか。女の身でよう来れたな」

「ひとりではござりませぬ。栗山善助殿と蜂屋藤八殿も来ております。いま牢番が目を覚まさぬよう始末しているところ、すぐにまいりましょう。いえ、もうまいりました」

切窓から善助と藤八が声を掛けてくる。

善助がやってきたのはわかるとしても、藤八と小蝶が来たわけはわからない。首をひねる思いでいると、やがて合点がいった。

まず小蝶だが、なんと驚いたことに、人が通り抜けられる大きさではない切窓を、細い、柔らかなからだを生かして、くぐり抜け、牢内に入ってきたのである。

闇の中で、彼女は用意してきた油皿に火を入れた。

明かりに浮かびあがった小蝶は、髪は馬の尻尾に結い、上はつつっぽ、下はたっつけ袴、ともに黒色。むろん化粧はしていなかったが、こういう姿がよく似合う娘である。

なんのために入ってきたのかと官兵衛が眺めていると、近寄ってきて、腫れた足首に明かりをかざし、調べ始めた。

「玄丈殿が言うたとおりじゃ」

切窓からこちらを覗き込む藤八に向かって言う。

「やはり、そうか。ならば躊躇はいらぬ。すぐに始めなされ」

蜂屋稼業の老人は応じる。

小蝶は油皿とともに持ち込んだ布袋をあけた。小柄《こづか》状の刃物、小さな壺、塗り薬の器と思われる貝殻、晒布《さらしぎれ》が入っていた。

「切って膿《うみ》を出すつもりか」

官兵衛は訊ねた。

「さよう。やり方は十分に教えましたゆえ、安心して小蝶にまかせなされ」

切窓の藤八が答える。

「やり方を教えた？　おぬしは医者の心得があるのか」

おのれのからだを切り裂かれるのである。訊かぬわけにはいかなかった。

「バテレン様に習いました」

「バテレン？　南蛮人の坊主か。ということは、南蛮流の傷の手当てだな」

「南蛮も、われらの国も、やり方に大差はござりませぬ」

二人がやりとりしている間に、小蝶は蓋をあけた小壺から、南蛮ものらしい、匂いの強い酒を晒に注ぎ、その布で官兵衛の腫れた足首をていねいに拭き始めた。

「牢番に嗅《か》がせた薬は一刻ほどしかもたぬ。目を覚ますと厄介ゆえ、悠長にしているひまはありませぬぞ」

藤八は小蝶をせかす。

彼女は刃物に小壺の酒を注いで洗ったあと、刃先を足首へもってゆく。横顔が緊張で強《こわ》張《ば》っている。

「よいかな、膿を残さぬよう思いきって切るのじゃ。黒田様が痛がっても容赦なく切り裂きなされ」

官兵衛は、勝手なことを言っている老人に一矢《いっし》むくいることばを探すが、熱で半ば正気を失いかけている状態だけに、苦笑するのが精いっぱいである。

小蝶が刃物を足首にあてがった。

凄まじい痛みが脳天を突き抜ける。官兵衛は呻き声を呑み込み、歯を食いしばって堪えた。

「痛《い》とうござりましょう」

小蝶が心配げに訊く。

「切り裂いたら、膿を絞り出すのじゃ。存分に力を入れてな」

また藤八の声が飛ぶ。

再び、さっき以上の痛みが襲った。官兵衛は背を丸め、両拳を握りしめ、歯を食いしばって堪える。

「膿を絞り出したら、切り裂いたところを酒で洗うのを忘れてはなりませぬぞ。それから塗り薬じゃ。よいかな、手順を間違えてはなりませぬぞ」

「しっ」

善助の声がした。

小蝶は油皿を引き寄せ、いつでも火を吹き消せる態勢をとる。

「大丈夫じゃ。人声が聞こえたような気がしたが、空耳らしい。念のため、牢番小屋を見てまいる」

藤八は医者、小蝶はその手足、そして善助は見張りという役振りなのだろう。

ほっとした顔になって、小蝶が再び傷の手当てを始める。

「その壺の中身、薬代わりに使うだけではもったいなかろう。一口呑ませてくれぬか」

いくらか余裕の出てきた官兵衛は、酒の入った器を指差した。

「傷の治りが遅れますゆえ、それはなりませぬ」

すかさず藤八が止めようとする。

「痛み止めの代わりだ。かまわぬ、よこせ」

官兵衛は手を伸ばす。

その手を小蝶がぴしゃりと叩いた。

「いまのことば、聞こえませせなんだのか。治りが遅れては困りましょうが。いっぱしの大人のくせに聞きわけのないことじゃ」

京の六斎市《ろくさいいち》で会ったときの、あの手杵の、きつい顔になっていた。

藤八の笑い声が聞こえた。官兵衛は渋い顔をするしかない。

小蝶は、切り裂いた箇所に、やり慣れた仕事でもするかのように、手際よくあぶら薬を塗り込み、晒布を巻き付ける。刃物で患部を切り裂いた手並みといい、大した娘である。

官兵衛は大きい息を吐いた。

すぐに薬の効き目が出ようはずはないが、急速に痛みが遠のいてゆくような気がする。

傷の手当てを終えた小蝶は、切窓から藤八が差し出す二本の竹筒を受け取った。一本にはからだの中から傷を治すための煎じ薬、もう一本には例の蜂蜜が入っていた。

煎じ薬はひどい味がしたが、小蝶に強いられて飲む。顔をしかめる官兵衛に、小蝶は懐《ふところ》から紐のついた小さな十文字の銀飾りを取り出し、首に掛けよと言う。

「それは、薬以上に効き目がござります」

藤八が切窓から説明を加えた。

「キリシタンの証《あかし》ではないか」

官兵衛は銀飾りをてのひらに載せ、まじまじと眺めた。

「おれはデウスとやらを知らぬ。これからも知るつもりはない。それでも、傷に効き目があるのか」

「ござります。そこもと様の代わりに、この蜂屋藤八と小蝶がデウス様にお祈りいたしますゆえ、必ず効き目がござります」

「おまえはいつからキリシタンになった」

官兵衛は膿で汚れた晒の始末をする小蝶に声を掛けた。

「このわたしがキリシタン？　いえ、なるはずはござりませぬ」

黒ずくめの衣装をつけた娘はくすっと笑った。

「でも、これは気に入りましたゆえ、藤八殿からもらいました」

首の紐をたぐって十文字の銀飾りを取り出してみせる。

「美しゅうございましょう。それに……」

声をひそめて続けた。

「藤八殿が知ったら怒りましょうが、いざというとき銭になりまする」

小蝶は舌を出して、いたずらっぽく笑った。

〈あきれたやつだ。多少の行儀はおぼえたし、女らしい口のききようもできるようになった。しかし、こやつはやはり、あの手杵だ〉

官兵衛はにやりとした。笑みが浮かぶほど、痛みが薄らいできていた。

大役を務め終えた小蝶は、再び切窓をくぐり抜けて牢の外へ出る。

「また明夜まいりまする」

と三人。

「来てくれるのはありがたいが、年寄りは無理をせずともよいぞ」

半分は心配し、半分は軽口であった。

「わしのことを申しておられるのなら、見当違いというものでござりますぞ」

藤八が切り返してきた。

「若い頃から蜂屋稼業で諸国の野山を駆け回ってきたからだでござる。心配なさるなら、この若い二人のほうになされ」

彼は少しむきになっていた。

藤八は奇妙な老人であった――。

翌夜もやってきて、切窓をくぐり抜け牢内に入った小蝶に、あれこれ手当ての指示をくだしたのだが、南蛮人に教えてもらっただけとは思えぬ治療の智恵をもっていた。しかも、驚いたことには、いちいち目を覚まさぬようにするのは面倒だからという理由で、牢番を買収してしまったのだそうだ。

「いくら銭を握らせた」

官兵衛は興味をそそられて訊ねた。

「死ぬまで食うに困らぬ程度でござる。もっとも、あやつがわしの頼みを承知したのは、銭のせいだけではありませぬ。さる男の名を囁いたからでござる」

詳しいことは訊かなかったが、官兵衛には見当がついた。京の雑人《ぞうにん》で藤八の名を知らぬ者はいないと聞かされている。彼はおそらく、京のみならず、畿内一円の怪しげな男どもに顔がきくのではあるまいか。その中に、名を聞いただけで牢番が震えあがるような男がいたのだ。

「ついでに、城の見張りどもにも、その名を囁くわけにはいかぬのか」

これも半ば本気で言ったが、さすが、無理な注文だったのだろう。藤八は笑って答えなかった。

牢番が寝たふりをしていてくれるおかげで、官兵衛は、小蝶の丁寧な手当てを受けることができた。

彼女は、あるじをあるじ扱いせず、遠慮のない治療を行ない、凄まじい臭いと味のする煎じ薬を容赦なく喉に流し込んだ。

傷の手当てや食べ物以上にありがたかったのは、三人を通して、外の様子を知ることができたことだった。

話を聞きたがる当人は前夜ほど苦しまずともよい。話すほうは牢番を気にせずに済む。官兵衛はあれもこれもと、欲張って聞き出そうとした。

聞かされる話はどれも驚くことばかりだったが、なかでも愕然《がくぜん》としたのは、信長の自分に対する見方であった。

彼はなんと、黒田官兵衛孝高《よしたか》が村重の俘囚ではなくて、客将として有岡城に留まっていると見ているというのだ。つまり、毛利側に、荒木村重側に寝返ったと考えているというのだ。これを善助から聞かされたとき、官兵衛は絶句した。

自分は望んで有岡城にやってきたわけではない。信長の命に従い、織田側の使者としてやってきたのだ。その男まで疑わねばならぬというのか。

「われら留守を預かる家臣一同、御大将が囚《とら》われの身となっていることに偽りのなきを、起請文《きしようもん》として差し出したのでござるが、それでも信長様は、家来はあるじを庇《かば》うものよと、黒田官兵衛逆心をとなえられたとか。なんとも情けない話でござる」

土牢のなかで悲惨な暮らしを強いられているあるじを目の前にする善助には、無念の想いがひとしおだったのだろう。涙声になっていた。

藤八が割り込んできた。

「力と富を手にした者は、常にそれを奪われはせぬかと考えるもの。されば、人を信じることができぬようになるのでござりましょう。彼らは親兄弟、妻子さえも猜疑《さいぎ》の目で見るようになる。哀れなものでござりまするな」

「松寿《しょうじゅ》丸はどうなった」

裏切ったと見ているとすれば、当然、信長は人質の始末をせずにはおかぬはず。官兵衛は気が進まずとも、安土城に預けてある長子の安否を訊かねばならなかった。

「そのことなら」

善助が答える。

「気に病まれてはいかぬと思い、あえてお知らせするのを差し控えておりましたが、羽柴様のお話では、松壽様はあやうく命を奪われるところだったとか」

「やはり、そうであったか」

官兵衛は目を閉じて、しばらく黙り込んだ。怒りより虚しさのほうが胸に広がる。

「で、命を奪われずに済んだのだな」

「羽柴様と竹中様が、始末せよと命じられる信長様を必死にお止めになったそうでございます。黒田官兵衛は決して人を裏切るような男ではござらぬゆえ、いま少し様子を見てからでも遅うはないはず――と、信長様に助命を嘆願されたとか」

「そうか、羽柴様と重治殿がな……」

話をした当人の秀吉が助命嘆願をしたかどうかはわからない。信長の機嫌をそこねるようなことをしたがる男ではないからだ。もし、嘆願をしたのが事実だとすれば、秀吉にしては珍しいことだ。あるじの不興を覚悟で庇いたくなるほど、黒田官兵衛という男を高く買っていてくれたことになる。

他方の竹中重治は、信長の怒りをおそれて、おのれの考えを曲げるような男ではない。彼が松壽丸の命を助けてくれたというのは、まず間違いないところだろう。

「重治殿にお変わりはあるまいな」

官兵衛は細いからだを思い浮かべて言った。土牢のなかで鎖に繋《つな》がれ、足を腫らせている者が案じるのもおかしなものだったが、どこかを病んでいるとしか思えぬ男のことが気掛かりだったのである。

重治の名から高山右近を連想したのは、どこか二人に共通するところがあり、高倉山で奇妙な茶の湯を楽しんだ仲だったからに違いない。

右近に関しては、善助より、藤八のほうが詳しかった。

信長は、村重との関係でいったん毛利側に回った右近がキリシタンであることに気付き、バテレンのオルガンチノなる南蛮人を利用しようとした。すなわち、高槻城が織田の旗のもとへ戻るよう右近を口説き落とせば南蛮寺を全国に建てることを許すが、それができねば宗門は潰し、高槻城下のキリシタンをみな殺しにすると脅した。

そして右近に対しては、村重の人質になっている彼の妹とその子供と、安土城にいる村重の老母との交換も、提案したという。

「つまり、信長様は、そこもと様と村重の母親との交換は断りながら、高槻城の与力欲しさに、右近殿の妹御のほうは助けようとなさったのでござる」

「それで、右近殿はいかなる身のふりようをしたのだ」

恨むべきではないのか、と言わんばかりの藤八の口ぶりであった。

官兵衛にとっては、信長への恨みより、こちらのほうが興味があった。

「織田の旗のもとへ戻られました。右近殿だけではのうて、茨木城の中川瀬兵衛清秀殿もでござる。それも去年のうちに……」

「去年のうちに？　ならば……、織田の軍勢がこの有岡城を攻め落とす手筈は整ったということか。それにしては攻めようが手ぬるいな。なぜ、信長様は攻めぬのだ」

「丹波でござります。波多野を先に片付けようとしているのでござります」

善助が不服げに言った。

「なるほど、丹波が先であったか」

官兵衛は合点がいったという顔をした。

波多野は足利管領・細川高国の被官を祖とする土豪で、多紀《たき》郡篠山《ささやま》の八上城に入る秀治とその一族である氷上《ひかみ》郡氷上城の宗高が中心となり、丹波一円に勢力を張っていた。

三木城の別所長治の舅に当たる秀治は当然、織田側ではなく、毛利と手を結んでいる。

しかも、荒木村重とは早くから茶の湯を楽しんできた仲であった。

織田が当面攻めねばならないのは三木城と有岡城だが、波多野はこの二つの攻城のいずれにもからむ存在であり、脅威だったのである。

信長は丹波を潰すのを先決として、明智光秀を総大将に、丹羽長秀、細川藤孝らを送り込んだという。

秀吉は三木城攻めで播磨から抜けられぬはずだ。柴田勝家は北国に張り付いたままだろう。とすれば、残る軍勢で有岡城を攻めるのは難しい。せいぜい城を囲んで村重の動きを封じるしかないわけだ。

「おれの、ここでの暮らしは、長くなるということだな」

さすが、官兵衛も落胆の色を隠せず、暗い顔になった。

「案ずるにはおよびませぬ」

すかさず小蝶があるじの肩に手をかけ、なれなれしい口調で言った。

「玄丈殿の話では、熱い湯の入った湯桶と若い娘が欲しいと申されたとか。湯桶は無理でござりましょうが、わたしが通うて慰めて差し上げまする」

「小蝶、めったなことを言うまいぞ」

　藤八が慌てた声を出した。

「いかに相手が御大将といえど、善助殿という殿御がおりながら、不謹慎というものじゃろうが……」

「ほう、おまえは善助とわりない仲になっていたのか」

　官兵衛は笑って小蝶を眺めた。

「わりない仲なぞではありませぬ」

　小蝶は横を向く。

「互いに好きおうているのであろう」

　傷の手当てで随分痛めつけられた。多少のからかいは許されるはずだ。

「先に口にしたのは善助殿のほうです」

「小蝶、いらざることを言うな」

　善助が尖った声を出す。

「われは見張りに精を出すがよい」

　叱っておいて、小蝶のほうに向き直る。おもしろい玩具を見つけたというに、遊ばぬ手はない。

「善助が口説きおったのはわかった。したが、おまえも嫌いだったわけではあるまい」

「好きでもありませなんだ」

けろりと言う。

「いまは別であろうが」

「好きでございます。でも、黒田孝高様も好きでございます」

「なにっ」

官兵衛は慌てた。この小娘はいつも人を面食らわせるようなことを口走る。

「小蝶、ばかなことを言うものではないぞ」

藤八のほうも慌てている。善助はおそらく顔色を変えているに違いない。

「京の六斎市でお会いしたときから、悪うないお方じゃと思うておりました」

「ぬけぬけとほざきおるわ」

藤八は怒るのを忘れた口調になってきた。

「でも、次月様を見て、このような美しい方がいたのではかなわぬと思い、きっぱり諦めました。さればこそ、善助殿が好きになったのでございます」

「くそっ」

罵り声は善助である。

「このことは、善助殿も承知されておりまする。相手が御大将では怒るわけにいかぬ、と申されました」

「いや、おれは怒っておるぞ」

また善助だ。

官兵衛は苦笑するしかなかった。からかうつもりが逆にからかわれている。それも自分だけではなく、善助までもが。

〈この小娘、おれの手におえる相手ではないわ。善助め、厄介な女に惚れたものよ。随分と振り回されることになるぞ〉

胸のうちでこう呟いたものの、小蝶を嫌ったわけではない。むしろ、逆であった。退屈しない相手だった。人を食ったところがなんともおもしろい。

〈ここを無事に出ることができたら、善助と夫婦《めおと》になる手伝いをしてやらねばなるまいな〉

官兵衛はこんなことまで考えていた。

三人は連夜、土牢に通ってきた。足首の腫れは日ごとにひき、切開したあとの傷もさほど痛まなくなった。

加えて、蜂蜜をはじめ、食べ物を運び込んできてくれるため、衰えていた体力のほうも次第に元へ戻り始めた。

しかし、六日目で、彼らの土牢通いも途絶えた。織田軍の城攻めに備えたものなのであろう。三間ほど先の城塁上に、にわか造りの矢倉が建てられ、四、五人の兵が常駐するようになったためである。

「おまえさまにとっては不都合なことじゃろうが、これでわしも危ない橋を渡らずに済むというものよ」

と牢番は喜んだが、官兵衛にとっては、たしかに不都合な、酷《きび》しい暮らしに戻ることになった。

藤の花

ひよどりと雀のための稗粒を切窓の上に撒きながら、官兵衛は、いつものように外の景色に目をやった。

五月初旬の明るい日差しが空堀に降りそそいでいる。ここ半月ほどの間に、堀の底も土手も雑草の緑ですっかりおおわれてしまった。

堀の中央に草が生えていないのは、城兵たちが行き来するのに使っているからであり、同じような道が向こう側の土手にも見られる。

土手の上部に幾本かの松が並んでいた。その一本の張り出した枝に巻きついた藤蔓《ふじづる》が、見事な淡紫色の花を咲かせている。

「牢番殿」

官兵衛は、目の前の日向《ひなた》であぐらをかき、草鞋を編んでいる老人に声を掛けた。彼は暇があると草鞋を作り、なにがしかの小銭とひきかえに城兵に売りつけている。

「頼みごとがある。聞いてくれぬか」

「聞く気はないわ」

牢番は顔も上げずに、すげない返事をする。

「面倒なことを頼むわけでない」

「もう、例のものは残っておらぬのじゃろうが」

銀粒のことを言っているのだ。見返りがないのに頼みごとが聞けるか、と言いたいのだろう。

「例のものは残っておらぬが、縫い針なら少々あるぞ」

旅の智恵として針を袴の裾に縫い込むことを勧めたのも、銀粒同様に玄丈であった。すっかり忘れていたのだが、今朝がた、擦《す》り切れた袴から包み紙ごとこぼれ落ち、貴重な存在を思い出させてくれたところである。

「針だと……」

牢番は日焼けした、抜け目のなさそうな皺面《しわづら》を、はじめてこちらへ向けた。

「どこに隠していたか知れぬが、今度は縫い針か。で、頼みごととはなんじゃい」

現金な男である。

「あそこに見える藤の花を一房取ってきてもらえまいか」

官兵衛は指差す。

「あんなものをか……。取ってきてやらぬでもないが、腹の足しにはならぬぞよ」

鼻の穴に指を入れ、ついでに唾を吐く。

「食べるつもりはない。どんな匂いだったか忘れたゆえ、手にとって確かめたいだけだ」

本心だった。遠くから眺めるだけでは満足できなくなり、むしょうに匂いをかいでみたくなったのである。

「もぐらのような暮らしをしておる男が、柄にもなく風流なことをぬかしおるわい」

牢番は足の指から、編みかけの草鞋をはずし、膝の上の藁くずをはたき落とす。どうやら取りに行く気になってくれたようだ。

「いずれ、むさい穴のなかでくたばる身じゃというに、太平楽《たいへいらく》を並べおるわい。藤の花の匂いを確かめたいじゃと……、いまどきは、おなごでも、もう少し気のきいたことを考えるじゃろうに……」

文句を言いながらも、老人は腰を上げ、空堀におりてゆく。

戻ってきた彼は大ぶりの藤の花房をつかんでいた。

縫い針と引き換えにそれを手にした官兵衛は鼻を近づけてみる。藤は匂いを楽しむ花ではない。微《かす》かな芳香がするだけである。

「茅《ちがや》か……」

脳裏に浮かんだ女の名を口にした。

広峰《ひろみね》の山上に大人の胴回りほどの太さの藤の蔓があり、ちょうど今頃、あきれるほど多量の花をつけたものだ。その花の下で、茅とたびたび遊んだ記憶がある。

ひょっとすると、藤の花を目にした途端、手にとってみたくなったのは、この遠い日の光景が頭の隅にこびりついていたせいかも知れない。

「矢倉ができてからは、あの藤八も来てくれぬようじゃな。おまえさまもいよいよ見放されたということよ。せいぜい花でも愛《め》でて、おのれを慰めることじゃ」

再び草鞋を編み始めた老人は、手元に視線を向けたまましゃべる。

「まあ、そんなところであろうな」

応じた官兵衛は壁ぎわに歩く。足を引きずるのは鎖のせいだけではない。小蝶の手当てのおかげで傷は癒《い》えたものの、足首がうまく曲がらなくなっていたのである。

「黒田孝高《よしたか》はもぐらじゃそうな。花を愛でておのれを慰めるしかないもぐらだとよ」

官兵衛は明るい表情で呟いた。

たしかに藤八たちは来れぬようになった。しかし、牢番が気付いていないだけで、四日前の深更、傷の癒えた玄丈が蜂蜜入りの竹筒をもって忍んできた。短い会話しか交わせなかったものの、再び城外と自分を繋《つな》ぐ糸はできた。

それに、これも牢番は気付いていないはずだが、足の鎖をやすりで切り落とす作業は少しずつはかどっている。のみならず、小蝶が足首を切開するのに使った刃物と、蜂蜜入りの竹筒を役立てて作った穴掘り道具で、土牢の蓋（出入口）の下部を内側から穿《うが》つ作業も始めている。

官兵衛は決して絶望していなかったのである。

「わが黒田の家紋は丸に三橘だが、おれが無事にここを出ることができたら」

と、彼はてのひらの花に話し掛ける。

「おぬしをわが黒田の家紋にし、末永く大事にしてやってもよいぞ」

小さな花弁を一つちぎって口に入れ、噛んでみた。

「なるほど、これは腹の足しになる代物《しろもの》ではないわ」

笑い声が届いたのだろう。牢番が聞こえよがしに言う。

「けっ、気持ちの悪い笑いようをしおって……。やはり、狂うているとしか思えぬわい」

「いまの世で狂うておらぬ者なぞいるわけがあるまい」

官兵衛は大声で応じた。


同じ日に別な場所で、やはり藤の花を眺める男がいた。三木《みき》城周辺に展開する羽柴軍のなかの竹中重治であった。

彼は、秀吉の入る平井山本陣から東南半里ほどに位置する、志染中村という土地にいる。

手勢二千を率いる大将として重治が寝起きに使っていたのは古い地蔵堂である。いま彼はその建物の板縁に座り、軒庇《のきびさし》から垂れ下がる藤の花を見上げていた。

鎧直垂《よろいひたたれ》に喉輪、帯に腰刀、足に脛当《すねあて》、熊毛の貫《つらぬき》という小具足《こぐそく》姿で花を見上げる彼は、一見、戦陣でくつろぐ武将という恰好だったが、顔色はひどく青ざめており、扉にもたせかけた両肩はせわしなく小刻みに上下し、息の荒さを示していた。

この日の明け方、大量の血を吐いたばかりだった。

本来なら横になっていなければならない身が起きているのは、秀吉の諸陣見回りがあるという報《しら》せを受けたせいである。

実は、二月《ふた》前にもやはり大量の血を吐いた。その際、秀吉から、京へ行って高名な医者の治療を受けてくるよう勧められたのを断っている。横にでもなっていようものなら、それみたことかと言われるに違いない。それがいやで無理をしていたのだ。

「作之助」

花を見上げていた重治は、背後に控える近習に声を掛けた。

「この藤の花、色が少しおかしゅうはないか」

「さあ、花にはうといほうなので、ようわかりませぬが、別に変わりはないように見えまする」

「いや、黒すぎるわ。これほど黒い色の藤は珍しいぞ」

「黒、でございますか」

近習は首をかしげる。

二人が噛み合わぬ会話をしているところへ、三十騎ほどの供を連れて秀吉がやってきた。こまめな総大将はしばしば諸将のもとを訪れ、気がついたことを指示する。この志染中村に姿を見せるのも、むろん初めてのことではなかった。

「半兵衛、また、血を吐いたそうじゃな」

地蔵堂のなかで向き合うなり、秀吉は声をひそめて言った。

「はて、なんのことでござりましょう」

重治はとぼけてみせる。

「わしは耳が早いほうでな」

秀吉はもったいをつけた。

「承知しておりまする」

出迎えにやらせた家臣から聞き出したのだろうと、重治は見当をつけ、にやりとする。

「まるで死人のような、ひどい顔色をしておるぞ。横になりたかろうが」

秀吉はこちらを覗き込む。

「いえ、顔色の悪いのは、いまに始まったことではござりませぬ」

「やはり京へ行ってみてはどうだ」

心底、気づかっている様子である。

〈信長様はこうした顔はできぬな。柴田殿も明智殿もできぬ。おそらく、このおひとだけであろうな。これがあるから、ひとが付いてゆく。羽柴様は相変わらず、ふぐりの摑みようを知ってござるわ〉

「半兵衛、聞いておるのか」

「聞こえておりまするが、京へ行く気はござりませぬ」

「おぬしの強情には、ほとほと手を焼くわ」

「いくさに臨んだ者は、もともと命を神仏にまかせておるもの。矢玉、刀槍同様、病とて怖がってみても仕方ござらぬ」

「屁理屈をほざくな」

軍扇で床を叩いた。

「矢玉で死ぬもよし、病で死ぬもよし、神仏がそれを望むなら避けようないではありませぬか。それに、いまや三木城は落城寸前、病を治すのは城が落ちてからでも遅うはないはず……」

「おぬしは、ほんとうに落城寸前だと思うておるのか」

秀吉は上目づかいに重治を見た。

「さあ、それは羽柴様の腹づもり次第でござりましょう」

信忠軍が引き揚げたあとの三木攻城戦は、荒木村重の戦線離脱もあって、いっとき、手控えられたが、この年（天正七年）二月六日、別所側が平井山本陣に攻撃を仕掛けてきたことで、戦闘再開となった。

羽柴軍は、この平井山の合戦で、別所側を一方的に叩き、二度と三木城から城兵が繰り出してこられぬようにする。

このあと、四月二十六日には、小寺政職の入る御着城を攻め落とす。城を捨てた政職は三木城に逃げ込んだものと見られているが、はっきりしない。

さらに、五月になると、荒木村重の支城花隈《はなくま》城と三木城を結ぶ補給路となっていた丹生《にう》山砦《さん》と別所寄騎の淡河定範《おうごさだのり》が守る淡河城を囲み、二十七日に攻め落とす。

つまり、三木城はますます孤立無援状態に陥っていたのである。

強引に潰すつもりなら、できぬ相談ではなかった。ところが、秀吉はこれをしなかった。

力ずくの城攻めは、味方の被害も覚悟しなければならない。丹波の波多野、摂津の荒木、さらに石山本願寺と、織田が各地に敵を抱えていなければ、力ずくもよかろうが、いまそれをしたのでは毛利につけこまれる。

これが、慎重になっている秀吉の胸のうちであった。

「わしの腹づもり次第だと？　それがどんなものかはわかっておろうが」

「いかにも承知しておりまする」

力ずくの城攻めは控えるべきだと最初に言い出したのは、ほかならぬ重治自身である。

「ただ、われらが手間取っていると、有岡城攻めが遅れまする」

「であろうな。しかし、だからといって、われらが危ない橋を渡るわけにもいくまい」

「官兵衛がもたぬやも知れませぬ」

「なにっ」

秀吉は戸惑い顔をした。

「黒田官兵衛孝高でござる。羽柴様が、村重のもとへ参る使者として推挙した男でござる」

「………」

秀吉は渋い顔で横を向いた。

「あやつの郎党どもの話によれば、官兵衛は土牢のなかに押し込められ、ろくに食べ物も与えられぬ日々を過ごしておるとか。早《は》よう救い出してやらねば命を失うことになりまする。それでは、当人を有岡城に送り込んだ羽柴様も、寝覚めが悪いというものでございましょう」

「うむ」

いっそう渋い顔になった。ほかの者がこれだけ当てつけがましい言い方をすれば腹を立てる秀吉だが、重治が相手だと、せいぜい苦い顔になるだけである。

「官兵衛は、むざむざ土牢のなかで死なすには惜しい男でございます。なんとしても助けてやらねばなりませぬ」

力が入ったせいか、重治は咳《せ》き込んだ。

「あやつは、それほどの男か」

「それほどの男でございます」

「どこを買っておるのじゃ」

軍扇をもてあそぶ。

「頭が回りまする」

「おぬしほど回りはすまい」

「さよう、それがしの次でござる」

重治は抜けぬけと言った。

「頭が回るだけの男なら、珍しゅうはないぞ」

「ひとつお聞きいたしまするが、羽柴様は官兵衛の倅《せがれ》をなぜお助けなされました」

「信長様が殺せと申された、あの松壽《しょうじゅ》のことか。あれはただ酷《むご》いと思ったからよ」

視線を向けたところで雨漏りのしみが見えるだけの天井を、秀吉は仰ぐ。

「いや、そうではありますまい。官兵衛が織田を裏切るような男ではないと信じていたゆえのはず。つまり、あやつは頭が回るだけではのうて、人にそう思わせるだけのものを持った男、妙に人から好かれ、信じられるものを持った男なのでござる」

重治はまた呟き込んだ。

「よかろう。官兵衛の値打ちは認めるとしょう。なれども、それと、この合戦とは、別物と思え」

秀吉はあぐらをかき直した。

「別所攻めを急ぐおつもりはござりませぬか」

「半兵衛、おぬしらしくもないぞ。たかが土牢に入っている男ひとりのために、いくさのやりようを変えてたまるか」

軍扇が再び床を叩いた。

「もっともな仰せでござる」

重治はにたりとした。

「幾万もの軍勢を率いる将が、人ひとりの命にかかずらっているようでは、誤りなき采配は振れますまい」

「そのとおりよ」

頷いた秀吉は、相手の表情に気付き、苦笑した。だから自分の病のことなぞは気にかけてくれぬな、と重治は言っているのだ。

続けることばを見出せぬまま、秀吉は腰を上げた。

「無理をすまいぞ。おのれをいたわるのだぞ」

と彼が言い置いて平井山に帰った直後、重治はまた大量の血を吐いた。

この日から一月《ひとつき》余り後の六月十三日——、夕日の差し込む地蔵堂のなかで、竹中半兵衛重治は穏やかな死に顔をみせて息をひきとった。まだ三十六歳であった。

むろん、三木城はまだ落ちていなかった。

官兵衛が土牢のなかで、重治の死を知るのは七月末である。彼はこの報せを持ってきた玄丈に言った。

「ここでのひどい暮らしを、最初に聞かせたかった相手をなくしてしまったわ」

誰よりも敬い、慕うことのできた男の冥福を祈るため、官兵衛は二日間、日に一度の稗粥のすべてをひよどりと雀に与えた。これが彼にできる精いっぱいの供養だったのである。

落城

耳障りな蚊の羽音がやんだ。とりついた場所は背中か腰か、いずれにしても、どこかに止まって血を吸い始めたに違いない。

「ろくにものを食っておらぬこの瘦せたからだを狙わずとも、もっとうまい血を飲ませてくれる者がほかにおろうが……。牢番のじじいとて歳こそとっておるが、おれよりましというものぞ」

蚊に話し掛ける官兵衛は、下帯ひとつの裸同然の姿である。

七月の土牢のなかは、小さな切窓以外、風の通路がないせいで、真昼はむろんのこと、日が落ちてからも非常に蒸し暑い。

前面の空堀に水がひかれてからは幾らか過ごしやすくなったものの、代わりに藪蚊に悩まされることになった。

しつこく血を吸いにくる相手を、はじめのうちはむきになって追い払い、あるいは叩き潰そうとしたが、際限がなかった。いまでは諦めて刺されるがままにまかせている。まかせたとはいえ、生身のからだである。刺されれば痒《かゆ》いから掻きむしる。とても清潔とはいえぬ伸びた爪で掻くため、傷ができ、それが膿んでしまう。

官兵衛のからだはいまや、顔、首筋、腹、背中、腕、脚……と、いたるところ腫れもので覆われていた。

堀に水が入ったことで生じた不都合はもう一つあった。玄丈のやってくる回数がめっきり減ってしまったことだ。近くの城塁上に建つ矢倉から堀は丸見えである。よほどうまく水音を殺さなければ見つかってしまう。さすがの玄丈もお手上げということらしい。

毎夜、独りで土牢のなかにうずくまるしかなくなった官兵衛は、やすりで鎖を削り取ることと抜け出すための穴掘りに精を出すことになった。いまも脱いだ衣服で手元を覆い、音を出さぬようにして足の鎖を削っているところである。

「根気のいいやつだと思うておるのであろう。おれも同感じゃ。われながら感心しておるわ。だがな、好んでやっておるのではないぞ。根《こん》を詰めて急がねばならぬわけがあるのじゃ」

額のあたりをかすめ飛ぶ新しい羽音に官兵衛は語りかける。

先月、苦労して忍んできた玄丈が教えてくれたところによると、明智軍は八上《やかみ》城と氷上《ひかみ》城を落とし、波多野一族をほぼ殲滅《せんめつ》したという。この丹波戦線の終息を有岡城が知らぬはずはない。信長の本格的城攻めが始まるものと覚悟していることだろう。

村重が幾日もちこたえるつもりか知れぬが、今後の攻城戦はいままでと違う。わずかな日数で決着がつくはずである。

つまり、官兵衛が土牢から出られる日は近いということだ。

したがって、状況がより過酷になっている割に、彼の胸のうちは明るかった。

ただし、一つ問題があった。村重が籠城態勢を固めるために空堀へ入れたものとみられる水が日増しに水位を上げていたのだ。

土牢は城塁の横腹に穿《うが》たれた洞穴である。しかも、空堀だったこれまでは気付かなかったのだが、堀が満水になった場合、水面下に隠れる位置にある。

このまま水位が上がり続け、土牢に水が流れ込む日がきたとき、村重は官兵衛を出してくれるだろうか。おのれの城と命を守るのに精いっぱいの彼が、そんな慈悲の心をもつはずはない。以前口にしたように、城の人柱にすることしか考えないだろう。

満水になったとき、望みもしない人柱にならぬためには、まず足の鎖をはずし、次に、外へ這《は》い出るのに必要な脱出用の穴を確保しなければならない。

鎖を削るのを急がねばならぬわけは、こういうことだったのである。

「………？」

官兵衛はやすりの手を休め、聞き耳をたてた。雨が降ってきたようだ。かなり激しい雨音である。

「水がまた増えおるな」

再びやすりを使い始める。存分に力を入れた。雨音のせいで音を気にせずともよい。

九月二日、荒木村重は数人の供の者を連れて有岡城を抜け出た。

留守を預けた家老の荒木久左衛門に、

「ここにいては織田に攻められるのを待つだけで、らちがあかぬ」

と彼は言い、いったん支城の尼ヶ崎城に入ったあと、毛利に連絡をとって援軍を借り、引き返してくることを約束した。

村重という男は、三木城攻めの戦線から突如離脱したことでわかるように、後先のことを考えずに衝動的に行動するほうである。

このときも、それであり、頭にあるのは、毛利の援軍を得ることだけだった。

尼ヶ崎城には予定どおり入る。

ところが、援軍を得ることには成功しない。毛利は摂津に兵を送れるような状況ではなかった。織田に色目を使っていたあの宇喜多直家が、正面きって毛利から離れる姿勢を見せるにいたったからだ。

もっとも、安土城の信長はあまりにも節操のない直家のやり方を嫌い、手柄顔で宇喜多の加担を報告にきた秀吉をいったん、播磨に追い返している。

官兵衛は、直家の寝返りや、村重の援軍要請の失敗までは知り得なかったものの、見回り兵の会話から、城主が有岡城を出て尼ヶ崎城に入ったことについては、おおよその見当をつけていた。

これは、半ば吉報であり、半ば凶報であった。

抜け出ることに成功はしても、大軍に囲まれた城に再び入り込むのは難しいだろう。村重はおそらく有岡城に戻って来れないに違いない。とすれば、彼は事実上、城を捨てたことになる。城主が逃げ出した城を、誰が本気で守ろうか。戦意をなくした城兵のなかには逃げ出す者も出てくることだろう。

この意味では吉報だった。

ところが、落城の日が近づくかとなると、問題があった。

村重の有岡城離脱はおそらく、すでに信長の知るところであり、当然、城攻めの戦法に影響をおよぼすことになる。

彼は、これを幸いとばかりに一気に潰そうとするだろうか。いや、それは考えられない。黙っていても、戦意をなくした城内から、織田に通じて自己保身をはかろうとする連中が出てくるはずだ。それを待ってから攻めれば、手間をかけずに城は落とせる。

つまり、落城の日は遠のくわけだ。

〈織田様は多分、無理をなさるまい。ここは気長に待つしかないな〉

と官兵衛は読んだ。

果たせるかな、信長は攻め急がない。

九月も終わり、十月に入っても、本格的な攻城戦は始まらなかった。

総攻撃に移るのは十一月十九日になってからである。

やはり、城内の謀叛組と呼応しての攻撃であった。織田に寝返ったのはいずれも足軽大将の、星野某、山脇某、隠岐某、宮脇某なる四人だった。

少なくて十人、多ければ百人程度の部下を指揮する足軽大将は実戦の練達者であり、戦闘時に最も頼りになる連中である。これが四人も寝返り、弓蔵、塩蔵、矢倉、武者溜《むしゃだまり》の櫓、厩などに火をつけて回ったのだから、有岡城は当然、大混乱をきたした。

しかも、四人の寝返りを知って、あの者どもがそうなら、われらも生き残る道を探したとて非難されることはあるまいと、新手《あらて》の裏切り者まで出てくる。

こうなると、攻城軍の総大将・滝川一益に采配らしいものは要《い》らない。城の周囲の砦、兵の潜む建物を焼き払い、城門に向かって進む味方の軍勢をただ眺めていればよかった。

この日の明け方に始まった攻防は、城将・荒木久左衛門が追手門を開いたところで決着がつく。正午まで半刻ほどを残す時刻の落城であった。

土牢のなかの官兵衛は、狼狽して走り回る城兵たちの叫び声と矢玉の音から、総攻撃が始まったのを知る。

〈このいまいましい穴から、やっと出られるか〉

と喜んだのも束の間であった。

堀の水位が急速に上がり始めたのである。

裏切った足軽大将の一人、山脇某が、城内を水びたしにするため、堀への導水路を壊したためであった。

織田のための増水だったわけだが、土牢のなかの官兵衛にとっては命取りになる水だった。

ところが、せり上がってくる水面を切窓から眺めた官兵衛は、案外、落ち着いていた。

足の鎖は、牢番や見回り兵の目を計算に入れ、まだ付けたままになっているが、やすりによる切り取り作業は済んでいる。また、牢の出入口を塞ぐ蓋の穴も、水がしみ出るところまで穿ってあり、あとは要《かなめ》になる石を一つ二つ取り除けば堀の水がなだれ込んできて、通り抜け可能な穴を作ってくれるはずであった。

「さて、ひと働きするか」

と掛け声をかけた官兵衛は、まず足の鎖の取り外しにかかる。

さほど太い鎖ではない。一方が牢の柱（杭）に結びつけられているのを利用して引っ張れば、切断済みの部分が延びて、鎖は千切れる。――という腹づもりだった。

綱引きの要領で、体重をかけて引く。

「こやつ、しぶといな」

鎖の切断面はいっこうに開く気配がない。考えていた以上にからだが弱っている。まるで力が出ていないのだ。

官兵衛は鎖から手を離し、それを引きずって切窓まで歩いた。水面は凄まじい勢いで上がっている。あと一尺ほどで切窓に達する。

初めて顔色を変えた。

柱の傍まで戻って、また鎖を引っ張るが、やはり、千切れない。また引っ張る。三度、四度、五度……。

やがて、破れそうになってきた胸を押さえて地面に座り込んだ。おのれの激しい息づかいが土牢のなかに響き渡る。

背後でいやな音がした。

振り返った官兵衛の目は、切窓の下方から流れ落ちる水をとらえる。

遠慮ぎみに壁を伝う水は、すぐに白い飛沫《しぶき》をあげ始めた。

「ここまで生かしておいて、まさか、落城の日に殺すような、いたずらはなさるまいな」

声を掛けた相手は胸に下げた十字架だった。デウスとやらを信じるようになっていたわけではない。単に、独り言の相手にする癖がついただけである。

官兵衛は再び鎖を引っ張った。水が牢内を埋めつくす前に、なんとしても引き千切らねばならない。

しかし、延びるはずの鎖の切り目は元のままであった。幾度力んでみても元のままであった。

「黙って見ておらず、少しは力を貸してくれてもよかろうが……」

息を切らせながら官兵衛は怒鳴った。相手は首の十字架だった。

応じる様子を見せぬ異国の神を罵《のの》りながら、いまや水をかぶり始めている鎖を、さらに引っ張り続ける。

「くたばりおったか」

鎖の切れ目が延びた瞬間、官兵衛は大声をあげた。

立ち上がり、自由になった足を、もう膝まできている水の中で動かしてみた。短い鎖がまだ足首に巻きついているが、牢を出ることはできる。予定どおり、外に通じる穴を開けるのに成功すればの話だが――。

出口の蓋に向かう。石を積み重ね、泥で塗り固めた扉である。掘りかけの穴から石を抜き取れば、あとは水の力で自然に穴が広がり、脱出口ができるはずであった。

手間取りはしたものの、大人の頭ほどの石を二つ抜き取ることができた。

「どうだ」

抜き取った跡を見つめる。すぐに水が噴き出してくるはずなのに変化はない。

例の竹筒で作った道具を使い、急いで掘ってみる。切窓の厚さから推《お》し量《はか》ると、あと五、六寸で向こう側に突き抜けねばならない。

力を入れた割り竹の先が跳ね返された。せく気持ちを押さえ、周りを掘り返した。しかし、固い。やはり、石である。どうやら、平たい大きな岩が、蓋の向こう側に使われているようだ。運の悪い箇所に穴を穿とうとしていたことになる。

「何事も、頭で考えたとおりにはいかぬものだな」

悠長なことを呟きはしたが、官兵衛は困惑していた。

新しい箇所を選んで穴を開ける時間は残されていない。水はすでに腰を濡らし始めている。土牢全体が水中に没するまでに、いくらもかからないだろう。

落ち着かねばと、おのれに言い聞かせ、腕組みをする。

目の前の水面で得体《えたい》の知れぬ虫がもがいている。同じ土牢の住人に違いない。背後の水音に振り返ると、今度は頼りなげに泳ぐ鼠の姿があった。途方に暮れているのは官兵衛だけではないのだ。

組んだ腕に触れた十字架をつまみあげ、てのひらに載せて眺めた。

「よい智恵があったら、貸してくれぬか」

まさに苦しいときの神だのみだった。間を置いて言い直した。

「よい智恵がござったら、貸してくださらぬか」

頼んではみたものの、不埒《ふらち》なにわか信者の声が異国の神に届くとは思っていない。改めて牢のなかを見回し、おのれの脳漿《のうしょう》から智恵を絞り出そうとした。

水は胸の上まできていた。工夫がつかねば間違いなく死ぬことになる。

見回しみても何もない土牢のなかである。視線は自《おの》ずと水が流れ込む切窓のほうに向かう。

銃声、矢音、悲鳴、怒鳴り声、何かが燃える音……、牢の外では様ざまな音が飛び交い、血が流されているに違いないが、戦っている者たちは、水中に没しようとしている土牢のことも、そのなかにいる男のことも、すっかり忘れていることだろう。

官兵衛は辞世の歌をまとめようとしている自分に気付き、苦笑した。それらしいものをつくったところで、紙も筆もない。

「間抜けな話よ」

呟いた彼の視線は、いぜん切窓のほうに注がれたままである。そこしか目のやりようがなかったのだ。

「大きくなったのであろうか」

また独り言を口にした。切窓が大きくなっているように見えたのである。

「なるほど、そうであったか」

今度は叫んだ。

切窓は、石と土で造られた蓋の一部に穴を開けただけのものだ。水が激しく流れ込めば当然、削り取られ、その口が広がる。大きくなっているように見えたのではなく、実際に大きくなっているのだ。

従来の大きさのときでさえ、小蝶がくぐり抜けてみせた。口が広がったいまは、男の自分でもくぐり抜けることができるかも知れない。

官兵衛は切窓に向かって泳ぎ、流れ込む水に逆らって穴にもぐり込もうとした。足首に残った鎖が重いうえ、極度に体力が衰えている。穴に手をかけるところまでいかないうちに、水に押し戻されてしまう。

穴の縁をつかんだのは三度目を試みたときだった。伸ばした両腕を押し込み、頭と肩を押し込む。

〈これで抜けられる〉

と安堵したが、前へ進まない。足首の鎖が何かに引っ掛かっている。

逆戻りして、様子を見ようと思ったが、狭い穴に詰めものでもしたような形のからだは思うように動かない。

〈ぶざまな土左衛門ができあがるぞ〉

と、おのれのへまを嗤《わら》ったのも一瞬のことで、息のできぬ苦しさから意識が薄れ始める。

水の中で揺れる紐と十字架を見たことや、足が急に軽くなったことまでは覚えている
が、そのあと、どうなったかは記憶にない。

気がついた場所は土の上だった。

郎党の声が聞こえた。玄丈、甲子丸、善助、六之助……、みんないた。

彼らは何かについて話し合っていた。

「野ざらしのむくろのような傷《いた》みようじゃ」

「人目にさらしては、お気の毒というものよ」

「ともかく早《は》ようお手当てせねば……」

「われらの手で、なんとしても元のおからだに戻して差し上げましょうぞ」

「どこへお連れする？　一番よい場所はどこだと思う」

〈やかましい奴らだ、もう少し静かに話せぬのか〉

叱ろうとするが、声が出ない。

郎党たちの声が次第に遠のいてゆく。耳をそばだてているつもりだが、話し声はもうほ
とんど聞こえない。

有馬の湯

囲炉裏《いろり》の灰に突き立てられた竹串から、香ばしい匂いが漂い始めた。焼かれているのはヤマベ、猪肉、松茸……、妙な形をした山芋もある。

「まずはこれからご賞味くだされ」

玄丈が肉汁を滴らせる串を差し出した。

「後回しにしよう」

官兵衛は顔をそむけて言った。玄丈の手にあるのは蝮《まむし》の肉だった。

「なにを申される。精がつくということで、苦労して手に入れたものでござる。ほかのものは食べずとも、これだけは食べていただかねばなりませぬぞ」

「食わぬとは言うておらぬ」

「昨夜も同じことを申されたが、結局、口にしようとされなんだではござらぬか」

「わめくな。そのように血相を変えずとも食ろうてやるわ」

官兵衛は渋々、竹串を受け取り、一見鰻《うなぎ》を思わせる蛇肉を口に入れる。

主従は池ノ坊 某《なにがし》の元湯治小屋だったという有馬の湯宿にいた。

膿《う》んだ蚊の刺し傷だらけの、ぼろきれのようなからだを治す場所として、有馬の湯を勧めたのは信長であった。一時は官兵衛を謀叛者と見なし、人質の松壽《しょうじゅ》を殺そうとした当人としては、多少のやさしさを示さねばならぬと思ったのかも知れない。

古来から知られてきた湯の効き目はたしかにあった。湯宿に着いた当時は、人目を避けねばならぬほど全身を汚していた蚊の刺し傷跡も、半月近く経《た》ったいまでは半ば以上治り、骨が浮き出ていた胸や手足にも肉がついてきた。

むろん、湯の効き目以外に、郎党たちと藤八の尽力もあった。食べ物と薬のいずれにおいても、彼らは、からだによさそうなものは何でも集めてきた。熊や鹿の肝、蛇肉、地蜂の蛆《うじ》、葡萄《ぶどう》から造った南蛮の酒……。ありとあらゆるものが持ち込まれ、官兵衛の喉を通ることになった。

〈嬉しきことよ〉

官兵衛は、彼らの心配りに感謝はしているものの、一方では、くる日もくる日も奇妙なものを喉に押し込まねばならぬ繰り返しに閉口もしていた。とりわけ蛇肉だけは、目にするだけで背筋に悪寒《おかん》が走り、辛抱できぬ。

「なぜ、かようにうまいものを嫌われるのか、おれにはわからぬ」

甲子丸が膝の前の竹串に手を伸ばす。肉汁の滴る蝮肉に歯をあてがい、串から巧みに抜き取ると、下品な音をたてて嚙み始める。

「頰が落ちるというのはこのことよ。かほどの珍味は、天下広しといえど、ほかにござりますまい。どうだ、おぬしも一つ食うてみるか」

甲子丸は食べ残しを善助のほうに突き出しながら目くばせをした。

「おう、いただきまするぞ。舌に自信はござらぬが、蛇肉を、それも蝮の肉を遠慮するほど愚かではござらぬ」

善助も大仰なことばを並べ、いかにもうまそうにほおばる。

〈へたな芝居をしおって……〉

官兵衛は苦笑した。二人とも、あるじに蛇肉を食わせようとして必死なのだ。善助が額に汗をかいているのは囲炉裏の火のせいではない。彼があるじ以上の蛇嫌いで、遠くにその姿を見るだけで悲鳴をあげるのは知っている。額が濡れているのは脂汗なのだ。

官兵衛は目をつぶって蛇肉を口に入れた。涙ぐましい郎党の気の使いようを目にして、食べぬわけにはいかぬ。

「よい匂いがいたしまするな」

藤八の声である。

入口の障子が開き、膝を折った十徳《じっとく》姿が部屋を覗き込む。

彼は四、五日おきに京からやってくる。金泉《きんせん》と呼ばれる赤茶けた湯が膝の疼痛《とうつう》を治してくれるという口実だったが、本当のところは、官兵衛の様子を見るのが目的のようであった。

藤八の手土産は決まっている。蜂蜜と地蜂の蛆《うじ》、そして南蛮の塗り薬だ。いや、もう一つある。官兵衛のその後の様子を知りたがっている者を伴ってくることだ。

小蝶は最初に連れてきた。二度目以降は、信長、秀吉ほかの武将の見舞いの品を持った者たちだった。

官兵衛は彼の顔を見ることを歓迎してはいたが、閉口しているところもあった。デウスの功徳を説かれることである。

藤八に言わせると、土牢から抜け出ることができたのは、デウスのご加護があったればこそなのだそうだ。

足の鎖を引き千切ることができたのも、切窓の口が水流で大きくなったのも、どこかに引っ掛かった鎖が外れたのも、どれもこれもみな異国の神が起こした奇跡なのだ——と。

だからキリシタンになりなされとまでは言わなかったが、それらしいことばを匂わせる。反論するのも面倒なので、官兵衛は黙って聞くことにしていたが、内心では大いに迷惑に思っていたのである。

「今日は珍しいお方をお連れいたしましたぞ」

膝で這って部屋に入った藤八は、背後を振り返って手招きした。

「わしと同じ京住まいのお方でござります。名は……申し上げずとも、おわかりでござりましょう」

官兵衛は、障子の陰から姿を見せた女に目をやった。

朽葉《くちば》色の小袖に亀甲《きっこう》模様の帯、右手に市女笠《いちめがさ》。低頭したあと、こちらに向けた顔は、緊張のせいか唇をへの字にしている。

〈茅《ちがや》か……〉

「わしが蜂の蜜を商う先は禁裏、お公家衆の屋敷、町家……と、さまざまでござりまするが、祇園の社も大事なお得意先の一つで、茅様にも昵懇《じっこん》にしていただいております。しかし、黒田様と幼なじみじゃったとは、夢にも思うておりませなんだ。世間はほんに狭いものでござります」

「藤八殿が世間話のついでに漏らしてくださらねば、黒田様のこの度のご難儀、まるで知らずにおりました」

茅が口をひらいた。

「ひとこと教えてくださったなら、この有馬の湯はむろんのこと、有岡の城にも、すぐに駆けつけましたに、水臭いことでござります」

顔が強張《こわば》っているのは緊張のせいではなく、腹を立てているためらしい。いきなり非難めいたことばを並べ始めた彼女を、藤八も玄丈たちもあっけにとられた様子で眺めている。

「ひとこと教えるもなにも、おれは土牢のなかにいたのだぞ」

官兵衛もあきれ顔になった。

「いいえ。藤八殿の話では、ご家来衆の誰ぞがその牢と行き来していたそうな。言づけをすれば済むことではござりませぬか」

「言づけ、だと……」

「有岡の城から京までは一走り。難しいことでござりましょうか。そなた様がこうしてご無事だったからよかったものの、万一、亡くなられていたなら、ご家来衆も恨むところでござりました。幾度でも申し上げまするが、そなた様はほんに水臭いお方じゃ」

こちらを睨む茅の目から派手に涙が滴り落ちる。腹を立て、泣いているというに、彼女はかえって美しく見える。

「理不尽なことを言うやつだな。おれはもう少しで死ぬところだったのだぞ」

「承知いたしております。デウス様とやらに助けていただいたということも……」

「藤八に聞いたのか」

〈またデウスだ――〉

官兵衛は渋い顔になった。

「小蝶とやらいう若いおなご衆に、足の傷を手当してもらったことも聞いております。

そのせいで足が不自由になられたそうでござりまするな」

「不自由になったのは確かだが、小蝶のせいではないわ」

「いいえ。わたしなら、そのような粗相はいたしませぬ」

首を横に振った女の頰から雫《しずく》がこぼれ落ちる。

藤八がそっと腰を浮かせた。目くばせをして玄丈たちを促している。官兵衛と茅がただの仲でないのに気付き、二人だけにするつもりなのだろう。

善助が首を横に振っている。おそらく、小蝶を悪く言う女に反感を抱いたのだ。それに、彼は次月のことも考えているに違いない。

有岡城から直接、有馬の湯に運ばれてきた官兵衛は、まだ妻に会っていない。ものごとを固く考える性《たち》の善助である。妻にまだ顔を見せていない男がほかの女と会うことなど許せぬ、くらいのことは考えているはずだ。

善助が動こうとしないので、藤八たちも諦めて腰を据え直した。

「せっかく有馬に来られましたのじゃ。湯壺まで御案内いたしますゆえ、まずは旅の汚れを流してこられてはいかがかな」

茅の機嫌を気づかったか、藤八が声を掛ける。玄丈も、囲炉裏の竹串を指差し、湯のあとの食事の用意はこのとおり、もうできておりますぞ——と機嫌をとる。

涙で汚れた顔を洗いたかったのだろう。茅は素直に藤八に従って部屋を出て行った。

渡り板を踏み進む足音は、われながら耳障りだった。前方から来る新しい湯治客らしい町人の目がさりげなく、官兵衛の足元に注がれる。

もう人の視線は苦にならなくなっ来たばかりの頃は、郎党の肩を借りねば湯壺までた。そのあとは杖である。いまは何に頼ることもなく歩けるようになった。少しくらいぶざまに足を引きずり、肩がかしいでも、誰かが妙な目で見ても、どうということはない。

肌だってそうだ。顔にも首筋にも腕にも、蚊の刺し傷のこじれが作った醜い跡が残っているが、来たばかりの頃は全身かさぶただらけで、人がいないのを見計らって湯に入らねばならなかった。

「味のある顔だ、とほざきおったな」

官兵衛は、すれ違った町人の足音を聞きながら呟いた。

彼の顔を眺めて言った茅のことばである。有馬にやってきて三日になる彼女は明朝、藤八とともに京へ帰ることになっていたが、女ならではの料理の腕をふるって、官兵衛だけではなく郎党たちも喜ばせている。その茅が今朝、官兵衛の顔をまじまじと見て言ったものだ。

「以前は、子供の頃とあまり変わりのない、間延びした顔をしておいでじゃったが、苦労なさったお蔭で、男らしい、味のあるお顔になられましたな」

と――。

「どやつもこやつも、勝手なことをぬかしおるわ」

小蝶は、武将らしい深みのある顔になられましたと言った。玄丈は、いくさ場で脅しのきく顔だと評した。いずれも、官兵衛を慰めようとして言っているものだとわかるだけに、当人としては黙って聞くしかない。

「この不自由な足も味があると申しはすまいな」

渡り板が終わったところに階段があった。脂燭で照らし、その一段目に足をかけた官兵衛は呟く。

大して苦労することなくのぼり終えた彼は、すっかり頼もしくなってきたおのれの足に褒めことばをくれてやる代わりに、肩の濡れ手拭いを鞭がわりにして、脛《すね》のあたりをぴしりと叩いた。

両側に湯治客の入る部屋が連なる廊下を進む。六つ半（午後七時）を過ぎたばかりだというに人声のする部屋は少ない。湯治客は早寝早起きが多い。おそらく郎党たちもすでに寝入っているはずだ。

本来なら、官兵衛もならわねばならなかった。寝入りばなに奇妙な足音を聞かされるのはかなわぬゆえ、もう少し早く湯を済ますことはできぬのか――と、陰で苦情を言っている者がいるのも承知している。しかし、かさぶたは取れたものの、まだ人目を遠慮せねばならぬからだである。勘弁してもらうほかない。

それでも、精いっぱい足音を忍ばせるよう努めてはいた。いまも足の運びを控えめにして、ゆるゆると歩いている。

上り勾配の廊下が終わり、右手に曲がろうとしたときである。不意に左側の部屋の板戸が開いた。

茅の白い顔がのぞく。素早くあたりを見回した彼女は官兵衛の腕をつかみ、暗い部屋のなかへいざなう。

後ろ手で板戸を閉じ、脂燭を受け取った彼女はそれをすぐに吹き消し、顔をこちらの胸に押しつけてきた。

「おぬしの部屋がここだったとは、知らなんだな」

官兵衛は相手の肩をつかんで言った。

「湯に行かれる度に前を通っておいでじゃったというに、知らなんだでござりまするか。その気があれば、いくらでも調べはついたでござりましょうに……」

抗議のつもりなのだろう。額を胸に打ちつけてきた。

「明朝、京へ発《た》ちまする」

「承知しておる」

茅も湯を使って間がないのだろう。髪が濡れている。

「しばらくお会いできませぬ」

「であろうな」

押しつけられた女のからだから体温が伝わってくる。

「ずっとお会いできぬやも知れませぬ」

「そうはなるまい。ときどきは、おれも京へ行かねばならぬ」

「いいえ。わたしが覚悟を決めねばならぬゆえ、お会いできぬのです」

茅の手は官兵衛の首筋を撫でていた。

「覚悟？　なんの覚悟だ」

「そなた様に会うまいとする覚悟でございます」

「ほう」

「わたしは子供のできぬたちかと諦めておりましたが、二年前、娘を授かりました。母親になった者が身を慎まぬわけにいかぬと思われませぬか」

「たしかに慎まねばなるまいな」

官兵衛は闇の中で苦笑した。子供がいてもいなくても、人妻は貞淑であらねばならぬはず。茅は世間で通らぬ理屈を言っている。

「やはり、そう思われまするか」

「ああ、有馬へ来るのも慎むべきであっただろうし、いま、こうしておれに抱かれるのも慎むべきであろうな」

「いいえ、それは違いまする」

首を振ったのだろう。胸に押しつけられた顔が左右に揺れた。

「そなた様の安否を確かめずしてお別れすることができましょうか。亭主殿も、姫路でお世話になった大事な方のお見舞いがしたいと申しましたら、快く承知してくれました」

「こうすることまでは承知していまい」

官兵衛は茅の背中に回っている手に力を入れた。

「いいえ。幼い頃から慕ってきたおひと、亭主殿より先に好きになったおひととお別れしようとしているのでございます。承知はしてくれずとも、許してくれまする」

男も女もみな世間の常識を後生大事にしている。茅は違う。彼女だけの理屈があり、それが正しいものと信じきっているようだ。

その理屈に従ったのだろう。やがて、彼女は唇を押しつけてきた。

官兵衛は長い間、女に触れていない。当然、茅のからだを求めようとした。

「なりませぬ」

彼女は裾にもぐろうとする手を振り払った。

「どういうことだ」

相手も求めているに違いない行為に移ろうとしただけである。官兵衛は戸惑った。

「わたしは母親になった身、もう帰っていただきまする」

「なにっ」

闇の中で、ひどく間の抜けた顔をすることになった。

「つまり、おれはこのまま、何もせずに帰るのか」

「はい」

ことばとは裏腹に、彼女はこちらの胸に預けたからだを離そうとしない。

「帰れというなら帰らぬでもないが、腹の空《す》いておる者にうまいものを並べて見せておいて、食わずに帰れというようなものだぞ。辛抱するのにちと苦労が要《い》るな」

「辛抱せねばならぬのは、この茅とて同じでござりまする」

甘い声になった。

「おぬしも腹が空いておるというのか」

大真面目に訊いた。

「空いておりまする」

くすりと笑う。

「互いに腹が空いているというに目の前の珍味を食べるわけにいかぬのか。母親とは辛いものだな」

「ほんに辛いものでござります」

「こうしておると、我慢しきれなくなって食べてしまうやも知れぬ。言われたとおり、おれは帰る」

官兵衛は相手の両肩を押し、からだを離そうとした。

「邪険になさりまするな」

いったん離れた茅がぶつかってきた。わからぬことをする女である。

「我慢しきれなくなると申しておるに、聞こえなんだのか」

「我慢ができぬのなら、かまいませぬゆえ、食べてくだされ」

しがみつくようにして再び唇を押しつけてきた。

荒い息が聞こえた。腕の中で溶けそうになっている女の裾を探った手は、濡れた亀裂に触れる。肩をぴくりとさせた相手は一瞬、官兵衛を突き放そうとするように両手で胸を押した。やはり、彼女は恥ずかしくない母親でありたいと願っているのだ。

「腹は空いていても、食べるわけにはいかぬわ」

官兵衛は再び茅を突き放した。

後ずさりして、入口の板戸を開ける。

「かたじけない手ざわりでござった。もう会えぬとしても、心残りはござらぬ」

真面目な口をきいたのでは相手を傷つけることになる。ふざけてみせるしかない。暗闇のせいで茅の表情は見えなかったが、板戸を閉める瞬間、向こう側から、溜め息が漏れ聞こえてきた。

上流で誰かが手折《たお》ったものだろうか。樫《かし》の小枝が流れてきた。目の前の淀みでしばらく漂ったあと、白い飛沫《しぶき》をあげる岩に向かって滑り下りてゆく。

有馬の湯は十二月の半ばを迎えようとしていた。

岩に腰を下ろして谷川の流れを眺める官兵衛の横には、玄丈と甲子丸、そして藤八の姿があった。

治る見込みのない不自由な足以外、官兵衛のからだはほとんど元に戻っていた。こうなると、いつまでも悠長に湯につかっていることは許されない。すでに、いまだ三木城攻めに決着をつけられずにいる平井山の秀吉から、顔を見せにくるよう呼び出しが掛かっている。数日中に湯治場ぐらしは終わらせねばならないだろう。

「ところがな、信長様は、明智殿が母御を波多野の城に人質に差し出していることを知りながら、秀治ときゃつの弟二人を安土の町中で磔《はりつけ》にしてしまったのじゃ」

久しぶりに有馬にやってきた藤八を相手に、諸将の動きに明るい玄丈が先ほどから、明智光秀の丹波攻めの顚末を語っているところである。

「波多野の城の留守を預かった連中が怒らぬはずはなかろう。城を囲む軍勢に見せびらかすようにして、明智殿の母御を追手の楼門にあげ、串刺しにしてしもうたというわけじゃ」

「むごいことでござりますなあ」

目を閉じた藤八は胸の十字架をつかみ、祈りらしいことばを口にした。

彼は、最近、たまたま京の町で明智光秀を見掛けたのだそうだ。その顔は、丹波で勝ちいくさをおさめた武将にしてはあまりにも暗かったという。ここから、玄丈の話が始まったのだが、中身は、光秀の暗澹《あんたん》たる胸のうちを推し量るに充分すぎるものであった。

彼が八上城に母を人質に出してまで、波多野秀治と二人の弟を城から連れ出し、安土に伴ったのは、彼らの和睦の申し入れを信長が聞き入れると約束していたからであった。ところが、信長は約束を破って、波多野兄弟を殺してしまった。これによって、結果的に光秀の丹波攻めは成功するのだが、それは母の命と引き換えであった。

官兵衛は光秀に一度しか会っていない。織田の部将のなかでは珍しく品があり、頭も切れそうだった。ただ、どこか表情に翳《かげ》りがあり、運に恵まれぬ人なのではあるまいかと考えたおぼえがある。どうやら、今度のいくさの顚末は、この直感を裏付けているようだ。

「おれは……」

と言った玄丈があたりを見回し、声をひそめて続けた。

「信長というおひとは好きになれぬ。いや、嫌いだ。なぜか、わかるか」

藤八の顔を見る。

「いくさで人を殺しすぎるからではない。いまは殺すか殺されるかの世じゃ。大名衆が合戦に勝つには、より多く人を殺すしかない。だから、信長様が合戦で人の命を奪うのは目をつぶらぬわけにいかぬ。しかし、奉公する者やその身内の命まで、まるで塵芥《ちりあくた》のように扱うのは許せぬ」

「声が大きいぞ」

甲子丸が両手で制する真似をした。

「あのお方は、わが御大将を見殺しにしようとした。いや、見殺しどころか、謀叛と決めつけて松寿様を殺そうとさえなされた。そして、いまの明智殿の母御じゃ。許されることだと思うか。おれは思わぬぞ」

官兵衛は立ち上がって歩き出した。玄丈の言い分は正しい。同感である。傍にいては、同調して信長の陰口を叩くことになりかねない。それでは自分が惨めになってしまう。

彼を嫌うのなら仕えるのをやめればいい。命を惜しみ、領国を惜しむがゆえに仕えるのをやめられぬのなら、それはおのれが非力だということだ。つまり、嫌いだと言いながら仕えることは、おのれの非力を認めることなのだ。郎党にそんな惨めな自分を見せるわけにはいかない。

〈織田様はたしかに好きになれぬ。ならば羽柴様はどうだ〉

官兵衛は、近いうちに会わねばならぬ男の、しなびた顔を思い浮かべた。

〈いくらか、ましかも知れぬな〉

秀吉は少なくとも血の通った人間であるよう努めている。どちらかといえば、好きな部類にあげねばならぬのかも知れない。

「腹を立ててみたところで、何かできるわけでもありますまい。おまえ様が救われるわけでもありますまい」

背後で藤八の声が聞こえた。

「いまの世は、おのれが、非道な、むごい仕打ちにあっても、じっと堪えねばならぬ。他人がむごい仕打ちにあうのを見ても、助けてやることができず、ただ手を拱《こまね》いて眺めねばならぬ。腹が立ち、胸がふたがり、生きているのが厭《いや》にもなりましょう。さればこそ、わしらはデウス様におすがりするのでござります」

〈じいさん、また始めおったな〉

官兵衛は苦笑したが、足を止めて聞く気になっていた。

「おまえ様たちお侍衆は、いくさをするのが商売じゃ。わしら以上にむごい仕打ちを目にせねばならぬ。その手で人をあやめることもござりましょう。おそらく、お侍衆の誰もが救われぬ気持ちで生きておいでなのじゃろう。しかし、救われる道はござりますぞ。デウス様におのれの罪を赦《ゆる》していただくよう祈り、むごい目にあっている人が救われるよう祈るのでござる。いまの世は、こうしてデウス様にお仕えし、デウス様に祈るしか、救われる道はござらぬのじゃ」

〈かも知れぬ……。おれも祈らねばならぬ一人であろうな〉

官兵衛は再び歩き出した。

「説教はやめておけ。おれはデウスとやらと付き合うつもりはないぞ」

玄丈の哄笑が聞こえたが、藤八はなお説教を続けようとしているようだ。

飢餓の城

秀吉が入る平井山の本陣は、城館と呼ぶほうがふさわしいたたずまいになっていた。鉤《かぎ》の手をなす二棟の建物は檜皮葺《ひわだぶ》きのしっかりした屋根を載せ、冬の風を防ぐ建具も備えている。この建物と武者溜の広場を囲む四方の柵も、太く長い丸太を使った頑丈なもので、櫓も建てられていた。

本陣がこれだけの造りになっているのは、いくさが長引いているということで、自慢にならぬ——と秀吉は自嘲したが、たしかにそのとおりで、三木城攻城軍は前線に張りついたまま天正八年（一五八〇）の正月を迎えていた。

前年十二月に有馬からやってきて、そのまま秀吉の本陣に腰を据えた官兵衛も、いくさ場で新しい年を迎えている一人だった。

いまは、秀吉と彼の部将の輪に加わって、形ばかりの元旦の屠蘇《とそ》を舐めているところである。

「まずい酒だな」

酒杯を置いた秀吉が呟いた。

「まさか、このらちもない土地で、また正月を迎えるとは思わなんだわ」

床に置いた酒杯に、なんのつもりか指を入れ、かきまわす。

「さよう、かほどに別所がしぶといとは思いませなんだな」

異父弟の秀長が相槌を打つ。

「しぶといのか、諦めが悪いのか。いずれにしても、長治は始末におえぬ男よ」

秀吉にしては珍しく弱気の表情を見せ、溜め息をついた。

「もう一度、城を明け渡すよう説いてみる気はござりませぬか」

秀長は兄の杯に酒を満たしてやる。

「無駄であろうよ。これまでに幾度、使いの者を送ったと思う。おぬしも承知のとおり四度だぞ。いずれも、長治は追い返しおった。最後まで戦うとほざいてな。米蔵も味噌蔵も空になって食らうものがないというのにじゃ」

「物見によると、城兵どもは木の芽や松の皮から、馬、犬、猫、鳥、蛇、蛙までも食らい、近頃は唐紙の紙や壁土の藁までも口に入れておるとか」

「ああ、ひどい飢えようらしいな。さればじゃ、あと一月《ひと》、長くとも二月《ふた》待てば、城のなかは飢えて息絶えた者どもで満ちることになろうさ」

「それまで待つのでござるか」

秀長は眉をひそめた。

「仕方あるまい」

秀吉は懐紙を出して鼻をかむ。

「無駄を覚悟で、もう一度、誰ぞをやって、長治を説くことを考えてみませぬか。正月を迎えて、きゃつらはいっそう飢えの辛さに身悶えしておるはず。今度こそ、われらの申し出に耳を貸しまする」

秀吉は再び、尾籠《びろう》な音をたてて鼻をかみ、思案顔をした。

「うむ、もう一度、やってみるか」

首を回して、部将たちを見回す。使者にする男を探しているのだ。

「官兵衛」

高い声を出した。

「病みあがりには荷が重かろうが、ひと仕事してみるか」

「長治を説き伏せに行けと申されるのでござるか」

官兵衛は眠そうな声を出した。

「気乗りせぬ顔だな。また土牢に入れられはせぬかと懸念しておるのか」

屠蘇が回ってきた部将たちは一斉に笑った。

「さよう、一度あることは二度あるやも知れませぬ」

大真面目に答える。

「土牢ぐらしで男ぶりが上がったという評判じゃぞ。もう一度入るのも悪くはあるまい」

「これ以上、男ぶりが上がったのでは、おなごどもが煩《うる》そうて身がもちませぬ。なれども、おおせとあらば、土牢ぐらしも存外おもしろきもの、遠慮はいたしませぬ」

哄笑が渦巻くなかで、官兵衛の三木城行きは決まった。

気乗りせぬ顔を見せた割に、官兵衛は与えられた役目を喜んでいた。土牢ぐらしで飢えの辛さを思い知らされた身として、三木城内の惨めな飢えように胸を痛め、何とかしてやれぬものかと考えていたところであった。いくさを終わらせることより、まず苦しんでいる者たちを救えるやも知れぬ、という期待を抱いたのである。

正月の三日、玄丈、甲子丸など十人の供の者を連れて三木城に向かった。

官兵衛は素襖《すおう》に短い腰刀、皮足袋《かわたび》に草履、頭に侍烏帽子《さむらいえぼし》という、戦陣らしからぬ姿であり、供の郎党たちは弓や槍の代わりに、酒樽と餅の入った布袋を担いでいた。

官兵衛が酒と餅を持参したいと言うと、秀吉は、飢えさせておいてこそ相手は這いつくばろうというに、たわけたことを申すな、と許そうとしなかった。

それを無理に承知させたのだから、別所長治に城門を開かせることができなかった場合、腹を切らねばならぬと思っている。

遠目でも、十一人の主従が血を流すためにやってきた者たちでないことはわかる。城兵はすぐに門を開けた。

彼らは士気の衰えていないところを精いっぱい見せつけようとして、肩を怒らせ、胸を張って、官兵衛たちを睨みつけたが、どの顔も痩せこけ、唇がひび割れ、目ばかりがぎらぎらと光っていた。

羽柴軍は半年前から、三木城への兵糧搬入路を寸分の隙もなく遮断していた。物見の報告どおり、彼らは間違いなく飢えていると見た。

出迎えた長治の部将らしい男が、供の者の担った樽と布袋をじっと見たが、中身を訊ねようとはしなかった。飢えた者は食べ物に対する臭覚が異常に鋭くなる。彼にはおそらく中身の見当がついたのだろう。

通された城の殿舎には長治の姿があった。初対面ではない。官兵衛が播磨の諸将に織田への与力を説いて回ったとき会っている。彼もまた、城兵ほどではないにしても、ひどく痩せこけ、目ばかりがぎらついていた。

「無沙汰のご挨拶も、新年のご挨拶も空々しゅうなると思い、代わりにあれをお持ちいたしました」

長治と向き合って座った官兵衛は、穏やかな微笑を浮かべてこう切り出し、背後の郎党たちに合図をした。

樽と布袋が並べられる。

「何をご挨拶代わりの品にすべきか頭を悩ませましたが、よい智恵が浮かばず、正月ゆえ、酒と餅であろうか、と嗤われるのを承知で持って参りました。まことに冷や汗ものの品でござるが、お納めいただけましょうか」

「要らぬ」

二十三の若い別所の棟梁は硬い声を出した。

「酒と餅なら間におうておる」

情けは受けぬと言わんばかりの顔である。

「やはり、嗤われることになりましたな。われながら間の抜けた思案をしたものでござる。顔から火の出る思いとはこのことでござりましょう」

官兵衛は長治の背後に控える近習のほうに向き直って、ことばを継いだ。

「目の前にあっては恥ずかしゅうござるゆえ、お手数をおかけいたしまするが、捨てるなり何なり、どなたかに片付けさせていただけませぬか」

「いや、始末に困るゆえ、持参したものは持ち帰っていただこう」

若い棟梁は細い肩をそびやかせ、酒樽のほうに顎をしゃくった。

「長治殿」

官兵衛の顔から微笑が消え、声の調子が変わった。

「ついこの間のことでござるが、みどもは一年ほど飢えの苦しみを味わいました」

「有岡城で土牢ぐらしをしたそうじゃな」

長治の口元に薄笑いが浮かんだ。どのような経路で伝わったのか、彼はすべてを知っているようだ。

「いかにも土牢ぐらしをいたしました。知っておいでなら話が早いというもの。みどもがつまらぬものを持参したのは、飢えの苦しみがどれほどのものか承知しているゆえでござる。のう、長治殿……、飢えるということは、ほんに辛いものでござりまするなあ」

「…………」

長治の顔が不意にゆがんだ。なにかがこみあげてきたのだろう。虚空を睨み、歯を食い縛って堪えている。

やがて、首を折るようにして俯《うつむ》いた。肩が震えている。膝の上で固く握りしめられた拳が震えている。手の甲に雫《しずく》が一つ、二つと落ちた。

「土牢から出たそれがしがなにより驚いたのは、この城がまだ落ちておらぬことでござった。よう堪えられましたな。攻めるわれらが頭を下げるしかない見事な戦いぶりでござる。堪えて堪えて迎えられたこの新しい年ではござらぬか。差し出がましいこととは存ずるが、われらが持参したものも膳の端に加えていただき、正月を楽しんでくださらぬか」

「…………」

長治は俯いたまま何も言おうとしない。

しばらく相手を見つめていた官兵衛は帰り支度をしながら言った。

「では、これにて失礼つかまつる」

「…………」

長治が顔を上げた。赤くなった目に驚きの色が浮かぶ。

「まだ、ご使者としての口上をうけたまわっておらぬはずだが……」

丁重な口調に変わっていた。

「いかにもまだでござるが、聞いていただけまするのか」

「…………」

長治はいぶかしむような顔をした。聞くも聞かぬも、口上を述べなければ使者の務めは果たせぬはずである。

「お耳を貸していただけるのなら申し上げまする」

官兵衛は座り直した。

「聞かせていただきましょうぞ」

素直な声であった。

「このいくさ、もう終わりにいたしませぬか」

「…………」

予想どおりの口上だったのだろう。長治の表情は変わらなかった。

官兵衛は穏やかな口調で、飢えに苦しむ城兵や奉公人たちを救ってやる気はないか、と続けた。暗に、城主の助命は難しいが、そのほかの者の命をもらう気のないことを伝えたのである。

短い口上を述べた官兵衛は、余計なことはいっさい付け加えようとしなかった。どうことばを飾ってみても、相手に敗者としての死を求めていることに変わりはなかったからだ。

しばらく無言で考えこんでいた長治は、横手に並ぶ重臣たちのほうに視線を向けた。いずれも俯いている。それが彼らの意思表示だったのだろう。

「ご返事を申し上げる」

若い棟梁は低い声で言ったあと、目を閉じて続けた。

「十七日の申《さる》の刻(午前四時)、このいくさを終わらせましょうぞ」

「十七日の……申の刻……」

官兵衛は相手のことばを繰り返したあと、静かに頷いた。長治は今月十七日に自刃することを約束したのだ。なぜ十七日に決めたのかは訊く必要がなかった。松の内を避けたのかも知れない。せめて半月近くは生きながらえたいと思ったのかも知れない。

正月十七日早朝、三木城の城門が開く。羽柴の軍勢が見守るなか、武具を捨て、甲冑を捨てた別所の将卒が続々と出てきた。人足もいた。雑仕女《ぞうしめ》も混じっていた。幼い童の姿もあった。いずれも痩せこけた顔を俯かせ、背を丸めていた。

官兵衛は彼らのなかに小寺政職の姿を見つけた。贅沢な衣服を好み、高価な茶道具を集めたがった男は汚れ、破れた袴を引きずり、虚ろな目をして歩いていた。

元御着《ごちゃく》城主の姿に気付いた者はほかにいなかった。

織田を裏切った男が城兵にまぎれて逃げようとしているのを、官兵衛は秀吉に報せる義務があった。しかし、彼はなにもしなかった。

三千人余の痩せ細った老若男女が立ち去ったところで、官兵衛は秀吉に従って城内に入った。

半月前、使者として長治に会った殿舎に向かう。建物の中で何を目にしなければならないかは、先行して城に入った者の報告ですでにわかっていた。

自刃した長治の姿だけではない。彼の妻照子（二十二歳）、子供の竹姫（五歳）、虎姫（四歳）、千松丸（三歳）、竹松丸（二歳）、弟彦之進（二十一歳）、その妻（十七歳）、叔父吉親（三十八歳）、その妻（二十八歳）と子供二人……。ほかに家老三宅治忠など殉死者十数人の死体が横たわっているはずだ。

殿舎の前まで歩いた官兵衛は、足の痛みを訴え、中に入ろうとしなかった。

秀吉が最終的に敗者の死を求めた相手は長治、彦之進、吉親の三人のみであった。しかし、周囲の者が彼らだけを死なせるはずはなかった。結局、妻子、兄弟、家臣なども命を絶つことになった。

有岡城の結末はもっと悲惨であった。信長は前年十二月、荒木村重の一族三十余人を京の一条大路で処刑したばかりでなく、村重の部将とその妻子合わせて百二十余人も尼ヶ崎で処刑し、さらに兵卒、侍女五百余人を建物の中に閉じ込めて焼き殺している。

〈いくさの終わりは、いつもむごい……〉

殿舎の前にうずくまった官兵衛はやりきれぬ思いで唇を噛んだ。このとき、彼は初めて、本気でデウスという異国の神にすがることを考えていた。

備中高松城

頭上の木の葉が微かにざわめいている。風がないわけではない。が、この日溜まりは木漏れ日が苦になるほど暖かい。

黄色の蝶が大の字になっている官兵衛の足元を、さっきから何か探しものでもするように行き来していた。彼が動こうとしないのは、眠気に襲われているせいだけでなく、からだのどこかに蝶が止まるのを待っているからである。

いましがた、玄丈が行儀の悪い姿を見て、体面がどうのこうのと苦言を並べていったが、これほどの日溜まりをただ眺めている手はない。広峰山《ひろみね》で遊んだ頃から、こうした場所は大の字になってみることにしている。

緩んだ顔で四月下旬の日差しを楽しんでいる官兵衛は、おのれの城の庭にいたわけではない。備中高松城を囲む羽柴軍の一翼を担って、石井と呼ばれる山の中腹に陣を構えていた。つまり、彼がいま大の字になっている場所は黒田隊陣屋の片隅だった。

三木城を落とした天正八年（一五八〇）の九月、官兵衛は秀吉から播磨国揖東郡《いっとう》の福井、岩見、伊勢の三庄一万石と宍粟《しそう》郡の山崎城をもらい、翌九年には揖東郡越部庄などの加増を受け、二万石の大名となった。

菅野川という揖保《いぼ》川の支流がつくる小さな盆地と古びた山城《やまじろ》を手にしただけのことで、出世というほどのことはなかったが、失った竹中重治に代わる、いくさの工夫《くふう》役を求める秀吉に重用されてはいた。

重用されるがゆえに、のべつ合戦をしている秀吉に従って戦陣ぐらしをする羽目になった。

すなわち、天正八年は美作祝山《いわいやま》城の福田盛雅、昨九年は因幡鳥取城の吉川経家《きっかわつねいえ》と淡路由良《ゆら》城の安宅《あたぎ》清康を攻め落とした。いずれも毛利に与《くみ》する者たちであった。

秀吉（織田）の対毛利攻略は着実に成果をあげていたのである。

そして、この年、天正十年三月には備中に軍勢を進め、冠山《かんむりやま》、加茂、日畑、庭瀬といった高松城の支城をたて続けに攻め落とした。

これだけ合戦が続くと、戦陣だからといって将卒は常に身構えているわけにはいかなくなる。図太くもなり、横着にもなり、ときには酒を食らい、女も抱く。あるいは、いまの官兵衛のように、日溜まりで大の字にもなるというわけだ。

行儀の悪い姿で、うたた寝を始めた男の首には、藤八からもらった銀の十字架がかけられていた。もう義理でぶら下げている飾りではなかった。

官兵衛は、おれの柄ではないかも知れぬと思いながらも、デウスという異国の神にすがってみる気になっていた。

胸のうちで、ただそう思っているだけでなく、決めたことを藤八に告げてある。喜んだ老人は気の早いことに、南蛮寺に出向き、シメオンという奇妙な響きの異国の名をもらう約束までとりつけてきたという。彼の話では、暇をみて官兵衛が南蛮寺へ足を運びさえすれば、デウスに仕える身になれるのだそうだ。

軽いいびきをかき始めたところで、官兵衛は揺り起こされた。

「羽柴様がお呼びでござりまする」

目を開けると、善助が苦い顔で上から覗き込んでいた。あるじの野放図な姿に腹を立てている顔である。

「急ぎと思うか」

寝足りぬ官兵衛はあくびをしながら訊いた。

「わかりませぬ」

玄丈以上に、あるじに厳しい郎党の返事は、なんとも無愛想なものであった。

黒田隊がいる場所は秀吉の本陣と隣接していた。官兵衛をしばしば呼び寄せるための便宜を考えて秀吉本人が決めた場所である。

不自由な足を引きずって丸太づくりの本陣建屋に入ると、秀吉は子供と遊んでいた。正確に記すと、十一歳の宇喜多秀家を相手に床に腹這いになって腕相撲をしていた。したたか者の直家が前年、病没したため、宇喜多の当主は秀家であり、叔父忠家の後見のもとに一万の軍勢の大将として、高松城攻めに加わっている。

暇さえあれば、秀吉はこの幼い武将を本陣に呼び寄せて、気晴らしの相手にしていた。官兵衛の見ている前で、秀家の細い腕をねじ伏せた秀吉は、くやしがる少年の背中を叩き、建屋の外へ追いやった。

腹這いから起き上がった秀吉はそれまでの笑顔を消して言った。

「また、土牢に入ってもらうことになるやも知れぬぞ」

「どこの土牢でござりましょう」

秀吉の唐突な切り出しには慣れている。官兵衛は大して驚きもせず応じた。

「高松城に決まっておろうが……」

秀吉は近習から手拭いを受け取って、子供相手の腕相撲でかいた汗をぬぐい始める。

「土牢に入るのはいっこうにかまいませぬが、まだ、早すぎはしませぬか」

官兵衛は首をかしげた。

秀吉は、城将の清水宗治のもとへ使者として行くよう命じているのだが、主な支城こそ潰しはしたものの、高松城との間ではまだ小手調べ程度の合戦しかしていない。城門を開けるよう説いてみたところで、宗治が応じるはずはない。

「早すぎるものか。手足となる子城を潰され、われらに四方を囲まれた宗治に何ができると思う。備中、備後の二国をくれてやるゆえ織田の旗を担がぬかと言うてみよ。悪い顔はせぬはずじゃ」

官兵衛は反論こそしなかったものの、無理な注文だと思った。

いくさの相手について事前にできるかぎり調べるのが官兵衛のやり方である。当然、清水宗治がどんな男かもつかんでいた。

歳は四十六の分別盛り。この地の豪族中島某の被官の家に生まれ、毛利元就の三男小早川隆景に仕えて重用されるようになった。信頼されているがゆえに、毛利を裏切った宇喜多への備えである高松城を預けられている。剛直で生真面目。恩義のある者を裏切るような性格ではない。

つまり、餌を見せたところで、それに釣られて、毛利に逆心を抱くような男ではない。むしろ、へたな甘言を弄すれば、腹を立てて使者の命を奪いかねない相手と見なければならない。

しかし、無駄骨だとわかっていても、命じられた以上、官兵衛は使者を務めねばならぬ。

翌朝、玄丈と甲子丸の二人だけた従えて、高松城に向かった。

「この城は手を焼きまするぞ」

城へ通じる唯一の道を進む途中、玄丈が溜め息をついて言った。

官兵衛もまったく同じことを考えていた。

高松城は険阻《けんそ》な地形に建っていたわけではない。周りに深い堀があるわけでもない。一面の沼地の中にぽつんと建っていたのである。ところが、この沼地が問題だった。玄丈が木切れを使って試してみたのだが、まるで底がない。人が踏み込めば、呑み込まれてしまうか、少なくとも腰のあたりまでは沈み込んでしまうような深さだったのである。

本格的に城を攻めることになれば、当然、大軍勢を動かさねばならぬが、追手門にいたる道路は沼地を抜ける一町ほどの距離の細い道一本だけ。ここに大軍勢を並べてみたところで、いくさにならない。かと言って、兵がまわりの沼地に踏み込めば身動きできぬ状態になってしまう。

まことに攻めにくい、厄介な城だったのである。

〈これでは、宗治は城門を開くまい。攻めたければいくらでも攻めなされと嗤うに違いない〉

玄丈にならうように、官兵衛も溜め息をついたが、予感は的中した。

四角い顎と猛禽《もうきん》のような鋭い目をした城将は、使者の口上を述べる機会を与えようとせず、毛利の援軍がどれほどの数になるかを一方的に語り、早々に陣を退かぬと命とりになることを秀吉に伝えるよう、逆に説きにかかった。

秀吉は高松城を攻めるしかなくなった。

五月四日までの間に二度攻めてみた。ところが、官兵衛と玄丈が懸念したとおり、いくさにならない。

「智恵を出せ、工夫してみよ」

人一倍頭の回る男が打つ手に窮して、官兵衛に頼ろうとした。

「工夫は、ひとつござる。しかし、きっとお嗤いになりましょうな」

頼られた以上、何か智恵は絞り出さねばならぬ。

「いらざる前置きは聞かぬ。嗤うか嗤わぬか言うてみよ」

秀吉は苛立った。

「有岡城の落城の日の模様をご承知でござりましょうか」

「おぬしが土牢を抜け出た日のことか。三木城を攻めていたわしが知るはずはなかろう」

横を向いて突き放す。

「織田に寝返った足軽大将の一人が、内堀への水路を壊し、城の中を水びたしにしようとしたのでござる」

こちらは例の間延びした口調である。

「それで、おぬしが溺れそうになったことは承知しておる。村重の城のことなぞ、どうでもよいわ。つまらぬ前置きはやめて、わしが嗤うとやらいう工夫を話してみよ」

秀吉は汗をふき終えた手拭いを床に放り投げた。

「いま、それを申し上げているところでござります」

官兵衛は手拭いを拾いあげて丁寧にたたみ始める。

「水びたしになった城はひどいものでござった。それがしは半ば死にかけていたゆえ、わかりませなんだが、郎党どもの話によると、糞壺の汚物やらごみ捨て場の汚物やらがあたり一面に流れ出て、凄まじい臭いだったとか。それが焔硝蔵《えんしょう》、米蔵、塩蔵などへも流れ込んだのでござる。あとは申し上げずともおわかりいただけましょう」

「中に入っていたものは使いようがなくなったということじゃな」

相槌を打った秀吉は、はっとした顔になり、大声を出した。

「水攻めか――、おぬしは、高松城を水攻めにしようと言うのか」

「さよう、水攻めでござる」

ゆるりと頷いた。

「このことは、使者としてあの城に向かう途中考えつき、城の中へ入ったところで、できるかできぬか、もう一度考えてみました」

「で、やれると思うたのか」

膝が乗り出る。

「おそらく、あの城のつくりなら、水に漬かれば、有岡城よりずっとひどい有り様になりましょう」

「ならば、わしが嗤う道理はなかろう。水攻めをやってみればよいではないか」

「あの城を水びたしにするには、足守《あしもり》川をはじめとする川を堰《せ》き止めねばなりませぬ」

「あれを持ってこい」

秀吉は控えている近習に声を掛け、背後を指差した。あれとは、高松城攻めのために作られた地図だった。

「この川を堰き止めるのか」

秀吉は広げた地図を眺め、うなった。

高松城の北側と東側は山地になっており、東側の山地は東南部へ湾曲している。西側は西南に流れ下る足守川だ。そして、南側には城の三方に広がる沼地から流れ出る六本の小川が見られた。

のみこみの早い秀吉は目の前の地図を見ただけで、官兵衛の意図を察知した。

高松城の地形は逆台形を頭に描くとわかりやすい。上辺と右辺は山、左辺は足守川だ。そして底辺に六本の小川が流れ出ている。底辺上に堤を築き、左辺を堰き止めたらどうなるか。六本の小川の水も足守川の水も行き先を失って、高松城の周囲を埋めつくすことになる。

ただし、紙の上で考えるとこうなるが、途方もない工事を必要とする。

「嗤いはせぬが……、あきれぬわけにはいかぬな」

秀吉は溜め息をついた。

「たくさんの人足を雇わねばならぬゆえ、莫大な銭が要《い》りまする」

考え込む相手に官兵衛は言った。

「四、五万貫か」

「とてもとても」

首を横に振った。

「少なくとも、その十倍、いや十五倍は要りましょう」

「四万として六十万貫か」

秀吉はまた溜め息をついた。

「血を流さずに城ひとつ、いや備中、備前を手にするのでござります。高くつくとは思いませぬ」

「気楽なことをほざくな」

声を荒らげたが、秀吉は信長と違って血を流すいくさを好まない。そんな銭は出せぬとは言わない。六十万貫か、と呟きながら宙を睨んだ。

鼻の穴に小指を入れた。顎を撫で、こめかみを掻く。水攻めで得るものと、それに要する銭と労力が見合うかどうか、彼一流の計算をしているのだ。

「よかろう、やってみようではないか」

両膝を拳で叩いた。

「秀長を呼べ、小六も呼べ、みなを集めよ」

近習に向かって怒鳴る。

秀吉が只者でないのはこれだ。いったん決めたあとの行動が実に素早い。まるで嵐のように家臣たちに矢継ぎ早に指示を出し、おのれも先頭に立って走り回る。しかも、出す指示が的確であり、かつ、それが無駄にならぬ者を選び出す眼力も備えている。

官兵衛はこうした秀吉を見て、いつも思う。智恵を出すだけの者なら世間に存外いるものだ。しかし、ひねり出した智恵をこれほど素早く役立てようとして走り回る男は、ほかにおるまい、と。

「ところで、足守川はどうやって堰き止めるのじゃ」

近習への指示を終えた秀吉は官兵衛のほうに向き直った。こちらが最も頭を悩ませている点を突いてくるあたりはさすがである。

「思案しているところでござる」

「たわけ、肝心な工夫がついておらぬのか」

「急ぎ思案いたしまする」

官兵衛は首をすくめた。

「日数はどうなる。堤をつくり、足守川を堰き止めるのに幾日かかると思う」

このあたりも秀吉の見事なところだ。進めようとする仕事の骨組みになるところを手落ちなく確かめようとする。やはり尋常な男ではない。

「急いでも一月《ひとつき》というところでござりましょうか」

「半月にせぬか。毛利は手を拱《こまね》いておらぬぞ。半月だ。半月でやる工夫をしてみよ」

官兵衛は渋ったが、内心では大して困惑していなかった。こうしたとき、秀吉が無理を言い出すのは初めてではない。値切られるのを承知のうえで口にした一月なのである。


どれもこれも難しい顔をしていた。玄丈は眉間にしわを寄せ、さっきから目を閉じたまだ。甲子丸と善助は腹を立てたような顔で一点を睨んでいる。六之助と多兵衛はまるで痛みを堪えている顔だ。

今度のいくさが初陣の長政も、いっぱしに腕を組んで考え込んでいる。安土城に人質として預けられ、一時は信長に殺されかけた、あの松壽である。父親の目から見ても恥ずかしくない若者に育ちはしたが、まだ十四歳で、頼りにはならない。

〈こやつらに知恵を出せというのは無理難題というものであろうな〉

官兵衛は白湯《さゆ》の入った湯呑みに口を当てながら、郎党たちを見回した。

思案に思案を重ねているのだが、どうしても足守川を堰き止める工夫がつかない。思い余って、居合わせた者たちに、何かよい知恵はないかと声を掛けたところである。

「土嚢が流れてしまうというのなら、流れぬよう杭を打ったらいかがでござろう」

突然、善助が口をひらいた。

「足がつかぬ深みなのだぞ。その杭をどうやって打つのだ」

玄丈が官兵衛に代わって言うと、善助は黙りこんでしまった。

「大きな石なら流れはせぬ。岸から手当たり次第に石を放りこんで堰き止めるしかあるまい」

甲子丸がたいへんな知恵でも思いついたかのように大声をあげる。

「半月でどれほどの石を沈めることができるというのだ」

玄丈の一言に、これもあとが続かない。

〈こやつらを相手にしていては、百日たっても、らちがあかぬわ。独りになって、また思案するしかないな〉

官兵衛は陣屋を出るつもりで腰を浮かせた。

「舟を沈めるのはいかがでござりましょう」

自信なげな声を出したのは八代六之助である。

「もう一度言うてみよ」

官兵衛の目の色が変わった。

「舟を沈めるのでござります」

無口で、目立つことの嫌いな郎党は、咎められたと思ったのだろう。肩をすぼめ、小さな声で繰り返した。

「その舟に石を積もうというのだな」

官兵衛のからだが前へせり出る。

「はい、甲子丸殿は石を岸から運ぶと申されたが、それでは手間がかかるゆえ、舟で運び、その舟ごと沈めるのでございます」

「見事な智恵だ」

官兵衛は床板を叩いた。

「六之助、その工夫、もろうたぞ。いや、羽柴様に頼んでやるゆえ、おのれで采配を振って、舟を沈め、足守川を堰き止めてみよ」

一瞬、あっけにとられた八代六之助の顔がみるみる紅潮する。思いがけない大役を申しつけられて感激しているのだ。

官兵衛は立ち上がって、陣屋の外に出た。背後がざわめいているのは、仲間がそれぞれ、喜ぶ六之助に声を掛けているからだろう。

本陣に向かって歩きだした官兵衛の顔には笑みがあった。

いくさ場での働きは別として、智恵に関しては頼りにならぬと思っていた郎党たちのなかから、あるじを超える見事な工夫が出てきたのだ。足守川の工夫がついたこと自体も当然嬉しかったが、それ以上に、郎党の手柄が嬉しかった。

「考えてみれば六之助も善助も三十男だ。まだまだ青臭いと思うていたが、頼りになる歳になったということか」

独り言をいった官兵衛も、すでに三十七歳になっていた。

〈このおひとは、商人《あきんど》になっても出世したであろうな。いや、なにをやっても食いはぐれることはなかったに違いあるまい〉

官兵衛はしなびた横顔を眺めていた。

秀吉は銭の袋を渡しながら、一人ひとりの男に笑顔を向け、如才なく声を掛けている。

堤を築くのは本陣のある石井山から蛙《かえる》ケ鼻《はな》と呼ばれる小山までの約一里。その距離に底部十二間、上部六間、高さ四間の長大な堤を造ろうとしていた。一方、足守川に沈める舟は三十艘を要し、それぞれに石を満載しなければならなかった。

当然、いくらでも人手が要る。秀吉は三万人に達する羽柴軍と宇喜多軍の将卒も働かせるつもりでいたが、半月ですべてを片付けようとしているだけに、近隣に住む百姓、雑人《ぞうにん》をかり集めねばならない。

そこで、東の村おさ、西の里おさと、各地から主だった男たちを石井山の本陣に呼び寄せ、秀吉自らがいくさのあとの彼らの土地と暮らしを安堵し、一人ひとりに銭の袋を渡すことになった。

彼の口上は見事なものであった。働くのはわずか半月だけじゃ、日に一人百文の銭になるうえ、半月欠かさず働いた者には、さらに日に米一升与えることも約束する——と、相手の欲をかきたてた。しかも、銭を渡す段になったいまは、いかにも人の良さそうな笑顔を浮かべ、頼りにしておるぞ、精を出してくれよ、助けてくれるな、と、そつなく声を掛けている。

〈おれには真似ができぬ。たいしたものだ〉

感心して秀吉を眺める官兵衛は、築堤も足守川を堰き止めることも半ば終わったようなものだと思っていた。

五月八日、途方もない工事は始まった。

土や石を入れたもっこを担ぐ者、土嚢《どのう》を作る者、俵に砂利を詰める者……。老人もいた。まだ大人になりきっていない者、煤《すす》で顔を黒くして男を装う女も混じっていた。

将卒も袴を脱ぎ、裾をからげ、もっこを担ぎ、土嚢や砂利俵をつくった。

足守川では六之助が先頭に立って、舟に石を積み入れ、その舟を沈め、沈めた舟の上に丸太、灌木の束、岩などを積み上げる作業に精を出した。

「羽柴様はなんとも人使いの荒いお方でござるな」

玄丈が愚痴をこぼした。

「備中にきたのは人足をするためではないわ」

甲子丸も苦い顔をした。

おそらく、ほかの将卒たちも似たような不平を口にしていたに違いないが、誰も怠けはしなかった。

足の不自由な官兵衛さえもが俵に砂利を詰めるのを手伝ったくらいだから、弓や槍を持って高松城の城兵出撃に備える者や、毛利の援軍に備える者以外の将卒は、ほとんど全員、人足仕事に携わったことになる。

もっとも、この場合、もっこを担いだり、土嚢をつくることは人足仕事でなく、合戦そのものだったということになろう。

五月二十日、予定されていた工事が完了する。

秀吉が撒いた銭は六十三万五千四十貫、米は六万三千五百四石——。抜け目のない彼のことだから、近隣の土豪、町人などに矢銭を出させていたが、それでも、莫大な出費であった。

蛙ケ鼻の上から、できあがった提を眺めた秀吉は、

「これで、城が水に埋まらなんだら、わしは世間のいい嗤い者になるじゃろうな」

と言ったが、費やした銭だけでも、世間が目を剥くのは確かであった。

水がうまく溜まるかどうかは数日たってみないとわからない。大工事の成果を目にする

までには日数が要る。官兵衛はそれまで、毛利の援軍が現れぬのを祈った。

ところが、翌二十一日、吉川元春が、高松城の南西約一里に位置する、足守川西岸の岩崎山に入り、小早川隆景が城の南約二里の日差山に陣を敷いた。

両軍合わせて一万。これに清水宗治の率いる高松城内の将卒が約六千。さらに、城から六里と離れてはいたが、毛利輝元を総大将とする三万の毛利本軍が猿掛城に入り、睨みをきかせた。

　宇喜多軍一万を加えても秀吉側は三万。

〈厄介なことになってきたぞ〉

と、官兵衛は思った。

まず、恐れなければならなかったのは、苦労して築いた堤や足守川の堰を壊されることであった。水攻めができなくなれば、こちらはいっそう不利になる。

　秀吉も当然、同じことを考えた。

　堤と堰の周辺に多くの兵を配置し、防御態勢を固める。

　元春と隆景は、恐れたとおり、堤と堰を襲ってきた。ところが、しつこくない。まるで、ちょっかいをかけるような攻撃だけで、羽柴軍が反撃すると簡単に退いてしまう。

〈毛利のやることはようわからぬ〉

　官兵衛は首をひねった。

毛利が全軍をあげて襲っていれば、上月城はもっと早く彼らの手に渡っていたであろうし、三木城も落とすことができなかったかも知れない。ところが、いつも半ば腰を退いたいくさをする。だから結局、織田側に決定的な打撃を与えることができない。彼らはまたも同じ過ちを繰り返そうとしているように見えた。

堤と堰を確保したまま二十三日を迎える。夜明け前から雨になり、翌日も降り続いた。晴れぬまま二十五日になる。

早朝、蛙ケ鼻に立った秀吉と官兵衛の眼前には、水の中に浮かぶ高松城が見えた。

「見事な景色じゃな」

額に手をかざして眺める秀吉は感じ入ったような声を出した。水の中にそびえる城の姿は、たしかに見事ということばの当てはまる美しさを見せていた。

「六十万貫の景色でござる」

官兵衛は軽口を叩いた。

「この景色、元春と隆景も存分に楽しんでいることであろうよ」

秀吉は上機嫌だった。

水に漬かった城内の様子を探りに物見が向かう。夕刻、ずぶ濡れで戻ってきた彼らの一人が、有岡城に似た状況に追い込まれた混乱ぶりを語った。蛇、鼠、百足《むかで》の類が乾いた場所を求めて天守などに這い上がるため、城内のあちこちから悲鳴が洩れ聞こえたという話も含めて……。

清水宗治と六千の軍勢は水の中に閉じ込めた。あとは元春と隆景がどう出るかである。本気で秀吉を叩くつもりなら、猿掛城の毛利本軍三万を呼び寄せるはずだ。そうなるのはある程度、覚悟しなければならないだろうが、こちらも手は打ってあった。毛利と四つ相撲になりそうだということは安土に報せてあったのだ。おそらく、信長が丹波攻めのあと一息ついている明智光秀あたりに、すでに出動を命じているはずだし、信忠の派遣も決めているに違いなかった。

したがって、秀吉は、慌てていない。六十万貫の景色を眺めながら、毛利の出方をじっくり待っていればよかった。

いくさ場の一時しのぎの建物だから、あちこちで雨漏りの音がする。音がするだけではなく、へたな場所に座ると、まともに雨の雫を受けることになる。郎党たちがそれぞれ勝手な場所に座っているのも、濡れぬためで、甲子丸なぞは主従の立場を忘れて、官兵衛のすぐ横の壁に寄り掛かっている。

居並ぶ顔はいずれも赤かった。玄丈が近在の百姓に三百文も払って買い入れてきたという、ひどい味のする怪しげな濁り酒のせいである。

いかに合戦慣れし、横着になっているとはいえ、陣屋で主従が顔を合わせて酒を飲むことはなかった。それがこんな具合になってしまったのは、あまりにも退屈すぎたからだ。清水宗治は水漬けの城から出ることができない。吉川元春と小早川隆景はいぜん、ちょっかい程度の小戦闘を仕掛けてくるだけ。猿掛城の毛利本軍が動く気配もなかった。六月二日を迎えていたというに、戦局はまるで動いていなかったのだ。見えぬところで、宗治に対する開城工作はおこなわれていたが、これもまた、はかどってはいなかった。

そこへ——、思いがけない濁り酒が持ち込まれたのである。誰が言い出さずとも酒盛りが始まらぬはずはなかったというわけだ。

もっとも、誰もが顔を染めてはいても、酔うほど呑んではいなかった。例外がいたとすれば、小蝶のことをからかわれて腹をたてている善助だっただろう。

「おれは尻になぞ敷かれておらぬ」

何度目かの同じことばを口にした彼は、また湯呑みをあおった。

善助と小蝶は三木城攻めが終わった直後、祝言を挙げた。仲がよすぎる夫婦なので、亭主はからかわれることになる。それだけのことなのだが、善助はむきになっている。

「ただ、おぬしを褒めただけではないか。やさしゅうて、できた亭主じゃと」

からかっているのは玄丈である。

「おれは、あやつにやさしゅうなぞしておらぬ」

善助の口から濁り酒まじりの唾が飛ぶ。

「隠さずともよいではないか。いつぞや、小蝶殿から聞いたのじゃ。いくさから戻ってこられたあとは、とくにやさしゅうしてくだされまするると」

どっと笑いがわいた。

「このいくさが終わったあとも、やさしゅうしてやれよ」

すかさず与介が言う。

「どんなふうにやさしゅうするのじゃ」

甲子丸が善助の顔を覗きこんだ。

「揉むところを揉み、撫でるところを撫でるに決まっておろうが」

玄丈が合いの手を入れる。

官兵衛は、目を剝いて怒る善助と、それを指差して笑い転げる郎党たちを眺めた。

長年、寝食を共にし、互いの命をかばいあってきた連中である。肉親と変わらぬいとおしさを覚える。

〈こやつらの馬鹿話を聞きながら酒を呑むのが、おれの極楽やも知れぬな〉

横に座る長政が、話の中身がわかるのかどうか、一緒になって笑っている。彼にとって、郎党たちは叔父であり、兄であり、父に劣らぬ庇護者であるようだ。彼もまた、こうした時間が一番楽しいのかも知れぬ。

「そろそろ切り上げるとするか」

玄丈が急に真顔になって言った。すでに亥《い》の刻（午後十時）を回っていた。潮時を心得ている男のひとことで、郎党たちは一斉に腰をあげる。

彼らがそれぞれの寝場所へ散ろうとしたときだった。

蓑《みの》を被った少年が飛び込んできた。

「走ってきていただきたい、支度は要らぬゆえ、即刻きていただきたい」

顔見知りの秀吉の小姓は、濡れた蓑を脱ぐこともせず、あるじのことばの繰り返しと思われる文句を叫んだ。

「駕籠を――」

官兵衛は怒鳴った。

足の不自由な彼は、急ぐときや、長い距離の移動に山駕籠を用いていた。秀吉の本陣までは一町足らずであったが、小姓の慌てようと口上は、秀吉の招集が尋常なものでないことを物語っていた。

官兵衛はさらに怒鳴った。

「六之助、多兵衛、駕籠を担ぐのはおまえたちだぞ」

とうに寝ているに違いない人足を起こしているひまはない。

善助は酔っていた。玄丈と甲子丸はとうのたった歳である。最も脛《すね》を飛ばせそうなのは彼らだった。

名指しされた二人は素早く袴を脱ぎ、裾をからげ、たすきをかける。

土間に置かれた駕籠にもぐりこんだ官兵衛は、外を指差して叫んだ。

「奔《はし》らぬか」

丸竹を釣り手とした、垂れのない粗末な駕籠である。六之助と多兵衛が奔りだすと、官兵衛は吹きつける雨と、担ぎ手の足がはね上げる飛沫と泥で、たちまち濡れ汚れた。

顔も手足も衣服もずぶ濡れで、泥まみれのひどい姿で官兵衛は秀吉の陣屋に入った。

秀吉は小袖に陣羽織という奇妙な姿で床に座っていた。硬い表情をした秀長の姿もあり、部屋の隅には七、八人の近習が控えていた。

「何事かござりましたか」

官兵衛は、無言でこちらに視線をくれただけの秀吉に声を掛けた。

「これを読まれよ」

秀長が折り畳まれた紙片を鼻先に突き出した。

官兵衛は受け取った紙片を開き、油皿のほうにからだを寄せて読み始める。

明智光秀が小早川隆景宛てに出した書状のようである。

信じがたい文字が並んでいた。

光秀が今月二日、京の本能寺において信長父子を誅し、本懐をとげたむね、足利義昭に伝えてほしい――

と書き記されてあったのだ。

信長に放逐された義昭は毛利を頼って備後鞆《とも》ノ浦《うら》にいた。書状は、その義昭への披露を頼む形をとって、隆景に対し、光秀が信長およびその子信忠を討ち取ったことを告げていた。

「これは……、いずれから手に入れたものでござりましょうか」

異常な喉の渇きを覚えている官兵衛は声をかすれさせた。

「あの男が持っておったのよ」

ようやく口を開いた秀吉が土間のほうを指差した。

暗い場所なので、いままで目に入らなかったが、手足を縛られた商人ふうの男が板壁の前に転がっている。

油皿を手にして土間に降りる官兵衛の背中に、足守川の東岸で堰の守りについていた兵が捕まえた男である、と秀長が説明する。

官兵衛は、縛られた男の傍にしゃがみ込み、油皿の明かりで照らして顔を確かめた。

おそらく捕縛時に受けたのだろう。長い顔のあちこちに殴られた跡が見られた。

相手は薄目を開けて、官兵衛を見上げるが、何も言おうとしない。覚悟を決めている顔だった。

「小早川殿が陣を構えているのは日差山よ。足守川の西岸じゃ。川を渡りさえすれば、無事に役目が果たせたというに、惜しいことをしたな」

　相手の肩に手を置いて声を掛けた。

「………」

　いぜん黙っている。鈍く光る細い目が嗤っているように見えた。

〈こやつ、侍だな〉

　官兵衛は立ち上がった。

　縛られている男は商人ではない。光秀の手の者と見て間違いなさそうだ。

「どう思う……、なんと見た」

　秀吉が床にあがった官兵衛に言った。土間の男のことを訊いているのだ。

「明智の家人《けにん》でござりましょう」

　沈痛な声にならざるをえなかった。

「やはり……、書状の中身はいたずらではなかったか」

　声が震えている。

　心底驚愕したとき、人はことばを失うようだ。秀吉は虚ろな目で宙を見つめ、黙りこんでしまった。

　官兵衛も愕然としていたが、頭のなかは目まぐるしく回っていた。

光秀の飛檄《ひげき》は届かなかったものの、いずれ隆景と元春は信長と信忠の死を知ることになる。織田はいまや柱を失い、崩れ落ちたのだ。彼らは天運を得たことを神仏に感謝し、毛利の全軍を挙げて、援軍の待ちようがなくなった羽柴と宇喜多の軍勢を葬り去り、京へ向かおうとするだろう。

たいへんなことになった――。早急に、この急場をしのぐ手を考えねばならない。考えねばならぬのはこれだけではない。

光秀をどうするかだ。信長を討ったのだから、本人は天下の座を得たつもりだろうが、あの暗い男に与する大名がどれほどいるだろうか。おそらく、さほどの数にはなるまい。となると、明智の天下は長く続かぬ。早晩、誰かに倒され、その者が天下を握ることになる。

誰が――。

そう、誰が、いつ、光秀を倒すかだ。

官兵衛の視界のなかの秀吉の表情が急に変わった。もう虚脱状態ではない。しなびた顔をゆがめ、つきあげてくる悲しみをこらえている。

懐紙を出して鼻をかんだ。頬を拭った。両膝をつかみ、堪えている。

喉の奥が鳴り、やがて激しい嗚咽《おえつ》に変わった。

秀長も、控える近習たちも挙でしきりに頬を拭い始める。

官兵衛の目だけは乾いていた。

秀吉が驚愕したのはわかる。茫然とし、虚脱状態になったのもわかる。

しかし、泣き出したのはわからない。なぜ泣かねばならぬのだ。おのれをいまの地位まで引き上げてくれたあるじを失ったからか。いや、そんなはずはない。彼は、自分の才覚ゆえの出世だと思っているはずだし、与えられたもの以上の働きをしてきたと考えているはずだ。

信長を慕っていたからか。それもあるまい。あの冷酷で、血を好む男を慕う者なぞ、万に一人もいるわけがない。秀吉自身も随分ひどい折檻を受けてきたはずではないか。

ならば、なにゆえの涙だというのだ。

芝居だ——。

あるじを失った者が泣いたとしても、胸を打たれこそすれ、誰もぶざまだとは思わぬ。官兵衛を含めた、まわりの者の心をつかもうとしての涙なのだ。

あるいは、酷薄非道なあるじから解き放たれた嬉しさを隠すための涙かも知れない。笑いを噛みこらえて、あれだけうまく泣けるとは、なんとも呆れた男だ。

まだある。

秀吉ほどの男が、光秀の始末と、その後、おのれが入る城を頭に描かぬはずはない。それで躍る胸を抑えるためにもせいぜい泣かねばならぬのだ。

〈それにしても、なんとも気色の悪い泣きようだな。見ておられぬわ〉

官兵衛は秀吉の傍へにじり寄って、耳元に囁いた。

「羽柴様、泣くのはそれくらいにして、やらねばならぬ仕事を片付けることにいたしませぬか」

「………」

顔を上げた秀吉は、赤い目をこちらに向けた。胸のうちを見透かされた者の狼狽の色がのぞいていた。

が、さすが秀吉である。普段の顔に戻るまで、さほど時間はかからなかった。

「いかにも、いつまでも泣いておるわけにいかぬな」

頷いて、近習のほうに首を回し、大声で怒鳴った。

「ほかの者はまだ来ぬのか。みなを呼べ、評定をひらく支度をせよ」

慌てて立ち上がる近習たちに、たて続けに指示が飛ぶ。

〈このおひとは何ともしたたかで、しぶといわ。ひょっとすると……、明智と争って、織田の天下を引き継ぐことになるやも知れぬな。できるかできぬかは運次第として、少なくとも、そのくらいの欲は出しておるに違いないわ〉

官兵衛は普段の忙しい男に戻った秀吉の、しなびた横顔を眺めた。

〈したが、楽ではないぞ。まず、毛利をあしろうて、備中から脱け出さねばならぬ。それがうまく運んだとしても、天下を摑もうとする者は明智のほかにも腐るほどいる。羽柴殿が手にしようとしているのは、途方もなく高い、険しい崖の上の花よ〉

必要な指示を終えた秀吉はいつの間にか、慌ただしく筆を走らせている。誰かに与力を求める書状をしたためようというのだろう。彼は、信長の死によって暗転した舞台の上で、早くも踊り始めている。

〈それも、遠くから眺めれば美しくとも、手折《たお》ってみれば、さしたる色香もなき花に違いない。あまたの人を欺き、蹴落とし、命を奪ってまで手に入れるほどのものとは思えぬ。なれど、それを欲しがるこの男が愚か者か、欲しがらぬおれが利口でないのか……、はて、ようわからぬな〉

「官兵衛、ここに長居はできぬ」

筆を走らせながら秀吉が言った。

「みなが評定の席へ集まるまでに、この城攻め、三日でけりをつける工夫をひねり出してみよ」

「三日でござるか……」

反復した官兵衛の視線は土間に向けられていた。いずれ首を刎《は》ねられる明智の密書運びが転がっている。信長の死がなければ命永らえたやも知れぬ男だ。

〈人の運と命はどういう仕組みで決まるのであろう。有岡城の土牢のなかで果てても不思議のなかったおれがこうして生き長らえているというに、地獄の閻魔すらも跪かせるのではないかと思えたあの信長が突如逝ってしまった。そして、あそこで血相を変えているしなびたうらなり茄子《なすび》のような男が天下を動かす存在になるやもしれぬ。おれがその天下獲りの舞台裏で一役務めることになるとすれば、おそらく退屈はすまいな。うん、間違いなく生きるのがおもしろうなる。黒田官兵衛よ、ここはひとつ、気張ってみるか〉

腕組みをし、目を閉じた男の耳に様々な音が飛び込んできた。馬のいななき、慌ただしく行き交う人の足音、怒鳴り声、そして……木々の枝葉や地面を叩く激しい雨音が。

（了）

文庫版あとがき

自宅から歩いて三分ほどのところに百本余の桜が立ち並ぶ公園がある。サッカーコートが二面取れるグラウンドに隣接する比較的大きな落ち着いた雰囲気の公園で、よほどの悪天候でないかぎり、毎日ふらりと歩く馴染みの場所である。

朝の散歩で同公園の桜が散りかけているのを見て、今日は部屋の中で机に向かうことはせず、ここのベンチに終日腰を据え、散る桜を惜しみながら、仕事をすることにしようと決めた。

という次第で、本文は肩や膝に桜の花びらが舞い落ちる場所で、缶コーヒーを横にして書き始めたところである。

ハードカバーの『新史 黒田官兵衛』（ＰＨＰ研究所）を出したのは一九九七年六月。あれから約十年経ったことになる。

この官兵衛を書いた五年後の二〇〇二年十一月、『竹中半兵衛』（学研）を出した。

改めて紹介するまでもなく、官兵衛と半兵衛は共に軍師的役割を担って秀吉に仕えた武将として知られている。

　書いてみて、二人とも極めて魅力のある男たちであることを再認識したが、比べてみると、彼らは対照的な戦国武将といえそうである。

　生年は黒田官兵衛が一五四六年(天文十五)、竹中半兵衛が一五四四年(天文十三)だから、年齢はほとんど同じだ。

　生まれは官兵衛が山陽姫路、半兵衛が美濃揖斐《いび》。海に面した開けた土地の前者に対し、後者はひなびた山里。親は前者が播磨《はりま》の豪族小寺氏の重臣、後者は美濃の豪族竹中氏。この辺は似たようなものである。

　育った土地の違いは二人の人格形成に影響を与えた可能性がある。官兵衛は野心的で、はしっこいタイプ、半兵衛は欲望の薄い淡泊なタイプ。

　むろん、親から受け継いだ資質や心身の健康状態も無関係であるはずはない。たとえば、三十六歳で戦陣において病没する竹中半兵衛は病弱だったがゆえに自ずと政治的野心に無縁。これに対し、長寿だったとはいえぬにしても五十九歳まで生きる黒田官兵衛はそれなりの野心を抱き、それを成し遂げるだけの条件を備えていた。

　秀吉に仕えていた二人には当然、接点がある。たとえば信長の播磨攻略に際し、協力しあって福原城を攻めている。

官兵衛が荒木村重によって有岡城に幽閉された際、信長の命で始末されかけていた黒田のせがれ松壽丸（のちの長政）を救ったのは半兵衛だった。

こうした接点はあったものの、二人が特別親しくしていたとみられるふしはないし、逆に競い合い、いがみ合ったとする見方もできない。

おそらく互いの力量を認め合って相応の敬意を払ったにしても、わずかな接点を持つだけの、月並みの交流にとどまったのではあるまいか。

桜の花びらが舞い落ちる膝の紙上に文字を並べる作業は決して効率がいいとはいえない。彼方で弁当を広げ始めたどこかの小学校の遠足児童たちの歓声が気になるし、ときどきベンチ前を通りすぎる散歩中の人たちの視線も煩わしい。

しかし、いかに効率が悪くとも、花びらのシャワーを浴びて戦国武将たちに想いを馳せるという贅沢な、至福の時間を簡単に終わらせるわけにはいかない。

もう少し、黒田官兵衛と竹中半兵衛のことを考えることにしよう。

平成十八年四月

高橋和島

（単行本）『新史　黒田官兵衛』（一九九七年六月、ＰＨＰ研究所）

人物文庫

黒田《くろだ》官兵衛《かんべえ》

二〇〇六年 六 月二〇日［初版発行］
二〇一三年一一月 五 日［5刷発行］

著者――高橋《たかはし》和島《わとう》

発行者――佐久間重嘉
発行所――株式会社学陽書房
東京都千代田区飯田橋一-九-三 〒一〇二-〇〇七二
〈営業部〉電話=〇三-三二六一-一一一一
FAX=〇三-五二一一-三三〇〇
〈編集部〉電話=〇三-三二六一-一一一二
振替=〇〇一七〇-四-八四二四〇
フォーマットデザイン――川畑博昭
DTP組版――アジア情報開発株式会社
印刷・製本――錦明印刷株式会社

ISBN978-4-313-75217-7 C0193